Hermann Hesse
X
Vincent van Gogh

모티브 세계문화전집 시리즈 01

헤르만 헤세 × 빈센트 반 고흐
안부를 전하며

헤르만 헤세, 빈센트 반 고흐 지음
홍선기 엮음

MOTIVE

일러두기

- 본 책에 삽입된 헤르만 헤세의 사진 및 수채화, 편지 원본 등은 먼저 원고를 읽어본 헤르만 헤세 직계 후손들의 지원 아래 국내 최초로 공개됩니다.
- 이 책은 소설가 박경리 선생이 설립한 토지문화재단의 문인 창작실 지원을 받아 집필되었습니다.

Gruss von

Poignée de main

________ 님께, 안부를 전하며

__________ 드림.

| 목차 |

티모 하일러 : 헤르만 헤세와 빈센트 반 고흐:

가까이 다가가기 위한 시도

헤르만 헤세와 빈센트 반 고흐

: 가까이 다가가기 위한 시도

티모 하일러 Timo Heiler (M.A.)

헤르만 헤세 박물관 관장, 칼프(독일)

현재까지 70개 이상의 언어로 번역되어 1억 5천만 부 이상이 판매된 헤르만 헤세는, 토마스 만, 베르톨트 브레히트, 라이너 마리아 릴케, 슈테판 츠바이크 같은 위대한 문인들 선두에서, 오늘날 전 세계에서 가장 널리 읽히는 독일어권 작가다. 유럽 각국은 물론이고 특히 한국, 일본, 미국, 인도, 중국에서 온 수천 명의 방문객이 매년 헤세의 출생지인 칼프의 헤르만 헤세 박물관을 찾는다는 사실 또한, 1946년 노벨문학상 수상자의 삶과 작품에 세계의 관심과 사랑이 여전히 흔들림 없이 이어지고 있음을 증명한다.

2027년은 헤르만 헤세 탄생 150주년이다. 독일어권 문학계는 수개월에 걸친 다채로운 행사와 해외에서 찾아오는 방문

객들을 위한 대규모 기념식으로 이를 경축할 것이다.

이제 우리는 이 작가의 성공 비결을 묻지 않을 수 없다. 이 질문에 대한 답은 우선 우리 자신 안에서 찾을 수 있다. 헤르만 헤세는 자신의 주제들, 언어 감각과 문장의 리듬, 수많은 인물의 조형을 통해 독자가 자기 자신의 마음속을 들여다볼 수 있게 해주는 작가다. 헤세의 작품을 읽은 사람은 종종 놀라며 자문한다.

나를 전혀 모르는 이 작가가,
어떻게 이토록 나의 내면을 깊숙이 들여다볼 수 있는가?

바로 여기에 작가 헤르만 헤세의 특별함이 있다. 그는 평생에 걸쳐 고감도 지진계처럼 자기 시대의 사회·정치·경제·생태 변화를 다른 어떤 작가보다 민감하고 섬세하게 감지하면서, 동시에 자신도 수많은 개인적·건강상의 위기를 온몸으로 통과해낸 사람이었다. 그래서 헤세의 작품들은 흔히 '영혼의 민낯(soul-revealing)'으로 해석된다. 즉, 작가 자신의 위기 극복에 봉사하는 글들이라는 뜻이다.

성공 비결에 대한 두 번째 답은, 헤세가 전 세계 모든 계층, 모든 연령의 사람들과 나눈 편지 교환에서 찾을 수 있다. 최신 연구에 따르면 현존하는 편지는 44,000통에 달하며, 이 편지들은 헤세를 가까이 다가갈 수 있는 작가이자 인간으로, 많은 이들에게는 친구로까지 느끼게 한다. 헤세가 하루에 읽어야 했던 편지만 해도 100쪽에서 400쪽에 달하기도 했다. 그러므로 특히 만년에, 자신의 문학 작업까지 감안하면, 들어오는 거의 모든 편지에 직접 답장할 시간과 여유를 찾았다는 것은 더욱 놀라운 일이다. 그 답장들은 도식적인 문구나 표준 양식이 아니었다. 독자들의 가장 다양한 주제와 문제에 대한 극히 개인적인 입장 표명이었으며, 삶의 위기에서 보내온 도움 요청에, 불안과 절망과 질병에 건네는 응답이었다.

헤세에게 편지 형식은 순전한 자기 목적이 아니었기에, 그의 답장들은 언제나 상대방과 그 관심사를 향해 있었다. 치유적 개입으로도, 포괄적 안부 전달로도, 상황이 악화되는 것을 막기 위한 예방적 해명으로도 읽힐 수 있는 응답들이었다. 이 응답들에는 예술이 아니라 언제나 기능이 형식을 결정했다. 작가이자 화가라는 이중의 재능으로 자신의 말에 무게를 싣기 위해 고유한 예술 작품으로 빚어낸 수많은 수채화 편지들을 떠올리면 충분하다.

그러므로 헤르만 헤세가 작가, 음악가, 정치적 동지들 외에도 군터 뵈머, 쿠노 아미에, 루이 무아예 같은 여러 예술가를 포함한 광범위한 인적 네트워크를 유지한 것은 놀라운 일이 아니다. 헤세는 이들과 편지와 직접 대화를 통해 당대의 예술적 발전을 교류했으며, 이 과정에서 1853년에 태어난 빈센트 반 고흐를 발견하게 된다.

1922년, 헤르만 헤세는 『노이에 룬트샤우』에 실린 「이국적 예술」이라는 글에서 빈센트 반 고흐를 도스토옙스키와 나란히 '후기 유럽 예술에서 가장 강한 인간(in der Kunst des späten Europas)'으로 지칭한다. 오늘날 반 고흐의 작품들은 국제 경매에서 최고가 작품군에 속하며, 크리스티나 소더비에서 수백만 달러의 낙찰가를 기록한다. 암스테르담의 반 고흐 미술관은 유럽에서 가장 많이 찾는 미술관 중 하나다.

헤세와 반 고흐가 만난 적이 없다는 것은 확실하며, 직접적인 접촉 역시 입증할 수 없다. 그러나 헤세가 반 고흐의 작품을 알고 있었고 그의 운명에 깊이 관심을 기울였다는 것은 잘 알려져 있다―두 사람이 예술에 대한 이해와 타인의 의미를 바라보는 방식에서 아무리 달랐다 하더라도. 두 사람은 문학과 회화에 대한 사랑, 수많은 위기의 체험, 우울에서 자살에 이르는 성향을 통해 내면적으로 연결되어 있다. 두 사람 모두에게 텍스트와 이미지는 분리될 수 없었다―헤세에게는 작은 수채화가, 반 고흐에게는 색채 구성에 첨부된 스케치가 이를 증명한다.

그렇지만: 헤세에게는 무엇보다 편지, 문학 작품, 그리고 주변 사람들과의 직접적인 접촉이 바깥세상으로 향하는 '문'이었다. 여기에 조용한, 종종 경고하는 목소리로 세상을 향해 작용하는 한 명의 작가가 있다―오랜 시간 연구에서 충분히

주목받지 못한 측면이다. 그리고 저기에, 오늘날 잘 알려진 동생이자 후원자 테오에게 보낸 650통의 편지로, 내면의 혼돈에 굴복하며 스스로를 파괴해간 한 명의 화가가 있다.

헤르만 헤세와 빈센트 반 고흐가 편지로 전하는 '안부' 또한 서로 다른 의미를 지닌다.

헤세에게 안부란 타인을 향한 관심과 의식의 표현이며, 상대방의 내면적 본질에 대한 인정이다. 반면 반 고흐에게 안부의 형식은 무엇보다도 부재하는 물리적 현존의 대체이며, 감정의 닻이었다.

두 사람의 공통점은 영성에 대한 뚜렷한 감수성이기도 하다. 헤세는 동양 철학과 신비주의 전통을 문학 안에 통합했고, 반 고흐는 종교적 모티프와 깊이 실존적인 자연 체험을 회화 속으로 흘려보냈다. 두 경우 모두 예술은 장식이 아니라, 실존적 진리에 대한 물음의 표현이다.

매체, 영향, 삶의 궤적에서는 차이가 드러난다. 헤세는 자신의 미학·세계관 개념들을 문학적으로 성찰하며 생전에 세계의 인정을 받았다. 반 고흐의 생은 대체로 공적인 성공 없이 끝났으며, 그에 대한 수용은 사후에야 시작되었다. 두 사람 모두 예술을 내면의 위기에 대한 실존적 표현이자 자아 탐색의 수단으로 이해했다. 헤세의 작품이 담론적이고 철학적 논증의 성격이라면, 반 고흐의 세계 해석은 무엇보다 시각으로—색채, 붓의 궤적, 모티프의 선택을 통해—표현된다. 그러나 두 사람의 오늘날 세계적 위상을 생각하면, 이 차이가 어느 쪽에도 해가 되지 않았음은 우리 모두 아는 바다.

본 서문은 국제 헤르만 헤세 학회 일원이자 독일 칼프 헤르만 헤세 박물관 관장인 티모 하일러가 세계문화전집 프로젝트 시작을 축하하며 특별히 집필한 에세이 「Hermann Hesse und Vincent van Gogh: Versuch einer Annäherung」 중 일부를 발췌한 것으로, 본문 뒤에 원문 및 전문을 수록했습니다.

서명의 가치

당신의 서명(signature)은
얼마입니까?

잠시 제 이야기를 먼저 하겠습니다. 저는 고전 문학의 열렬한 독자이며 동시에 글을 써서 책을 출간하는 저자이기도 합니다. 2012년에 나온 첫 책은 이미 절판되었습니다. 언젠가 내 이름으로 책을 내고 싶다던 오랜 꿈을 이뤄준 첫 책은 그 자체로 축복이고 기적이었습니다. 그 책이 출간되고 15년, 여기저기 선물을 하고 나니 이제는 저조차 몇 권 가지고 있지 않습니다. 그래서 종종 온라인 중고 서점을 찾아봅니다. 간혹 '파손품'이라는 딱지가 붙어 천 원, 천오백 원에 올라온 제 책을 발견할 때가 있습니다. 배송비보다 저렴한 책 가격. 그래도 반가운 마음에 해당 매장으로 향합니다. 오래된 종이 특유의 맵고 싸한 냄새가 가득한 중고 서점 서가 구석에서 책을 찾았습니다. 펼쳐봅니다.

누군가에게 정성스럽게 편지를 담아 선물했던 책입니다. 책 첫 장엔 누군가의 이름이, 기관명이, 회사명이 적혀 있습니다.

중고 책, 상태 C급. 파손품.
책이 파손품이 된 건, 제가 남긴 안부 때문이었습니다.

***

F. 스콧 피츠제럴드의 『위대한 개츠비』 초판에 친필 헌정 문구―로잘린드와 카피탄에게 애정을 담아, 스콧과 젤다로부터, 1925년 6월―가 들어간 책이 최근 경매에서 6억 원에 낙찰되었습니디. 어니스트 헤밍웨이의 서명이 들어간 『노인과 바다』 초판본 역시 수억 원대입니다. 그들이 쓴 자필 편지나 육필 원고는 그 이상의 가치로 평가받기도 합니다.

그렇다면, 한국인이 특히 사랑하는 작가이자 『데미안』, 『수레바퀴 아래서』, 『유리알 유희』를 쓴 1946년 노벨문학상 수상자 헤르만 헤세의 사정은 어떨까요? 피츠제럴드와 헤밍웨이 두 사람 모두 헤르만 헤세와 같은 시대를 살았습니다.

1927년 5월, 헤세가 자신의 시집 초판에 여러 헌사를 적고 서명한 책이 있습니다. 단순 서명이 아니라, 한 줄 한 줄 정성스럽게 쓴 친필 안부입니다.

헤세의 이 책은 유럽 고서점에서 얼마에 거래될까요?

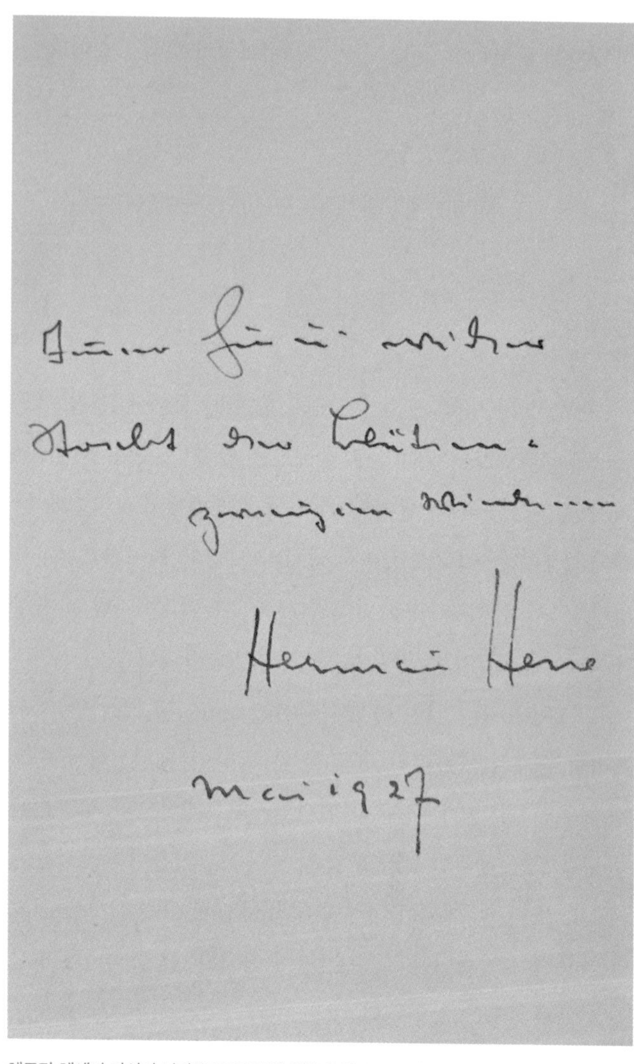

헤르만 헤세가 자신의 시집 『고독한 자를 위한 음악』(1915)에 친필로 남긴 헌사와 서명

600유로에서 1,000유로.

한화로 약 100만 원에서 170만 원.

피츠제럴드의 헌정 문구 한 줄이 6억 원인데, 헤세의 친필 헌사 여러 줄이 100만 원대입니다. 노벨문학상 수상자의 정성스러운 친필 글이 이 정도라니, 의외로 느껴질 수 있습니다. 이유는 단순합니다. 앞서 티모 하일러 관장이 언급했듯 헤세는 평생 독자들과 함께였습니다. 독일을 떠나 스위스 몬타뇰라의 작은 시골집에서 살았던 헤르만 헤세. 독자들이 헤세에게 편지를 보내면 그는 성실하게 답장을 쓰고, 책에 서명하고, 때로는 엽서 여백에 수채화를 그려 보냈습니다. 무려 4만 4천 통의 편지입니다. 수천, 수만 번의 서명.

세계적인 명성을 얻은 작가가 이렇게 직접 독자 한 사람, 한 사람에게 일일이 답장하는 경우는 문학사 전체를 둘러봐도 극히 드뭅니다. 헤세는 말년에 건강이 악화되어 통풍과 류마티즘 증상, 급격한 시력 저하를 겪었습니다. 그때는 아내 니논에게 답장 내용을 불러주고 대신 써주기를 부탁했습니다. 그러나 서명만큼은 통증으로 떨리는 손을 들어 본인이 직접 했습니다.

이렇게 넘쳐나게 된 그의 친필 서명과 헌정 글, 편지들은 시장에서 '헤르만 헤세 친필' 가격을 떨어뜨렸습니다.

안부를 전하며,

헤르만 헤세와 빈센트 반 고흐
두 위대한 예술가가 생전 숱하게 반복해서 쓴 말.

Gruss von H. Hesse

1933년, 스위스 티치노주 몬타뇰라(Montagnola).

56세가 된 헤르만 헤세는 23살에 썼던 자전적 이야기를 재출간했습니다. 『헤르만 라우셔』. 헤세와 평생 함께 작업한 삽화가 군터 뵈머(Gunter Böhmer)의 일러스트가 처음으로 포함된 책이었습니다.

1933년은 히틀러가 집권한 해입니다. 반전주의 사상이 담긴 기고문을 썼기에 자의 반, 타의 반으로 독일을 떠나 스위스에 정착한 작가는 여전히 본인 글을 사랑해주는 팬들의 마음에 감사함을 느끼고 '안부를 전하며'라는 문구를 담아 책에 사인했습니다. 여느 때와 같이.

Poignée de main

그보다 45년 전인 1888년 5월, 프랑스 아를(Arles).

제발, 빨리 물감을 보내줘. 한 푼도 없어.
악수를 보내며. (Poignée de main.)

유달리 코가 빨갛고 얼굴이 초췌한 어느 35세 화가가 동생에게 보낸 편지입니다. 직전까지 물감과 생활비를 구걸하던 사람이 마지막 한 줄에서 갑자기 동등한 악수를 내밉니다. 두 사람은 생전 약 1,300통의 편지를 주고받았습니다.

동생 테오는 유럽에서도 매우 큰 규모인 구필 화랑 지점장으로 적지 않은 연봉을 받았습니다. 그러나 테오는 한순산도 호화로운 생활을 하지 않았습니다. 대신, 10년 이상을 형 빈센트에게 생활비와 물감값, 캔버스값, 심지어 술값과 담뱃값까지 보내주었습니다. 현재 테오가 쓴 편지는 39통 밖에 남아 있지 않습니다. 반면 테오에게 보낸 빈센트의 편지는 667통. 테오가 형의 편지를 소중히 보관한 덕분입니다. 그 편지들 끝에 'Poignée de main'이 반복됩니다.

다시 '서명의 가치' 이야기로 돌아가 보겠습니다.

빈센트 반 고흐의 서명은 얼마일까요?

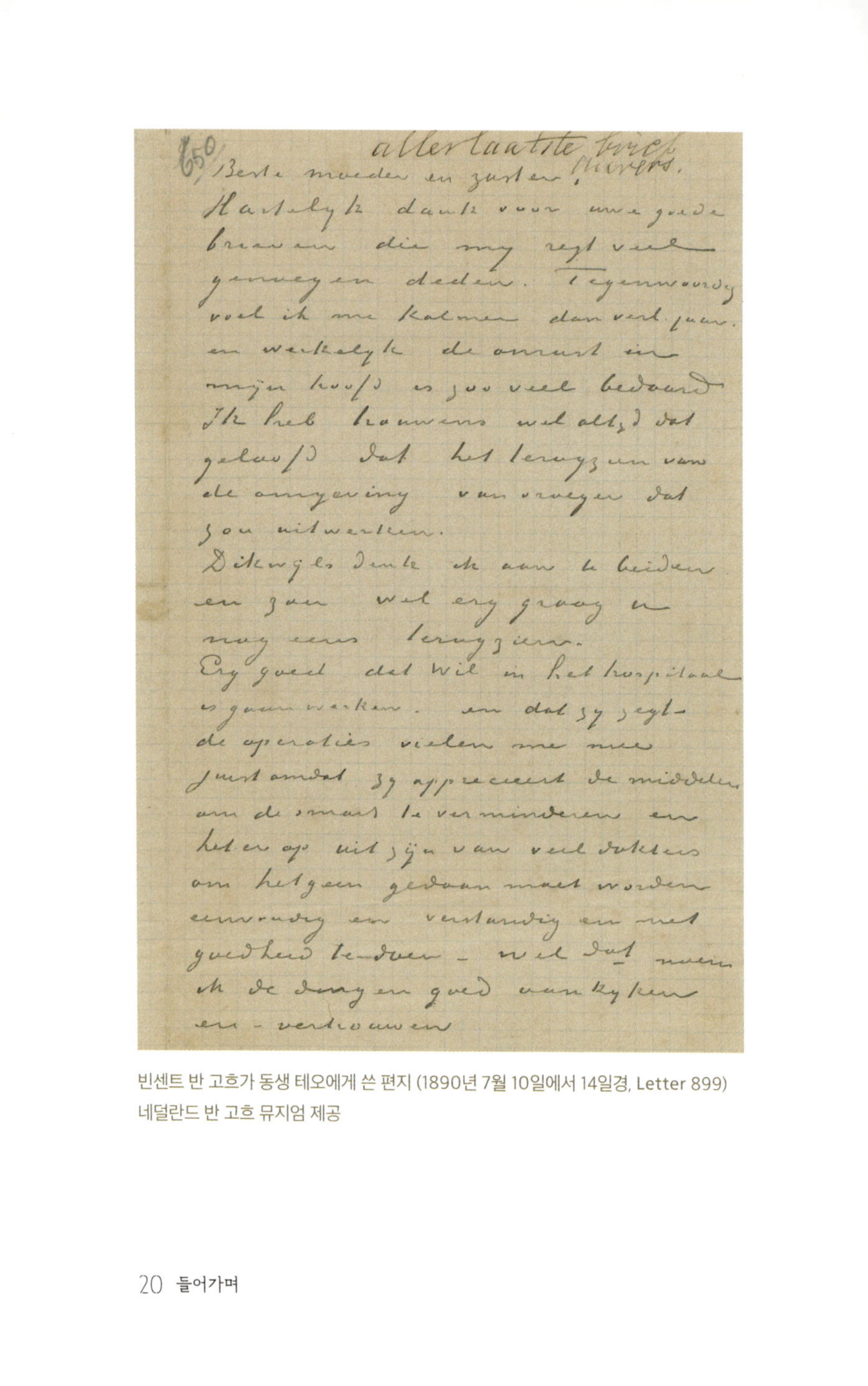

빈센트 반 고흐가 동생 테오에게 쓴 편지 (1890년 7월 10일에서 14일경, Letter 899)
네덜란드 반 고흐 뮤지엄 제공

정답은 '없다' 입니다.

가치가 없다는 게 아니라, 사인이 없다는 겁니다. 빈센트 반 고흐가 37살에 생을 마감할 때까지 그에게 존경과 경외를 담은 누군가의 '사인 요청'은 단 한 번도 없었습니다. 즉 반 고흐는 평생 타인에게 사인해준 적이 없습니다. 아무도 원하지 않았으니까요.

이 지점에서 아이러니가 생깁니다.

당대 이미 존경받는 대문호로서 헤르만 헤세는 무수히 많은 사인 요청과 팬레터를 받았습니다. 헤세는 이를 외면하거나 당연시하지 않고 하나하나 '안부'로 화답했습니다. 그래서 헤세의 사후 그의 서명은 (어디까지나 상대적입니다만) 저렴합니다.

반면, 반 고흐의 서명은 그가 남긴 그림에 밖에 없습니다. 고흐가 남긴 '안부'는 타인이 아니라, 자신에게—자신이 그린 그림에—만 향했습니다. 빈센트 반 고흐의 유화 그림은 경매에 잘 나오지 않을뿐더러 나오면 온 세계의 관심을 받습니다. 낙찰 가격은 수백억에서 수천억 원. 만약 세계 미술 경매 시장에 《해바라기》 시리즈나 《별이 빛나는 밤》, 《감자 먹는 사람들》, 《카페 테라스》 같은 그의 대표 작품이 출품된다면 최소

수조 원 이상에 낙찰될 것으로 미술계는 전망합니다. 생전 모두에게 미움받고 괴로워하던 무명 화가의 서명은 이제 어지간한 세계적인 대부호도 쉽게 엄두를 못 낼 가치가 되었습니다.

반면, 당대에 위대한 소설가이자 시인이었던 헤르만 헤세의 서명본은 저같이 평범한 사람도 큰 각오를 하면 구할 수 있는 범위 내의 가격대입니다.

다정했기에 저렴한 서명과
고독했기에 천문학적인 액수가 된 서명.

왜 헤르만 헤세와
빈센트 반 고흐인가?

헤르만 헤세(Hermann Hesse)와 빈센트 반 고흐(Vincent van Gogh). 독자는 얼핏 거리가 멀게 느껴지는 조합이라고 생각할 수 있습니다. 하지만, 조금만 시간을 들여 두 사람을 가만히 바라다보면 둘의 삶은 놀랍도록 닮았습니다.

둘 다, 아버지가 신학자였습니다.

헤세의 아버지 요하네스 헤세는 개신교 선교사이자 신학자였고, 반 고흐의 아버지 테오도루스 반 고흐는 네덜란드 개혁교회 목사였습니다. 둘 다 아버지(혹은 가문)의 뜻에 따라 신학의 길을 걸어야 했고, 둘 다 그 길에서 실패했습니다. 헤세는 시인이 되겠다며 마울브론 신학교에서 탈출했고, 반 고흐는 보리나주 탄광촌에서 기행을 일삼다가 교회에서 계약 연장을 거부해 전도 생활을 포기해야 했습니다.

둘 다, 살고 있던 곳의 이웃들에게 철저하게 외면당했습니다.

헤세는 제1차 세계대전 전후로 반전사상을 밝혔다가 당시 독일 국민의 적이 되었고, 반 고흐는 아를의 주민 서른 명이 서명한 탄원서에 의해 도시에서 쫓겨났습니다.

둘 다, 심각한 정신질환을 앓았고, 둘 다 자살을 시도했습니다. 헤세는 15세에 방황 끝에 극단적인 결정을 내렸다가 간신히 살아남았고, 반 고흐는 정신병으로 발작과 자살 시도를 반복하다가 37세에 결국 세상을 떠났습니다.

이렇게 얼핏 삶의 궤적이 닮은 것 같은 두 사람이지만 결정적인 차이가 있었습니다. 바로 '안부를 전하는 방식'입니다.

헤세는 세상을 향해 안부를 전했습니다. 수만 통의 편지를 쓰고, 수만 권의 책에 서명하고, 낯선 독자에게도 수채화 엽서를 그려 보냈습니다. 헤세는 자연을 '바라보는 것'에 머무르지 않았습니다. 몬타뇰라의 정원을 직접 가꾸고, 밭을 일구었습니다. 바깥세상이 헤세를 거부했을 때, 그는 더 많은 안부를 보내는 것으로 응답했습니다. 그리고 85세가 되었을 때, 자신의 침대에서 평온하게 눈을 감았습니다.

반 고흐는 주로 동생 테오 반 고흐에게 안부를 전했습니다. 더 정확하게는, 생활비와 물감값을 요청하는 편지 끝에 마치 각주처럼 악수를 덧붙였습니다. 자연을 그렸지만, 본인이 자연의 일부가 되지는 못했습니다. 별이 소용돌이치는 밤하늘도, 해바라기가 타오르는 정오의 들판도, 시끌벅적한 카페테라스도 그의 눈과 붓을 통과하는 순간 오직 고흐 자신만의 것이 되었습니다. 세상이 그를 거부했을 때, 고흐는 점점 더 깊이 자기만의 세계로 들어갔습니다. 그는 35세에 본인의 귀를 스스로 잘랐고, 37세에 권총 자살로 생을 마감했습니다.

같은 행위―누군가에게 안부를 전하는 것. 같은 출발―신학자의 아들, 신앙으로부터의 도주, 정신병, 세상의 거부. 그러나 갈라진 방향―한 사람의 안부는 세상에 닿았고, 한 사람의 안부는 한 명에게 집중되었습니다. 그리고 그 한 사람이 죽은 뒤에야 편지가 열렸습니다.

자신을 구원하기 위해 그림을 그려야 했던
대문호, 헤르만 헤세

자신을 구원하고자 글을 써야 했던
불멸의 화가, 빈센트 반 고흐

이 책은 많은 점이 비슷했던 위대한 두 예술가의 생과 그 엇갈림이 주는 질문입니다.

If I have seen further,

it is by standing on the shoulders of Giants.

내가 더 멀리 보았다면,
그것은 거인들의 어깨 위에 서 있었기 때문입니다.

아이작 뉴턴이 친구에게 보낸 편지의 한 구절입니다. 편지였습니다. 뉴턴조차 자신의 가장 유명한 말을 논문이나 저서가 아니라 안부를 전하는 편지에 썼습니다.

이 책은 세계문화전집 시리즈 첫 번째 권입니다. 이 시리즈는 만난 적 없는 두 예술가를 한 권 안에 나란히 놓습니다. 대문호와 화가, 작곡가와 시인, 철학자와 사진가—시대와 분야의 벽을 넘어 서로의 작품을 비추는 거울이 되게 하는 것. 그것이 제목에 붙은 '×'의 의미입니다. 더하기(+)가 아닙니다. 교차(×)이자 곱셈입니다. 두 사람의 삶이 교차하는 지점에서, 어느 한쪽만으로는 보이지 않던 것이 그제야 보이기 시작합니다.

헤세를 읽다가 반 고흐의 그림을 만나는 순간, 반 고흐의 편지를 읽다가 헤세의 수채화를 만나는 순간, 독자는 두 사람이 100년의 시차를 두고 같은 질문을 하고 있었다는 것을 알게 됩니다. 그 질문이 무엇인지는, 이 책의 마지막 페이지에서 독자 스스로 발견하시길 바랍니다.

세계문화전집 시리즈는 거인들의 어깨 위로 올라가는 사다리입니다. 첫 번째 발판은 노벨문학상 수상자이자 대문호 헤르만 헤세와 불멸의 화가 빈센트 반 고흐. 두 거인이 평생에 걸쳐 보낸 안부로 시작합니다.

헤르만 헤세 & 빈센트 반 고흐의 안부를 전하며

홍선기 드림

헤르만 카를 헤세 (Hermann Karl Hesse) 1877~1962
Foto Martin Hesse © Martin Hesse Erben.

1

스물세 살의 헤르만 헤세

감당할 수 없는 아이

1877년 7월 2일, 독일 남서부의 작은 도시 칼프에서 한 아이가 태어났습니다. 헤르만 카를 헤세. 그의 외조부 헤르만 군데르트는 인도에서 30년간 선교한 인도학자로, 말라얄람어 문법서와 사전을 편찬하고 성경을 번역한 사람이었습니다. 어머니 마리는 인도 남부 탈라체리에서 태어났고, 아버지 요하네스는 러시아 제국령 에스토니아 출신의 발트 독일인으로, 역시 인도에서 선교사로 일했습니다. 경건주의 기독교, 인도의 향기, 에스토니아의 피, 슈바벤의 흙. 이 아이는 태어나면서부터 여러 세계의 교차점에 서 있었습니다.

어머니 마리는 네 살짜리 아들을 이렇게 묘사합니다.

"이 아이에게는 생명력이, 믿을 수 없는 힘이, 강력한 의지가 있습니다. 이 폭군 같은 기질, 이 격렬한 요동과 싸우는 일이 진정 내 삶을 갉아먹고 있습니다. 신이 이 당당한 영혼을 빚어주셔야 합니다. 그러면 고귀하고 장엄한 것이 될 텐데— 양육이 잘못되거나 나약하게 이루어진다면 이 어리고 격정적인 사람이 무엇이 될지 두렵습니다."

아버지 요하네스는 더 솔직했습니다.

"굴욕적인 일이지만, 이 아이를 시설에 보내거나 남의 손에 맡겨야 하는 건 아닌지 진지하게 고민하고 있습니다. 우리는 이 아이를 감당하기엔 너무 신경질적이고 너무 약합니다."

그러면서도 아버지는 덧붙입니다.

"이 아이는 모든 것에 재능이 있는 것 같습니다. 달과 구름을 관찰하고, 하모니움을 즉흥 연주하고, 놀라운 그림을 그리고, 마음먹으면 아주 능숙하게 노래하며, 운율을 찾는 데 결코 막히는 법이 없습니다."

부모가 감당하지 못한 이 아이는 할아버지의 서재에서 자랐습니다. 영어, 독일어, 프랑스어, 이탈리아어는 물론 힌두스탄어와 말라얄람어에 능통했던 노학자의 서재는 세계 문학으로 가득 찬 작은 우주였습니다.

담을 넘다

1891년, 열네 살의 헤세는 마울브론 수도원 부속 개신교 신학교에 입학합니다. 뷔르템베르크 주에서 가장 우수한 학생들만 들어갈 수 있는 엘리트 코스였습니다. 그러나 헤세는 이미 결심한 바가 있었습니다.

시인이 되거나, 아니면 아무것도 되지 않겠다.
(entweder ein Dichter oder gar nichts)

1892년 3월, 헤세는 신학교의 담을 넘어 도주합니다. 하루 뒤 들판에서 발견되었습니다. 추위에 떨고 있었습니다.

탈출은 실패했지만, 이 행위는 헤세의 삶과 문학 전체를 관통하는 원형이 됩니다. 『수레바퀴 아래서』의 한스 기벤라트, 『데미안』의 에밀 싱클레어, 『싯다르타』의 싯다르타, 『나르치스와 골드문트』의 골드문트―모두 어떤 '담'을 넘는 사람들입니다.

마울브론 탈출 이후 헤세의 삶은 급속히 무너집니다. 자살 충동, 자살 시도, 정신병원, 소년원. 학교에서 학교로, 시설에서 시설로 전전합니다. 에슬링겐의 서점 견습생 자리를 얻었으나 고작 3일 만에 그만둡니다. 1894년 여름부터 칼프의 시계탑 공장에서 14개월간 기계공 견습생으로 일합니다.

1895년 10월, 마침내 헤세는 튀빙겐의 헤켄하우어 서점에서 견습생 생활을 시작합니다. 이번에는 도망치지 않았습니다. 서점이라는 공간이 그에게 맞았기 때문입니다. 낮에는 책을 팔고, 밤에는 읽고 썼습니다. 이후 바젤의 라이히 서점, 바텐빌 고서점으로 옮기며 약 8년간의 서점 생활이 이어집니다. 그리고 바로 이 서점 시절에 『헤르만 라우서』가 태어납니다.

서점 직원의 자비 출판, 그리고 성공

1900년 말, 스물세 살의 헤세는 자신이 일하던 바젤 라이히 서점의 이름을 출판 명의로 사용하여 『헤르만 라우셔의 유고 산문과 시』를 자비 출간합니다. 가상의 인물 '헤르만 라우셔'의 유고를 편집한 것처럼 꾸민 일종의 문학적 장난이었습니다. 서점 단골손님과 지인들이 주로 구매해줬지만, 세상엔 거의 알려지지 않은 채 사라졌습니다.

그러나 이 조용한 책이 한 사람의 눈에 띕니다. 독일 최고의 문학 출판인 자무엘 피셔였습니다. 피셔의 관심은 헤세의 다음 작품 『페터 카멘친트』(1904)로 이어지고, 이 소설의 성공으로 헤세는 27살에 본격적으로 전업 작가가 됩니다. 같은 해 아홉 살 연상의 사진작가 마리아 베르눌리와 결혼하고, 보덴 호수가의 가이엔호펜에 정착합니다. 세 아들이 태어납니다. 글을 쓰고 정원을 가꾸는 전원생활 속에 『수레바퀴 아래서』(1906)가 나옵니다.

1911년, 인도·실론·수마트라·보르네오·버마를 여행합니다. 할아버지의 서재에서 싹텄던 동양 문화를 향한 관심이 사상적 탐구로 전환되는 계기였습니다. 이 경험은 훗날 『싯다르타』 집필로 그 결실을 맞이하게 됩니다.

매국노

1914년, 유럽에서 제1차 세계대전이 발발했습니다. 헤세는 자원입대하지만 심한 근시로 전투 부적합 판정을 받고, 전쟁 포로 복지 활동에 배치됩니다. 전쟁 포로들이 읽을 글을 써주고 그들과 교류하면서 헤세는 이 참혹한 전쟁에 깊은 회의를 느낍니다. 그리하여 「새 취리히 신문」에 전쟁의 광기를 비판하는 에세이 「오 벗이여, 그런 어조는 안된다네!」를 발표합니다.

반응은 가혹했습니다. 독일 언론은 그를 배신자로 낙인찍었습니다. 친구들이 등을 돌렸고, 독자들은 증오 편지를 보냈습니다. 서점들은 그의 책을 거부했고, 출판사들은 원고를 거절했습니다. 같은 시기인 1916년에 아버지가 세상을 떠나고, 막내아들 마르틴 헤세가 중병에 걸리고, 아내 마리아의 정신 상태가 급격히 악화되었습니다. 마리아는 조현병이었습니다.

세상이 헤세를 거부하자 헤세는 점차 무너졌습니다. 그러나 무너진 자리에서 새로운 것이 시작됩니다.

무너진 자리에서

1916년, 헤세는 루체른 근교 존마트 요양원을 찾습니다. 그곳에서 카를 구스타프 융의 제자 요제프 베른하르트 랑을 만납니다. 랑은 헤세에게 꿈을 그림으로 표현하라고 권했고, 이것이 헤세의 수채화 인생의 시작이었습니다. 랑을 통해 알게 된 영지주의 세계관과 아브락사스—선과 악이 공존하는 신—의 상징은 곧바로 『데미안』의 핵심 사상이 됩니다.

1917년, 단 3주 만에 『데미안』을 씁니다. 배신자로 낙인찍힌 자신의 이름 대신 '에밀 싱클레어'라는 가명으로 발표합니다. 1차 세계대전 직후 독일 젊은이들에게 즉각적인 반향을 일으켰고, 가명이었던 '싱클레어'는 신인 문학상인 폰타네상까지 수상합니다. 정체가 밝혀진 뒤 헤세는 상을 반납합니다.

1919년, 심각한 정신병을 앓고 있던 아내와 결국 별거하고 스위스 남부 몬타뇰라로 이주합니다.

1922년 『싯다르타』 출간. 1923년 이혼, 같은 해 독일 시민권을 포기하고 스위스 시민권을 취득합니다. 1924년 두 번째 결혼(가수 루트 벵어). 그러나 처음부터 실체가 없었던 이 결혼은 3년 만에 끝납니다. 이 어둠 속에서 『황야의 이리』(1927)가 태어납니다.

1931년, 세 번째 결혼. 미술사가 니논 돌빈은 어린 시절 헤세의 책을 읽고 감동해 편지를 보냈던 여성이었습니다. 이 결혼이 마침내 안정을 가져다줍니다. 니논은 헤세 곁에서 헤세가 죽는 순간까지 31년을 함께합니다. 『나르치스와 골드문트』(1930), 그리고 12년에 걸쳐 완성한 마지막 대작 『유리알 유희』(1943)가 이 시기의 작품입니다.

1946년, 노벨 문학상 수상.
4만 4천 통의 안부

노벨상은 영광이었지만, 그 영광이 가져다준 것은 편지의 홍수였습니다.

독일 칼프의 헤르만 헤세 박물관에 따르면, 헤세는 일생 동안 약 4만 4천 통의 편지에 답장했습니다. 전 세계에서 매일 쏟아져 들어오는 편지의 양은 감당하기 어려운 수준이었지만, 아내 니논의 도움을 받으며 '모든 편지에 답장한다'는 원칙을 끝까지 지켰습니다. 편지에 종종 자신이 그린 작은 수채화를 넣어 보내곤 했습니다.

토마스 만과의 서신 교환은 1910년부터 1955년까지 45년간 이어졌으며, 그의 서재에는 T.S. 엘리엇, 지그문트 프로이트, 카를 구스타프 융의 편지와 전보가 전시되어 있습니다. 그러나 헤세의 편지 대부분은 유명인이 아니라 이름 없는 독자들에게 보낸 것이었습니다. 서문에서 다룬 팬을 향한 친필 헌정과 서명은, 이 4만 4천 통이라는 방대한 노동의 일부였습니다.

세상이 그를 배신자라고 불렀을 때도, 건강이 악화되어 극심한 통증으로 손이 떨렸을 때도, 헤세는 편지 쓰는 일을 멈추지 않았습니다.

1962년 8월 9일, 여든다섯 살의 헤르만 헤세는 몬타놀라에서 잠든 채로 세상을 떠났습니다. 산타본디오 묘지의 묘비에는 작품도, 노벨상도, 4만 4천 통의 편지도 언급되어 있지 않습니다. 이름과 날짜만 있습니다.

　　'시인이 아니면 아무것도 되지 않겠다'고 선언하며 담을 넘은 소년은, 결국 시인이 되었고, 시인으로서 성공했고, 그 성공의 무게 아래에서 안부를 쓰다가 눈을 감았습니다.

헤르만 헤세 『헤르만 라우셔』 (1933)

나에 대해 이야기해줄 사람은 이제 아무도 살아 있지 않으며, 내 어린 시절의 더 큰 부분은 불가해한 금빛 행복 속에 열리지 않은 채, 기적처럼 내 그리움 앞에 놓여 있다. 우리의 어린 시절이 낯선 것이 되어 망각 속에 떨어져야 한다는 것은 인간 삶의 불완전과 결핍에 속한다. 놀고 있던 손에서 빠져나가 깊은 우물 가장자리 너머로 떨어지는 보물처럼. 소년 시절까지는 내 삶의 실을 되짚어갈 수 있지만, 그보다 앞으로는 향기와 어스름 속에 드문드문 몇 개의 맑은 날만이 솟아 있어, 실을 거기에 매어둘 뿐이다. 이런 날들의 기억에서 나는 종종 탑 위에서처럼 뒤를 돌아 첫 시절을 바라보지만, 형태 없는 수수께끼와 시초들로 일렁이는 바다만이 보일 뿐이다. 다만 거룩한 먼 곳의 향기와, 경이와 보물 위에 드리운 한 겹의 베일이 있다.

『헤르만 라우셔』— 「나의 유년 시절」에서

『헤르만 라우셔』

왜 『데미안』, 『싯다르타』, 『황야의 이리』, 『나르치스와 골드문트』 같은 대표작이 아닌, 『헤르만 라우셔』를 수록했는가?

세계문화전집은 고전으로의 '초대장'이자 거장이 우리에게 건네는 '질문'입니다. 『헤르만 라우셔』는 국내에 거의 알려지지 않은 작품입니다. 그러나, 헤르만 헤세라는 '인간'을 이해하고 그의 다른 작품들로 안내하는 길잡이가 되기에 이보다 좋은 작품은 없습니다. 다음과 같은 이유 때문입니다.

하나, 『헤르만 라우셔』는 60년 이상 글을 썼던 대문호 헤르만 헤세가 23살 전후에 쓴, 극히 초기 작품입니다. 신학교에서 도망친 헤세는 8년 동안 3곳의 서점에서 일했습니다. 『헤르만 라우셔의 유고와 시』는 1900년 말 헤세가 스위스 바젤의 라이히 서점에서 일할 때, 자기가 일하던 서점의 이름 라이히(Reich)를 출판 명의로 사용해 자비 출간한 책입니다. 단골손님과 지인들이 구매를 해줬고 50권 정도만 팔렸다고 알려졌습니다. 대문호의 프리퀄인 셈입니다.

둘, 『헤르만 라우셔의 유고와 시』는 헤르만 라우셔라는 가상의 인물을 통해 헤르만 헤세 본인의 경험과 사건, 생각을 수줍게 담은 책입니다. 라우셔(Lauscher)는 '듣는 사람'이라는 뜻입니다.

셋, 『헤르만 라우셔』는 헤르만 헤세 작품 중 유일하게 3단계의 서문이 존재합니다. 즉, 헤세의 생애 주기에 따라 3번에 걸쳐 출간되었다는 말입니다. 헤세가 23살이던 1900년 말 『헤르만 라우셔의 유고와 시』라는 제목으로 처음 출간되었고, 1907년 헤세가 서른 살이 되던 해에 두 편의 동화를 포함하여 재출간되었고, 56살이 된 1933년에 삽화가 군터 뵈머의 일러스트가 삽입된 버전으로 다시 한번 출간되었습니다.

헤르만 헤세는 자신의 가장 가까운 친구이자 동료인 22살의 젊은 군터 뵈머에게 본인의 그 많은 작품 중 왜 『헤르만 라우셔』에 가장 먼저 삽화를 부탁했을까요?

이 책에는 세 개의 서문이 있습니다. 1900년 초판 서문(23세)은 라우셔라는 허구적 인물의 죽음을 슬퍼하는 장난스러운 문학적 제스처이고, 1907년 서문(30세)은 자기 청년기에 대한 복잡한 감정—부끄러움, 잃어버린 것에 대한 아쉬움—을 길게 토로하며, 1933년 머리말(56세)은 그 모든 감정적 요동이 가라앉은 뒤의 간결한 기록입니다. 23세의 허구적 장난에서 30세의 뜨거운 고백을 거쳐 56세의 냉정한 기록에 이르는 세 단계의 변화. 헤르만 헤세의 내면적 성숙 과정을 이보다 선명하게 보여주는 작품은 없습니다.

3가지 버전의 서문과 함께 『헤르만 라우셔』를 소개합니다.

『헤르만 라우셔』 초판 서문
(1900년, 헤르만 헤세 23세)

헤르만 라우셔라는 이름은 이 출판물을 통해 처음으로 세상에 모습을 드러낸다. 라우셔의 작품들은 다른 이름으로 인쇄되어 특정한 소수의 독자층에는 잘 알려져 있다.

유감스럽게도 고인이 된 이 시인은 내게 자신의 비밀을 밝히는 것도, 이전에 인쇄된 저작들을 그의 것으로 돌리는 것도 금지했다. 그날은 슈토르헨 주점에서의 저녁이었다. 라우셔는 평소처럼 슬프고 씁쓸한 기분에 사로잡혀 있었는데, 어쩌면 얼마 뒤 찾아올 죽음이, 불안한 예감의 그림자를 미리 드리운 것인지도 모른다. 그는 내게 자신의 익명성을 충실히 지켜 달라고 정식으로 맹세하길 요구했다. 자기 벗들 가운데 유일한 문필가인 내 앞에서 그는 이 점에 관해 유독 불안해하는 듯했다. 나는 웃으며 영원한 침묵을 맹세했고, 대화는 문학적 화제로 옮겨갔다. 라우셔는 적대적인 아이러니의 샘물을 마음껏 쏟아냈다. 그러다 침묵 속으로 가라앉더니 급히 여러 잔의 포도주를 비우고는 갑자기 짧은 작별 인사를 건넸다. 그 후로 나는 그를 다시 보지 못했다―열흘 뒤 그는 여행 중에 갑자기 세상을 떠났다.

라우셔의 문학적 유고에는 여기 전하는 글들 외에 거의 아무것도 들어 있지 않았다. 이 글들이 그의 벗들에게 지니는 순전히 개인적인 가치 외에도, 한 현대적 탐미주의자이자 기인의 독특한 영혼을 보여주는 기록으로써 주의 깊은 독자의 관심에 값하리라 본다. 특히 「일기」에 드러나는 가혹하고 자학적인 진실에의 사랑이 그러하다. 이 글들에는 라우셔의 문학작품 특유의, 공들여 다듬어진 장식적 형식이 거의 없으며, 따라서—저자 자신의 뜻에도 전적으로 부합하여—아무리 노련한 문학적 추적자라도 다른 곳에 존재하는 그의 저작을 알아볼 단서를 여기서 찾지는 못할 것이다.

고인에 대한 부가적 주해를 덧붙이거나, 때로 바람직해 보일 수도 있을 정돈과 편집을 가하여 이 글들이 지닌 개인적이고 생생한 향기를 손상하는 일은 내게 허용되지 않았다.

나의 불쌍한 죽은 벗이여, 네 마지막 고독한 사유와 고통을 세상에 내놓는 이 일이 네가 끝내 입 밖에 내지 못한 마지막 소원에 어긋난다 해도, 부디 나를 용서해주기를!

『헤르만 라우셔』「이 판을 위한 서문」
(1907년, 헤르만 헤세 30세)

몇몇 벗들의 바람에, 특히 빌헬름 셰퍼의 권유에 따라, 고인이 된 헤르만 라우셔를 다시 무덤에서 꺼내 세상에 내보내게 되었다. 그러니 나는 해명과 변명을—적어도 서지학적인 차원에서만이라도—해야 할 의무가 있다.

『헤르만 라우셔의 유고 산문과 시』는 1900년 말 내가 바젤에서 펴낸 소책자의 제목이었다. 그 안에서 나는 가명을 빌려 당시 위기에 이른 청년기의 꿈들을 청산하고자 했다. 나는 그때, 내가 만들어낸 뒤 죽었다고 선언한 라우셔와 함께 이미 끝났다고 여긴 나의 꿈들을 관에 넣어 묻어버리려 했다. 이 책은 극소 부수로, 거의 세상에 알려지지 않은 채 출간되었고, 내 친구들의 범위를 벗어나는 일이 좀처럼 없었다. 훗날 내 다른 책들을 알게 된 소수의 독자가 뒤늦게 이 소책자를 찾아 읽고, 일종의 문학적 진기품 정도로 여겼을 뿐이다.

재판을 낸다는 생각은 한 번도 해본 적이 없었다. 최근에 이르러 벗들이 이를 열렬히 입에 올리기 시작했고, 마침내 빌헬름 셰퍼의 제안이 들어왔다. 내 젊은 시절의 한 조각을 부정할 이유가 없고, 문체의 면에서도 라우셔를 오늘날까지 기꺼이 책임질 수 있으므로, 나는 수락했다.

그다음 문제는 이 젊은 날의 죄업을 어떤 형태로 되살릴 것인가 하는 것이었다. 개작을 생각해보았으나, 스무 살의 생각과 감정을 십 년이 지난 뒤 본인이 다시 고쳐 쓸 수는 없다는 것을 곧 깨달았다. 그것들의 유일한, 상대적인 가치는 표현에, 리듬에, 몸짓에 있기 때문이다. 그렇다고 일부를 삭제하거나 미화하는 것 역시 허용될 수 없는 일이었다.

그리하여 원문은 오늘의 내게 낯설거나 심지어 거북하게 느껴지는 대목까지도 한 글자도 바꾸지 않고 그대로 두었다. 다만, 단편적이고 지나치게 빈약한 이 소책자에 어느 정도의 완결성을 부여하는 것은 바람직해 보였다. 새로운 것을 덧붙이는 것은 무의미할 뿐 아니라 전체를 해칠 일이었다. 그런데 마침 그 시절에 쓴 두 편의 짧은 작품(「루루」와 「잠 못 이루는 밤들」)이 내게 남아 있었다. 전자는 스위스의 한 잡지에만 실린 적이 있고, 후자는 아예 발표된 적이 없다. 두 작품 모두 '라우셔'와 가장 긴밀한 관계에 있으며, 같은 시기에 탄생한 것이다. 이 두 편을 추가하였다.

이제 모든 것이 내 앞에 놓여 있는데, 그것이 나를 바라보는 눈빛이 그리 행복하지만은 않다. 아름답고 깊었으되 쉽지는 않았던 청년기의 기록들이다. 당시 내가 원했던 것은 이루지 못했고, 이후 내가 이룬 것들은 거의 의도하지 않은 채 찾아왔으며 내게 큰 무게를 지니지 않는다. 반면, 이 이른 시절의 습작들 속에서 나는 이제 당혹스럽고도 놀라운 마음으로 어떤 음색이 울리고 어떤 길이 암시되어 있음을 발견하는데, 그것들이 오늘의 나에게도 여전히 생생하고 진지하게 다가오며, 어떻게 그것들이 수년간 내게서 멀어지고 거의 사라질 수 있었는지 알 수가 없다. 그 안에는 내가 그간 걸어온 길들을 스스로에게 의심스럽게 만들고 나를 쓰라린 깨달음으로 이끄는 것이 많다.

그러나 쓰라린 깨달음은 아무런 깨달음도 없는 것보다 낫다. 자기 관찰과 고백이라는 위험한 길에 한번 발을 들인 자는 그 결과를 감당해야 마땅하다. 설령 그것이 예기치 못한, 고통스러운 결과라 하더라도.

누군가는 와서 옛날의 죄를 마치 오늘의 것인 양 들이밀 것이고, 또 누군가는 젊은 날의 습작을 파내는 것보다 새 작품을 쓰는 편이 나았으리라 말할 것이다. 그런 것은 내게 아무런 영향도 미치지 않는다. 그들은 이 재출간이 내게 얼마나 괴로운 일이었는지 알지도 느끼지도 못하며, 바로 그래서 내가 이것을 실행에 옮기고 그로써 양심의 짐을 덜었다는 것도 이해하지 못한다. 그 밖의 것에 대해서라면—라우셔는, 이번 판이든 옛 판이든, 나와 내 벗들을 위한 고백의 책일 뿐이다.

헤르만 헤세

1907년 12월

『헤르만 라우셔』군터 뵈머 삽화 포함 서문
(1933년, 헤르만 헤세 56세)

머리말

『헤르만 라우셔의 유고 산문과 시, H. 헤세 편』은 1901년 바젤에서 출간된 한 소책자의 제목이었다. 그것은 나의 세 번째 출판물로, 앞서 『낭만적 노래』와 산문집 『자정을 넘긴 한 시간』이 나와 있었다.

1907년에 빌헬름 셰퍼가 '라인 연안 지역 예술벗 협회 회원들을 위하여' 그 사이 희귀본이 된 바젤 소책자의 신판을 마련했다. 이 판본에—그 본문은 이후 변경 없이 유지되었다—두 작품 「루루」와 「잠 못 이루는 밤들」이 새로 수록되었는데, 두 편 모두 『라우셔』가 탄생한 것과 같은 청년 시절에 쓰인 것이었으나 그때까지 단행본으로는 출간된 적이 없었다. 「유년 시절」의 집필은 이미 1896년에 시작되었고, 라우셔의 다른 작품들은 모두 나의 바젤 시절 전반부에서 비롯된 것이다. 이것들에 뒤이어, 역시 바젤에서 1902년부터 1903년 사이에 쓰인 『페터 카멘친트』가 나왔다.

『라우셔』를 다시 읽을 때마다 해가 갈수록 삭제하거나 고치고 싶은 대목들이 눈에 띄었다. 예컨대 일기 서두에 나오는 톨스토이에 대한 젊은 날의 거만하고 어리석은 말들이 그러했다. 그러나 나 자신의 청년기 초상을 뒤늦게 위조하는 것은 허용될 수 없는 일로 보였다.

1901년 가명으로 냈던 초판에 당시 나는 서문을 하나 붙였는데, 여기에 변경 없이 다시 수록한다.

서문

헤르만 라우셔라는 이름은 이 출판물을 통해 처음으로 세상에 모습을 드러낸다. 라우셔의 작품들은 다른 이름으로 인쇄되어 특정한 소수의 독자층에는 잘 알려져 있다.

(이하 1901년 초판 서문과 동일)

헤르만 헤세 『헤르만 라우셔』 1933년 표지 삽화 © Gunter Böhmer

MEINE KINDHEIT.

(GESCHRIEBEN 1896.)

© Gunter Böhmer

나의 유년 시절

1896년 집필

    내 이후의 삶 어느 때건, 어린 시절은 다양한 모습으로 곧잘 내게 찾아들곤 했다. 곱슬머리에, 낯설고, 구원받지 못한 채, 창백한 동화 속 아이처럼. 이 기억이 가장 자주 나를 찾아온 것은 잠 못 이루는 밤이었다. 어떤 꽃향기나 노랫가락으로 시작되어, 슬픔과 고통과 죽음의 쓴맛에까지 이르거나, 아니면 쓸어주는 손에 대한 부드러운 그리움과 기도와 눈물을 향한 온순한 기울임에까지 이르렀다.

    지금도 가끔 어린 시절이 내 가슴을 건드릴 때면, 그것은 금빛 테두리의 깊은 색조를 가진 한 폭의 그림이다. 그 안에서 무엇보다 풍성한 밤나무와 오리나무 잎사귀, 형언할 수 없이 황홀한 오전 햇살, 장엄한 산들의 배경이 또렷해진다. 내 삶에서 잠깐이나마 세상을 잊고 쉬는 것이 허락되었던 모든 시간, 아름다운 산을 넘어 걸었던 모든 홀로의 여정, 예기치 않은 작은 행복이나 욕심 없는 사랑이 어제와 내일을 지워버렸던 모든 순간을, 내 가장 이른 삶의 이 초록빛 그림에 비기는 것 말고는 더 좋은 이름을 붙일 수가 없다. 내가 평생 휴식이자 최고의 즐거움으로 사랑하고 원했던 모든 것도 마찬가지다. 낯선 마을을 걸어 지나가는 일, 별을 세는 일, 푸른 그늘에 누워 있는 일, 나무와 구름과 아이들에게 말을 거는 일.

내가 조금이라도 뚜렷이 기억할 수 있는 가장 이른 날은 아마 세 살 무렵의 마지막 즈음에 해당할 것이다. 부모님이 나를 한 산에 데려갔는데, 거기에는 꽤 높은 대규모 폐허가 있어 매일 많은 도시 사람들을 끌어들이는 곳이었다. 젊은 외삼촌이 나를 높은 벽 난간 너머로 들어 올려 상당한 깊이를 내려다보게 했다. 현기증과 공포가 나를 사로잡았다. 흥분하여 온몸을 떨었고, 집에 돌아와 침대에 눕고 나서야 진정되었다. 그때부터 내가 자주 먹잇감이 되곤 했던 무서운 악몽 속에 그 깊이가 가슴을 조이며 나타나, 꿈에서 신음하다 울면서 깨어났다. 그 가장 이른 날의 기억 이전에는 어떤 풍성하고 신비로운 삶이 펼쳐져 있었을까. 단 한 시간도 내 의식에 남아 있지 않은 삶이! 아무리 애를 써도 내 기억은 그날 너머로는 결코 거슬러 올라가지 못했다. 다만 가장 이른 시절과 그 감각을 엄밀히 더듬어보면, 호의에 대한 감각 다음으로 부끄러움이라는 감정만큼 일찍 그리고 강하게 내 안에서 깨어 있었던 것은 없으리라는 인상을 받는다. 다섯 살이 넘은 아이들에게서 가끔 수치심 없는 언행을 보았는데, 나는 세 살이나 네 살 때 그런 것은 하지 못했으리라고 안다.

체험, 지속적인 상태에 대한 좀 더 정확한 기억은 다섯 살

이전으로 거슬러 올라갈 수 없다. 여기서 비로소 내 주변의 모습, 부모님과 우리 집, 그리고 내가 자란 도시와 풍경의 첫 번째 그림이 나타난다.

이 시기에 새겨진 것은 도시 바깥, 한쪽에만 집이 늘어선 햇살 좋은 널찍한 거리, 우리가 살던 그 거리이며, 또 시청, 대성당, 라인 강의 다리 같은 눈에 띄는 건물들이고, 무엇보다 우리 집 뒤에서 시작되어 아이의 걸음으로는 끝이 없는 드넓은 초원이다. 깊은 감정의 체험이며 모든 사람들이며, 부모님의 초상마저도 이 초원만큼 일찍 또렷해지지는 않았던 것 같다. 거기에 수없이 세밀한 것들까지 포함해서. 초원에 대한 내 기억은 사람의 얼굴이나 겪은 운명에 대한 기억보다 더 오래된 듯하다.

의사나 하인들의 손이 함부로 내 몸에 닿는 것에 대한 거부감이 일찍부터 수치심을 동반했는데, 이것이 야외에서 혼자 있기를 일찍 좋아한 것과 관련이 있을지도 모른다. 그 시절 몇 시간이고 이어지던 산책의 목적지는 언제나 그 큰 초원에서 아무도 밟지 않은 가장 거친 풀밭이었다. 풀숲 속의 이 고독의 시간들이야말로, 떠올릴 때 어린 시절의 길을 되밟는 이를 대개 따라오는 그 애린 행복감으로 나를 가장 강하게 채워주는 것이기도 하다. 지금도 그 벌판의 풀 냄새가 미세한 구름이 되어 머리 위로 올라오며, 다른 어떤 시절도, 다른 어떤 초원도 그렇게 놀라운 떨개풀과 나비를 낳을 수 없고, 그렇게 싱그러

운 수초, 그렇게 금빛 미나리아재비, 그렇게 빛깔 풍부한 동자
꽃, 앵초, 초롱꽃, 산딸기꽃을 낳을 수 없다는 묘한 확신을 동
반한다. 그토록 근사하게 홀쭉한 질경이도, 그토록 노랗게 타
오르는 돌나물도, 그토록 유혹적으로 반짝이는 도마뱀과 나비
도 다시는 만나지 못했다. 꽃과 도마뱀이 그 이후 나쁘게 변한
것이 아니라 다만 내 마음과 내 눈이 변한 것이라는 인식을,
나의 이성은 지치고 미온적인 태도로 겨우 받아들인다.

떠올리면 이런 심정이 된다. 내가 나중에 눈으로 보고 손
에 넣었던 모든 귀한 것, 나의 예술마저도 저 초원의 찬란함에
비하면 보잘것없었다고. 밝은 아침이었다. 풀밭에 드러누워,
머리를 양손에 괴고, 햇살에 아른거리는 물결치는 풀의 바다
를 내다보았다. 그 안에 양귀비의 붉은 섬이, 초롱꽃의 파란 섬
이, 냉이꽃의 연보라 섬이 떠 있었다. 그 위로 번갯불 같은 노
란 나비들이 펄럭이며 나를 유혹했고, 섬세한 부전나비, 골동
품처럼 희귀한 빛깔을 내며 번쩍이는 오색나비와 엉겅퀴나비,
상제나비의 무거운 날개, 제비꼬리나비와 산호랑나비의 귀족
적 자태, 검붉은 제독나비, 경외심과 함께 이름이 불리는 희귀
한 아폴로나비. 동료들의 묘사를 통해 이미 알고 있던 이 아폴
로가 어느 날 내게로 날아와 가까이 땅에 앉아, 경이로운 설화
석고빛[1] 날개를 천천히 움직였다. 그 정교한 무늬와 곡선을 볼
수 있었고, 선명한 다이아몬드 선을, 그리고 양쪽 날개 위의 밝
은 핏빛 눈을 볼 수 있었다. 저 먼 시절의 기억 중 이 광경 앞에

서 나를 관통했던 숨 막히고 가슴 뛰는 환희만큼 강렬하고 선명하게 남아 있는 것은 별로 없다. 그러나 아이란 예측 불가능하고 잔인한 존재여서, 나는 곧 그 고귀한 동물에게 몰래 다가가 모자를 던졌다. 아폴로는 둘러보더니 우아하게 한 번 날아올라 아른거리는 금빛 햇살 속으로 순식간에 사라졌다. 내 사냥과 수집에 과학적 관심 같은 것은 전혀 없었다. 나비의 애벌레나 이름은—그곳에서는 나비를 '여름새', '줌머뵈글리'[2]라고 불렀는데—내게 중요하지 않았고, 많은 것에 내가 직접 이름을 지어주었다. 불그레한 파리의 한 종류를 '떨보'라 불렀고, 갈색 나비 한 부류를 '주둥이'라 불렀으며, 배추흰나비, 숲도깨비 등 예쁘지도 않고 희귀하지도 않은 온갖 나비 천민들에게는 '얼간이'라는 경멸 어린 총칭을 붙였다. 잡아서 모은 죽은 전리품에 대한 정성이 부족해 깔끔한 표본을 완성한 적은 한 번도 없다.

이 초원의 여름들에서 음악적 인상이라 할 만한 것은 찾을 수 없다. 기껏해야 멀리 지나가는 기차 기적에 대한 유별난 예민함과 두려움 정도다.

---

1 설화석고(Alabaster): 반투명하고 뽀얀 우윳빛을 띠는 광물로 고대부터 조각이나 공예품의 재료로 쓰였다.

2 줌머뵈글리(Summervögli): 나비를 뜻하는 스위스 독일어 방언. 직역하면 '여름의 작은 새'.

Beim Darandenken ist mir zu Mut, als wäre alles Kostbare, was ich später mit Augen sah und mit Händen besaß, und selber meine Kunst, gering gegen die Herrlichkeiten jener Wiese.

떠올리면 이런 심정이 된다. 내가 나중에 눈으로 보고 손에 넣었던 모든 귀한 것, 나의 예술마저도 저 초원의 찬란함에 비하면 보잘것없었다고.

빈센트 반 고흐 《오베르 인근의 들판》 1890

© Gunter Böhmer

하지만 그때 이미 음악이 내게 가까이 왔던 것은 분명하다. 대성당에 관한 가장 이르고 아스라한 황혼의 이미지들이 오르간 소리와 분리 불가능하게 내 안에 흐릿하게 비치고 있기 때문이다.

이 대성당과 도시 전체를 나는 푸른 자연보다 늦게, 천천히 알아갔다. 자연 속에서는 반나절이고 마음대로 혼자 돌아다닐 수 있었지만, 부모님이 혼자 시내에 나가는 것은 허락하지 않았고, 낯선 인파와 마차의 혼잡이 주는 두려움도 나를 주눅 들게 했다.

초원 시절의 푸른 날들이 아름답고 한결같이 밝고 끊기지 않는 꿈처럼 의식 속에 놓여 있지만, 그래도 특별히 빛나는 날들이 부드러운 윤곽을 가지고 하나둘 떠오른다. 그런 날을 더 많이 기억할 수 있다면 보물이라도 내놓겠다. 생각 속에서 내 인생길을 되짚어갈 때마다, 잊힌 수천 날에 대한 부드러운 슬픔이 나를 덮친다. 나에 대해 이야기해줄 사람은 이제 아무도 살아 있지 않으며, 내 어린 시절의 더 큰 부분은 불가해한 금빛 행복 속에 열리지 않은 채, 기적처럼 내 그리움 앞에 놓여 있다. 우리의 어린 시절이 낯선 것이 되어 망각 속에 떨어져야 한다는 것은 인간 삶의 불완전과 결핍에 속한다. 놀고 있던 손에서 빠져나가 깊은 우물 가장자리 너머로 떨어지는 보물처럼. 소년 시절까지는 내 삶의 실을 되짚어갈 수 있지만, 그보다 앞으로는 향기와 어스름 속에 드문드문 몇 개의 맑은 날만

이 솟아 있어, 실을 거기에 매어둘 뿐이다. 이런 날들의 기억에서 나는 종종 탑 위에서처럼 뒤를 돌아 첫 시절을 바라보지만, 형태 없는 수수께끼와 시초들로 일렁이는 바다만이 보일 뿐이다. 다만 거룩한 먼 곳의 향기와, 경이와 보물 위에 드리운 한 겹의 베일이 있다.

그 드문 은빛 순간 중 한 번의 산책이 특별히 소중한데, 아버지의 가장 이른 모습이 담겨 있기 때문이다. 아버지는 나와 함께 햇살에 데워진 산꼭대기 성 마르가레텐 교회의 돌담 난간에 앉아, 처음으로 높은 곳에서 그곳의 라인 평야를 보여주었다. 이 아름답고 밝은 초록빛 풍경의 첫인상은, 나중에 자주 반복해서 보면서 얻은 선명한 이미지와 내 기억 속에서 뒤섞인다. 하지만 아버지의 이 가장 오래된 모습은 이후의 모든 모습과 다르다. 아버지의 검은 수염이 나의 금발 이마에 닿았고, 크고 맑은 눈이 다정하게 나를 내려다보았다. 저 담 위에서의 휴식을 떠올리면, 다시 옆에서 아버지의 얼굴이 보이는 것만 같다. 검은 수염과 머리카락, 강하고 고상한 코, 단단하고 붉은 입, 목뒤의 검은 곱슬머리, 그리고 내게로 내린 큰 눈, 여름 하늘의 파란 배경 위에 단단하고 위엄 있게 놓인 그 머리 전체가.

같은 여름에 속하리라고 생각되는 또 하나의 그림이 있다. 아무런 맥락 없이, 그러나 놀라울 정도로 선명하고 충실하게 새겨진 그림이다.

아버지의 크고 마른 전신이 똑바로 서서 머리를 젖힌 채로 지는 해를 향해 걸어가고, 왼손에 중절모를 들고 있다. 아버지에게 어머니가 부드럽게 기대어 천천히 걷고 있다. 더 작고 더 튼튼한 체격에, 어깨에 흰 보자기를 두르고. 거의 맞닿은 두 사람의 검은 머리 사이로 핏빛 붉은 해가 타오른다. 두 사람의 윤곽은 단단하고 금빛으로 빛나게 그어져 있으며, 양쪽에는 익은 밀밭이 풍성하게 서 있다. 어느 날 그렇게 부모님 뒤를 걸었는지 나는 모른다. 하지만 그 광경은 선명하고 지울 수 없이 남아 있다. 살아 있는 것이든 그려진 것이든, 선과 색에서 내게 이보다 장엄하고 소중한 그림을 나는 모른다. 이삭들 사이 오솔길 위의 고귀한 두 사람이, 붉은빛을 향해 걸어가는, 말 없는, 저편의 빛에 씻긴 모습. 셀 수 없는 꿈과 깨어 있는 밤에 내 눈은 내 기억 속 이 가장 사랑스러운 보물에 매달렸다. 가장 금빛인 시간의 유산에. 다시는 그렇게 해가 지지 않았다. 이삭의 바다 뒤로, 그토록 붉고, 장엄하고, 평화롭고, 충만하고 흡족하게. 설령 다시 온다 해도 그저 수많은 저녁 중 하나일 뿐이리라. 그때 내가 그 그림자 속에서 따라 걸었던 이들이 없음을 그리워하고, 몸을 돌려 슬퍼해야 하리라.

아버지와 어머니에 대한 기억은 여기서부터 또렷해지기 시작한다. 초원의 고독 곁에 나란히, 독립적으로 다정한 가정생활이 흘러갔다. 여러 사람과 여러 자극이 있었기에, 이 생활에 대한 나의 의식은 풀숲에서의 삶만큼 통일적이고 뚜렷하지 않다. 아버지의 조형 예술과 문학에 대한 기호가, 어머니의 음악에 대한 기호가 얼마나 일찍 내게 작용했는지 분별하기란 불가능하다. 이런 종류의 개별적 인상은 좀 더 늦은 시기부터 기억에 남아 있는데, 실제로는 이미 훨씬 전부터 존재했을 것이 틀림없다.

어린 시절의 놀이에 대해 많이 말하기가 꺼려진다. 놀고 있는 아이의 영혼보다 더 경이롭고 이해할 수 없는 것은 없으며, 우리에게 더 낯설어지고 더 철저히 사라지는 것도 없다. 부모님의 넉넉한 형편과 지극한 후함 덕에 장난감은 풍족했다. 나는 병정 인형, 그림책, 조립 블록, 흔들 목마, 피리, 채찍과 수레를 가지고 있었고, 나중에는 가게 놀이 세트와 저울, 놀이용 돈과 물건들도, 연극 놀이를 위해서는 어머니의 상자들도 쓸 수 있었다. 그런데도 내 상상력은 덜 편리한 물건들에 더 기꺼이 매달렸다. 걸상으로 말을 만들고, 탁자로 집을 짓고, 헝겊 조각으로 새를 만들고, 벽과 화로 가리개와 이불로 괴물 같은 동굴을 만들었다.

그 곁에 어머니의 이야기 속에는 내 공상을 위한

© Gunter Böhmer

세계와 다리가 넘쳐났다. 세계적으로 유명한 낭독가와 이야기꾼과 수다꾼을 들어본 적이 있지만, 어머니의 이야기와 비교하면 모두 뻣뻣하고 무미건조했다. 오, 눈부시게 맑고 금빛 바탕의 예수 이야기들이여, 베들레헴이여, 성전의 소년이여, 엠마오로 가는 길이여! 아이의 삶이라는 넘치도록 풍요로운 세계에서, 이야기하는 어머니의 무릎에 깊은 경탄의 눈을 가진 금발 머리가 기대는 것보다 더 달콤하고 신성한 모습은 없다. 어머니들은 대체 어디서 이 거대하고 명랑한 예술을, 이 조각가의 혼을, 이 입술의 지칠 줄 모르는 마법의 샘을 가져오는 것일까? 내게 아직 보인다, 나의 어머니가, 아름다운 머리를 내게 기울이고, 호리호리하고 부드럽고 인내하는 모습이, 그 비할 데 없는 갈색 눈이!

성경 이야기의 닿을 수 없는 울림과 의미 다음으로 나는 동화의 샘에서 깊이 빨아들였다. 빨간 모자, 충직한 요하네스, 일곱 산 너머 일곱 난쟁이와 함께 사는 백설공주가 나를 그들의 수다스러운 무리 속으로 불러들였다. 탐욕스러운 내 감각은 곧 스스로 이야기를 만들어냈다. 달빛에 빛나는 요정의 춤판이 있는 산맥, 비단옷 여왕이 사는 궁전, 믿을 수 없이 깊고 소름 끼치는 산속 동굴을—유령, 은둔자, 숯쟁이, 도둑이 번갈아 으스스하게 들끓는. 침실의 두 침대 사이 좁은 공간은 특히 실눈 도깨비, 그을음투성이 광부, 머리가 잘린 떠돌이, 몽유병 살인자, 초록빛으로 곁눈질하는 맹수의 거처였으므로, 한동안은 어른과 동행해야만, 그 뒤로도 한참 동안은 소년의 자존심을 총동원해야만 그 앞을 지나갈 수 있었다. 한번은 아버지가 거기서 슬리퍼를 가져오라고 시켰다. 나는 침실에 갔지만 감히 그 공포의 장소에 다가가지 못하고 풀이 죽어 돌아와, 신발을 찾지 못했다고 둘러댔다. 아버지는 무언가 꾸며낸 말임을 짐작하고—또한 거짓말에도 엄격했으므로—나를 다시 보냈다. 나는 다시 침실에 들어갔지만 두려움은 더 커져서 일을 이루지 못한 채 같은 변명으로 돌아왔다. 문틈으로 나를 지켜보았던 아버지가 매우 엄숙하게 말했다.

"거짓말이야. 거기 있을 텐데."

동시에 직접 가져오러 가셨다. 하지만 내 공포는 극에 달해 전능한 아버지조차 내 요괴들 앞에서 안전하지 못 하리라 믿고 울면서 아버지에게 매달려, 뜨거운 눈물로 그 구석에 가까이 가지 말라고 간청했다. 아버지는 그래도 가셨고, 나를 억지로 데리고 갔으며, 몸을 굽혀 그 소름 끼치는 동굴에서 무사히 돌아왔다. 나는 오랫동안 감사 기도를 올리며, 이것을 오로지 아버지의 유래없는 용기와 하느님의 아주 특별한 보호 덕분이라고만 여겼다.

또 한 번은 내 공포감이 완전히 병적인 데까지 자라났다. 이 사건은 모든 고통스러운 세부까지 날카롭고 정확하게 새겨져, 메두사의 머리처럼 소름 끼치도록 아름답게, 그러나 주로 소름 끼치게, 어린 시절 낭만의 저 시기 전체 위에 걸려 있다.

어둑해질 무렵, 이미 약간 오싹한 기분으로 우리는 시내에서 돌아오고 있었다. 이웃집의 열네 살가량 된 여자아이 둘, 그들의 남동생과 나. 높은 건물과 탑들이 들쭉날쭉한 그림자를 길 위에 드리웠고, 가로등이 켜지기 시작했다. 거기를 지나가다가 대장간 안을 들여다보게 되었는데, 어둠 속에서 불꽃이 튀는 화로 곁에 그을음투성이인 반나체의 사내들이 큰 집게를 들고 고문 집행인처럼 서 있었다. 또 이전에는 들어본 적 없는 주정꾼들의 거친 고함이 내게는 맹수 같고 범죄적으로 느껴졌다. 이제 거의 어둠 속에서 소녀 하나가, 자신도 으스스하면서, 바르바라 종의 이야기를 내게 해주었다. 이 종은 바르바라 교회에 걸려 있었고 마법과 범죄에서 태어난 것이었다. 종은 끊임없이 잔혹하게 살해된 바르바라의 이름을 피 묻은 목소리로 불러대었고, 그래서 살인자들이 종을 훔쳐 묻어버렸다. 그런데 저녁 종을 칠 시간이 되면, 종이 땅속에서 크고 처절하게 울리기 시작한다:

바르바라는 나의 이름,

바르바라 교회에 나는 걸려 있었네,

바르바라가 나의 고향.

이 반쯤 속삭이듯 들려온 이야기가 나를 끔찍하게 동요시켰다. 공포는, 그것을 속으로 감추려 애썼기에 더 커졌다. 어린 남자아이는 아무것도 이해하지 못한 채 아무 걱정 없이 저녁 속으로 걸어가고 있었고, 나이 든 동행자들 앞에서는―그들도 겁이 나서 속삭이듯 말하고 있었지만—부끄러웠다. 이야기 한마디 한마디에 전율이 일었고, 이가 덜덜 부딪쳤다. 이야기가 막 끝났을 때 성 페터 교회에서 저녁 종이 떨리며 울리자, 나는 미칠 듯한 공포에 어린 소년의 손을 놓고 지옥 전체에 쫓기듯 밤 속으로 달렸다. 비틀거리고, 넘어지고, 헐떡이고 떨며 집에 실려 왔다. 밤새 고통스러운 공포로 경련에 떨었고, 한동안 바르바라라는 말만 들어도 등골 가장 깊은 곳에서 얼음장 같은 것이 지나갔다. 그때부터 도깨비, 뱀파이어, 악령에 대한 믿음은 더 생생해졌다. 상상할 수 없는 온갖 공포와 함께 그것들이 직접 내 등 뒤에 앉아 있었으니까.

대략 이 무렵, 이제 막 깨어나는 이성이 최초의 요구를 시작했고, 나를 하도 괴롭혀서 무력한 분노와 성급함의 광폭한 발작을 자주 보였다. 여기에도 어린 시절의 한 조각이 있는데, 대다수 사람에겐 지나치리만큼 철저히 사라지는 부분이다. 진리에의 욕구, 사물과 그 원인을 향한 조망과 갈망, 조화와 확실한 지적 소유에 대한 열망. 나는 대답 없는 무수한 질문에 시달렸고, 답을 찾으려 했다. 질문받는 어른들에게 이런 내 질문은 종종 하찮았고 내 고민은 이해 불가능한 것이었다. 회피나 조롱으로 알아차린 대답은 자주 내 영혼을 서서히 흔들리는 신화의 건물 속으로 다시 움츠리게 했다.

이 탐구와 물음의 얼마만큼이라도 청소년기 너머까지 자기 안에 간직할 수 있다면, 많은 사람의 삶이 얼마나 더 진지하고, 순수하고, 경건해질까! 무지개는 무엇인가? 바람은 왜 울부짖는가? 초원이 시드는 것은 어디서, 다시 피어나는 것은 어디서 오는가, 비와 눈은 어디서? 우리는 왜 부유하고 이웃 슈펭글러는 왜 가난한가? 저녁에 해는 어디로 가는가?

이 질문들에 아버지는, 어머니의 지혜나 인내가 바닥이 나면, 비할 데 없는 사랑과 섬세함으로 응해주셨다. "그건 하느님이 그냥 그렇게 만드신 거야"라는 상투적 근거가 더 이상 충분하지 않게 되자, 아버지는 큰 예술가의 붓놀림으로 나에게 눈에 보이는 세계를, 초목과 동물이 사는 지구의 표면을, 별들의 회귀를 설명해주었다. 동시에 내 동화 숲 곁에 고대사의 고귀한 형상들이 일어나게 하고, 그리스의 도시들과 옛 로마가 떠오르게 했다. 아이란 마음이 넓어서 상상력의 마법으로, 나이든 머리로는 격렬한 전쟁과 양자택일이 되는 모순된 것들마저 영혼 안에 나란히 품을 수 있다. 그렇긴 해도, 나 자신이 즐겨 지어내고 아이의 창조력을 가지고 놀았기에, 다양한 의심이 생겨났다. 그중 가장 활발한 것은 내가 애지중지하던 그림백과사전의 진실성에 대한 것이었다. 첫 호기심부터 한참 자란 소년기까지 나를 동반하여, 내 이야기 속에서 로빈슨과 걸리버가 현실 세계에서 하는 역할의 정반대를 맡았던 그 그림책. 나는 한동안 이 그림들이 현실 세계에 원본이 있는지, 아니면 그저 화가의 재미있는 상상에 불과한지를 꽤 강하게 의심했다. 기사나 건축물이나 다른 역사적 대상의 그림을 볼 때, 나도 아킬레우스며 큰 교회며 그 비슷한 것을 그리거나 만들어서 친구들에게 진짜라고, 혹은 정확한 모사라고 내밀었던 적이 있음을 흡족한 꾀쟁이의 기분으로 떠올렸다. 아버지가 그 사실을 간파하고는 책의 마지막 페이지 즈음에서 내가 그동안 놓쳤던 우리 도시 교회의 그림을 펼쳐 보여주었고, 나는 크게 당황하며 즉시 그것을 알아보았다. 그때부터 한동안 아버지의 모든 말이 다시 의심의 여지 없이 증거로써 믿을 만한 힘을 갖게 되었다. 이웃집 소년이 어느 날 비밀스럽고 대단하다는 듯이 알려왔다. 우리의 이야기와 상상의 체험담에서 핵심 인물인 '야생인'이 성문 근처 페터스그라벤의 곡물 창고에 살고 있다고, 자기 아버지가 그렇게 말했다고. 그 으스대기는 소용없었다. 내 아버지가 이미 더 좋은, 비록 그렇게 명확하지는 않은 설명을 해주셨으니까. 그래서 나는 시큰둥한 데 그치지 않고, 의기양양하게 비웃으며 친구에게 대답했다. 네 아버지한테 돌아가서, 낙타라고 전해 드려라. 이 대답 덕분에 나는 먼저 모욕당한 친구에게서, 그다음 아버지에게서 매를 맞았다.

사랑하는 아버지의 손에서 오는 그런 징벌에 나는 대개 고집과 침묵으로 맞섰지만, 작은 가슴은 그것을 형언할 수 없이 쓰고, 아프고, 굴욕적으로 느꼈다. 내가 기억할 수 있는 가장 이른 고통이며, 내 어린 시절에 대한 심상 속에서 학교에 들어가기 전에 찾아온 유일한 흐림이다. 맞고 고집을 부리는 것으로 끝나지 않았다. 벌의 진짜 쓴 핵심은, 나 자신을 낮추고 용서를 빌어야만 부모님의 눈이 다시 다정해지고 귀가 다시 열린다는 그 강제성이었다. 물론 그로 인해, 그리고 매번 다정하고 진지한 화해로 인해 징벌의 가시는 꺾였지만, 지치고 이성적으로 되어 "용서해주세요"를 말할 수 있기까지는 매번 다시 쓰고 눈물 가득한 싸움이 필요했다. 어머니의 입맞춤도 동행도 없이 침묵 속에 주눅 들어 혼자 잠자리에 든 첫 저녁을 나는 여전히 또렷하게 기억한다. 이후의 삶에서 몇 번이나 물이 목까지 찼지만, 이름 없는 고통과 분열의 감정이 저 슬픈 저녁만큼 형언할 수 없이 무겁게 나를 짓누른 적은 아마 없을 것이다. 내가 기도를 할 수 없었던 최초의 저녁이기도 했다. 기도문의 글귀가 혀 위에서 막히고, 처음으로 그 무거운 진지함을 드러내며, 질식하는 사람의 목을 조르듯 나를 조였다. 그리하여 이 가장 어두운 시간은, 단번에, 생각 없이 내가 기도하는 것을 불가능하게 만들었다.

그러는 사이 내 이성은 자라났고, 최초의 가르침과 경험을 토대 삼아 점차 더 조용해지는 독자적 활동의 기쁨을 누리기 시작했다. 내 놀이는 본보기 없이 좀 더 복잡하고 지적인 소년 놀이의 형태를 갖추어갔다. 알파벳은 학교에 대한 상쾌하고 짧은 예감을 주었다. 나는 이미 기억이라는 것을 갖기 시작했고, 학교 입학 날짜가 정해지자 내일과 모레를 헤아리는 법을 배웠다.

이 정도가 첫 시절에 대해 내가 아직 가지고 있는 기억의 전부다. 아니, 전부는 아니다. 가장 좋은 것은 말로 옮기지 못했으니까. 꿈결 같은 봄의 감각, 행복했던 취미의 감각, 어린 시절 기쁨과 아픔의 부드러운 여운—이후 시절보다 큰 기쁨과 아픔을 더 진심으로 누리고 더 깊이 앓았던. 숲에 갔던 일, 이웃과의 우정, 엿보았던 고양이 새끼와 쓰다듬었던 어린 양 등 한 다발의 사랑스럽고 섬세한 기억들은 글로 옮기지 못했다.

학교에 들어가기 직전의 마지막 시기가, 소년의 자존심이 깨어나고, 꿈에서 사고로 넘어가는 불안정한 과도기가, 알록달록한 상상력과 이 가장 이른 그림들이 그려진 형언할 수 없는 금빛 바탕이 서서히 바래가는 것이, 우습고 서글프게 나를 건드린다. 내 기억은 어린 시절 마지막 자유로운 해를 하나의 기묘한 저녁으로 마무리한다. 학교에 들어가기 직전이었고, 어린 여동생의 생일이었다. 11월 27일. 이 여동생에게 한동안 집의 모든 보살핌과 사랑이 쏠려 있었고, 나는 불안한 마음으로 어두워지는 창가에 혼자 앉아 있었다. 밖은 늦가을이었고 이른 별빛이 맑게 뜬 밤이었다. 곧 시작될 진짜 삶을 향한 기대 곁에, 작별의 감정이 내 안에서 살아 움직이고 있었다. 지금까지의 나날이 가졌던 자유와 꿈의 깊이로 돌아가고 싶은, 반쯤은 무의식적인 그리움이.

그때였다. 별들 사이에서 움직임이 보인 것 같았다. 눈을 하늘에 고정하고 꼼짝하지 않고 바라보았는데, 한 별이 이상

© Gunter Böhmer

하게 깜빡이더니 갑자기 어둠 속으로 쏟아져, 흔적 없이 꺼졌다. 그리고 또 하나, 저기 둘이 동시에, 그리고 결국 움직이는 한 무리. 아버지가 방에 들어오고, 하인들도 들어와, 우리는 한참 동안 어둠 속에 서서 무수한 별똥별의 드문 장관을 바라보았다. 그 기묘한 시간에 감동하면서, 저마다, 나는 믿는다, 이 어두운 방에서 미끄러지는 별들을 바라보는 이 장면은 잊을 수 없으리라는 생각과 함께.

학교에 다니기 시작하면서 나의 인간적, 사회적 삶이 시작되었다. 여기서 존재는 처음으로 작은 세계의 모습이 되고, 여기서 '실제' 삶의 법칙과 기준이 효력을 발하며, 여기서 노력과 절망이, 갈등과 자아의식이, 불만과 분열이, 투쟁과 눈치가, 그리고 끝없는 날들의 순환이 시작된다. 먼저, 시간이 평일과 휴일로 나뉜다! 시간 단위로 살고 일해야 하며, 매일이 제 무게와 확고한 가치를 가지고 시간에서 개별 조각으로 떨어져 나온다. 달과 계절의 무진장함, 충만한 데서 살아가는 것은 끝난다. 축제, 일요일, 생일은 더 이상 깜짝 놀라움으로 우리 앞에 나타나지 않고, 그 시기와 반복이 시계의 숫자처럼 정해져 있어, 시곗바늘이 거기 닿기까지 얼마나 걸리는지 우리는 안다.

직접 나를 가르치겠다는 아버지의 소망은 일반적 관행과 친척과 친구 모두의 충고를 이기지 못했다. 나는 공립학교에 보내졌고, 해마다 바뀌는 여러 선생을 두었으며, 이 기관의 온갖 폐단을 겪었다. 학교와 집은 엄격히 분리된 두 세계였고, 내

복종에는 두 명의 수장이 있었다. 하나는 내 사랑에, 다른 하나는 내 두려움에 기대야 했다. 첫 번째 악은, 엄한 선생에게 잦은 매와 벌을 당하는 데 익숙해지면서, 아버지의 벌을 이전처럼 무겁게 여기지 않게 된 것이었다. 가정의 징벌이 그 가치를 잃었고, 아버지는 도덕적 요철을 다루는 가장 단순한 방법이 점차 불가능해졌다. 그로부터 아버지에게는 한없는 걱정과 수고가, 내게는 많은 비참함이 이어졌다. 모든 교정과 용서가 어려워지고 오랜 시간이 필요했다. 그런 위기의 시기에 나는 때로 절망했고, 걱정과 분노에 앓았으며, 비참, 수치, 울화, 자존심에 시달렸다. 학교에서 학대당하고, 집에서 어떤 잘못의 무거운 침묵에 눌려, 나는 종종 큰 초원에 몸을 내던지고 알 수 없는 잔혹한 우세 앞에 흐느끼며 싸웠다. 점심 식탁에서 대화가 불가능한 이 시간들, 다음 지긋지긋한 수업 시간이 두려워지는 이 시간들, 눌려 있는 아버지의 훈계가 부모님, 어린 동생들, 심지어 하인들의 표정에서 읽히는 이 시간들, 아버지와 함께 걷는 이 말 없고 고집 센 산책들, 아버지가 기다리는 용서의 말이나 다른 어떤 이야기를 고집과 수치심으로 속에 누르고 있던 이 산책들은 모든 무게와 함께 아직도 딱딱하고 끔찍하게 기억 속에 놓여 있다.

내 불안과 억눌린 열정과 넘치는 생명력이 공간을 요구했으므로, 나는 지금까지 몰랐던 소년 놀이에 온 젊은 감각의 야성을 다해 뛰어들었다. 곧 모든 친구들 앞에 나섰다. 체조 선수로, 장군으로, 도둑 떼 두목이나 인디언 추장으로―집안 분위기가 궂을수록 더 격렬하게. 부모님, 특히 걱정스러운 어머니는 내가 말괄량이와 사고뭉치로 이름이 오르내리는 것을 슬픔으로 지켜보았다. 부모님 눈앞에서 나는 대개 말없이 풀 죽어 돌아다니면서.

세 번째 학년이었던 어느 날, 우리 거리의 가난한 수공업자 집 유리창을 새총으로 깨뜨렸다. 그 남자가 아버지에게 달려와 내가 고의로 저질렀다고 알렸고, 게다가 내가 건달이자 거리의 폭군이라고 덧붙였다. 저녁에 아버지가 이 모든 것을 말하며 자백을 다그쳤을 때, 나는 고발자에게 하도 분개하여 부정할 수 없는 유리창 사건마저 완강히 부인했다. 유난히 세게 맞아, 이번에야말로 고집을 꺾어선 안 된다고 믿었다. 며칠간 위축되어 적대적으로 지냈고, 아버지는 침묵했으며 온 집안에 그림자가 드리웠다. 이 며칠 동안 나는 이전 어느 때보다 불행했다. 이때 아버지가 일주일간 출장을 가야 했다. 그날 학교에서 돌아왔을 때 아버지는 이미 떠나셨고 내게 쪽지를 남겨두셨다. 점심 후 맨 꼭대기 다락방에 올라가 편지를 열었다. 예쁜 그림 한 장이 떨어져 나왔고, 아버지가 손으로 쓴 쪽지가 있었다:

"네가 고백하지 않은 잘못 때문에 벌을 주었다. 네가 그 일을 정말 저질렀고 나에게 거짓말을 한 것이라면, 내가 앞으로 어떻게 너와 이야기할 수 있겠니? 그렇지 않다면,

내가 너를 억울하게 때린 셈이다. 일주일 뒤 내가 돌아올 때, 둘 중 하나는 다른 한 사람에게 용서를 구할 수 있어야 하지 않겠니."

너의 아버지.

온종일 그 쪽지를 들고 집과 정원을 불안하고 격앙된 채로 돌아다녔다. 이 남자 대 남자로서의 말이 자부심과 뉘우침으로 나를 채웠고, 다른 어떤 말도 하지 못했을 방식으로 나의 가슴을 관통했다. 다음 날 아침 그 편지를 들고 어머니의 침대 곁에 가서 울었고 할 말을 찾지 못했다. 그런 뒤 오랜 부재에서 돌아온 사람처럼 집 안을 돌아다녔다. 모든 것이 그토록 오래되었으면서 새롭게 내게 되돌아왔고, 나는 주박에서 풀려 있었다. 저녁에는 오랜만에 어머니의 발치에 앉아 어린아이 시절처럼 어머니가 이야기하는 것을 들었다. 입에서 나오는 것이 그토록 달콤하고 어머니다운 것이었지만, 이야기하는 것은 동화가 아니었다. 어머니는 내가 어머니에게 낯선 사람이 되었던 시기에 대해 말했고, 그때 어머니의 불안과 사랑이 어떻게 나를 따라다녔는지를 말했다. 한마디 한마디가 나를 부끄럽게 하고 또한 행복하게 했다. 그러고 나서 우리 둘은 사랑과 존경의 이름으로 아버지를 이야기했고, 아버지가 돌아오실 날을 그리워하며 기뻐했다.

아버지가 돌아온 날은 동시에 내 여름 방학 전날이어서 나의 행복을 완성했다. 짧은 대화 끝에 아버지가 나와 함께 서재에서 나오며 어머니에게 나를 데려갔다.

"여기 우리 아들을 다시 데려왔소, 여보. 오늘부터 다시 나의 아들이오."

"저한테는 벌써 일주일 전부터였는 걸요!" 어머니가 미소 지으며 받아쳤고, 우리는 즐거이 식탁에 앉았다.

그날 학교에서 돌아왔을 때 아버지는 이미 떠나셨고 내게 쪽지를 남겨두셨다. 점심 후 맨 꼭대기 다락방에 올라가 편지를 열었다. 예쁜 그림 한 장이 떨어져 나왔고, 아버지가 손으로 쓴 쪽지가 있었다:

"네가 고백하지 않은 잘못 때문에 벌을 주었다. 네가 그 일을 정말 저질렀고 나에게 거짓말을 한 것이라면, 내가 앞으로 어떻게 너와 이야기할 수 있겠니? 그렇지 않다면, 내가 너를 억울하게 때린 셈이다. 일주일 뒤 내가 돌아올 때, 둘 중 하나는 다른 한 사람에게 용서를 구할 수 있어야 하지 않겠니."

너의 아버지.

헤르만 헤세 가족 사진 1889년 (사진 왼쪽 12살의 헤르만 헤세)

© Martin Hesse Erben.

이날부터 시작된 방학은 내 학창 시절 안에 울타리 둘린
푸른 정원처럼 놓여 있다. 햇살 가득한 날들, 놀이와 수다의 저
녁들, 맑은 양심으로 깊이 잠드는 밤들! 매일 저녁 아버지는
나와 손을 잡고 시내에서 반 시간 거리의 채석장으로 산책했
다. 거기서 우리는 집과 동굴을 짓고, 과녁을 향해 돌을 던지
고, 화석을 망치질했다.

© Gunter Böhmer

돌아오는 길에 농가에서 우유를 마시고 빵을 먹으며, 어머니의 저녁 식사를 자랑스럽게 사양하고, 온갖 비밀로 어머니를 놀리며, 명중 하나하나와 발견한 적철광과 반짝이는 돌맹이 하나하나를 자랑했다. 아버지는 길잡이, 사냥꾼, 사격수, 발명가의 면모를 보여주었다. 반나절씩 우리는 초원과 숲 비탈을 걷고 쉬었다. 단둘이서, 빵 한 덩이를 주머니에 넣고, 길을 발견하고 식물을 채집하면서. 아버지가 자신의 젊은 시절을 다시 찾고 있다는 것을, 상기된 가슴과 붉어진 뺨을 기뻐하고 있다는 것을 나는 어렴풋이 느꼈다. 아버지는 체질이 약해서 두통과 다른 병에 자주 시달렸으니까. 이제 우리는 소년 둘처럼 함께 걸었다. 창을 깎고, 연을 날리고, 정원을 파고, 마당에서 온갖 도구와 상자를 목수처럼 만들었다.

대략 이 시기에 내 귀가 깨어나기 시작했고, 상상력이 선율로 채워지기 시작했다. 쉬는 시간이면 대성당으로 가서 문 사이로 몰래 들어가, 몇 시간이고 홀로 자기 예술을 즐기는 오르간 주자의 연주를 듣곤 했다. 등하굣길에, 정원에서, 심지어 침대에서도 흥얼거리고 노래했으며, 여러 찬송가와 노래 선율을 일찍이 익혔다.

그리고 아홉 살 생일에 부모님이 바이올린을 선물해줬다. 이날부터 밝은 갈색의 작은 바이올린은 모든 여정에 나와 함께했다. 오랜 세월 동안. 이날부터 나에게는 피난처가, 내면의 고향이, 도피처가 있었다. 그 이후로 셀 수 없는 동요와 기쁨과 근심이 거기에 모였다.

선생은 나에게 만족했다. 내 귀와 기억력은 바이올리니스트식 재능이 날카롭고 고통스러울 만큼 충실했으며, 수업이 진행되면서 조금씩 드러나기 시작했다. 단단하고 유능한 팔, 자유로운 손목, 강인하고 지구력 있는 손가락.

불행하게도 한동안 음악은 예상치 못한 악이 되었다. 나를 거의 완전히 사로잡아 학생으로서의 근면을 시들게 했다. 반면 내 야심과 소년의 야성을 거친 놀이와 말썽으로부터 돌려세웠고, 격렬함과 열정을 누그러뜨렸으며, 말수 적고 원만하게 만들었다. 나는 결코 바이올리니스트로 길러지지 않았다. 선생은 아마추어이기까지 해서 수업은 즐거웠고, 엄격한 연습과 정밀함보다는 빨리 뭔가를 할 수 있게 되는 데 맞추어져 있었다. 어머니 생일에 연주한 첫 번째 찬송가는 온 집안의 경사였다.

© Gunter Böhmer

그 다음에는 가보트, 그 다음에는 하이든 소나타! 나 자신도 기쁨과 자부심으로 가득했지만, 어느 사이엔가 내 본성이 뭔가 부족하다는 것을 느끼기 시작했고, 덕분에 위험스러운 종류의 아마추어적 허세로부터 나를 지킬 수 있었다. 학교는 그 옆에서 나란히 이어졌고, 열네 살이 될 때까지 내내 어딘가 강제 수용소 같은 답답함을 풍겼다. 내 고통과 쓴 기억들이 얼마나 나 자신의 잘못이고 얼마나 그 교육 방식의 탓인지는 판단하기 어렵다. 다만 학교에서 보낸 팔 년 동안 내가 사랑하고 감사할 수 있었던 선생님은 단 한 명뿐이었다. 어린아이의 마음을 조금이라도 알고, 그 여린 감수성을 스스로 간직하고 있는 사람이라면, 한 학생이 얼마나 깊이 괴로울 수 있는지를 안다. 일부 교사들의 무례함과 괴롭힘, 상처 건드리기, 잔인한 체벌, 수없는 몰염치함을 떠올릴 때면 아직도 수치스럽고 분한 마음에 몸이 떨린다. 말해두지만, 나는 아이들에게 필요한 훈계의 회초리를 말하는 것이 아니다. 내가 말하는 것은 아이의 신뢰와 정의감에 가해지는 죄악들이다. 수줍은 어린 물음에 돌아오는 거친 대답, 사물들에 대해 조금씩 쌓아온 앎을 하나로 이어보려는 어린 본능에 대한 무관심, 아이다운 순진한 믿음을 비웃음으로 받아치는 일. 나만 이런 방식에 괴로워했던 것이 아니며, 내 분노와 상처받은 어린 영혼에 대한 슬픔이 예민한 한 사람의 쓴소리만은 아니라는 것을 나는 안다. 같은 하소연을 많은 사람에게서 들었기 때문이다. 물론 소년기의 특유한 성질―예민하고 복잡하며 분리와 탈피와 혼란으로 가득한, 이해하기 어려운 격동과 충동의 시기―도 있다. 그래도 나는 슬픔과 비판을 멈출 수 없다. 이후 내 삶 전체에 걸쳐 나는 어린 소년들에게 유난히 마음이 쏠렸고, 붉어진 소년의 얼굴에서 내가 옛날에 느꼈던 두려움을 자주 다시 만났다.

그 쓴 기억들 몇 가지를 적는 과정이 내 마음에 걸린다. 시들어가는 어린 시절과 돋아나는 청년 시절 사이에서, 기억은 묶이고 짓눌린 채 헤맨다.

아버지로부터 정원과 들판과 서재에서 배운 것들은 그러나 밝고 환하게, 존경과 사랑으로 빛난다. 그 가르침이 역사와 문학이라는 서로 닿아 있는 두 왕국을 내게 열어주었다. 왕관을 쓴 왕들과 패배를 감내하는 자들, 군대의 행진과 눈부신 도시들과 함께 그리스의 역사가 펼쳐졌고, 영광의 승리자들과 정복된 대륙들과 찬란한 개선 행렬과 함께 로마의 역사가 펼쳐졌다. 그 화려함과 장대함 앞에서 가장 이른 독일의 사냥과 피 흘린 방랑의 이야기들은 한동안 내게 별 감흥을 주지 못했다.

아버지가 묻고 답하고 이야기하는 방식으로 가르쳐준 것들은 내 안에 좋은 바탕을 만들었다. 교실에서, 선생님들의 입에서 나올 때는 지루하고 괴롭게 느껴지던 것들이, 여기서는 매력적인 형태를 갖추고 진지하게 힘써볼 만한 것으로 보였다.

나는 반에서 선생님의 총애를 받은 적은 없었지만 대개 상

위권을 유지했고 특히 라틴어 수업에서 좋은 성적을 올렸다. 라틴어는 쉽게, 그리고 열심히 배웠다. 학창 시절 내내, 그리고 이후 평생 라틴어는 내 친구로, 익숙한 언어로 남았다.

그렇게 나는 뷔르템베르크의 어느 기숙학교에 들어갈 준비가 된 것으로 여겨졌다. 시험은 무난히 통과했다. 첫 학교 생활이 끝났고, 야심 차게 바라온 그 유서 깊은 수도원 학교의 문 앞에 여름 방학 한 달이 놓여 있었다.

그 방학에 아버지가 처음으로 내게 괴테의 시를 읽어주었다.「모든 봉우리 위에」는 아버지가 가장 좋아하는 시였다.

어느 은빛 저녁, 초승달이 뜬 밤, 우리는 숲이 우거진 산꼭대기에 함께 서 있었다. 오르막길을 올라온 숨을 고르며, 진지하고 따뜻한 대화를 나눈 뒤, 달빛에 젖은 고요한 풍경 앞에서 말없이 서 있었다.

아버지가 돌 위에 앉아 주위를 둘러보다가 나를 곁에 앉히고 팔을 두르며 조용하고 엄숙하게 그 헤아릴 수 없는, 경이로운 시를 낭송했다.

© Gunter Böhmer

모든 봉우리 위에   Über allen Gipfeln

고요가 있다.   Ist Ruh.

모든 나무 꼭대기에서   In allen Wipfeln

너는 느끼지 못하네   Spürest du

바람 한 줄기조차.   Kaum einen Hauch,

숲속의 작은 새들 잠잠하니   Die Vöglein schweigen im Walde,

기다려라, 머지않아   Warte nur, balde

너도 쉬게 되리라.[3]   Ruhest du auch.

그 뒤로 나는 수백 번, 수백 가지 상황과 기분 속에서 이 시를 듣고 읽고 되뇌었다—숲속의 작은 새들 잠잠하니—그리고 그때마다 부드럽고 가슴 풀어지는 서늘한 슬픔이 밀려왔다. 그럴 때마다 나는 고개를 떨구고 묘하게 아린 행복감을 느꼈다. 마치 그 말들이 내게 기댄 아버지의 입에서 나오는 것처럼, 아버지의 팔이 내 어깨를 감싸고 있는 것처럼, 아버지의 넓고 맑은 이마가 보이는 것처럼, 아버지의 낮은 목소리가 들리는 것처럼.

---

3   요한 볼프강 폰 괴테 「나그네의 밤노래 2(Wanderers Nachtlied II)」 1780

DIE NOVEMBERNACHT.
EINE TÜBINGER ERINNERUNG.
(GESCHRIEBEN 1899.)

© Gunter Böhmer

11월의 밤
튀빙겐의 어느 기억

(1899년 집필)

튀빙겐 위로 시커먼 구름이 뒤덮인 11월의 밤이 드리워져 있었다. 폭풍과 이슬비가 좁은 골목 사이를 덜컹거리며 스쳐 지나갔고, 이따금 일렁이는 붉은 가로등 불빛이 젖은 포석 위에 흐릿하게 반사되었다. 탁하고 시커멓게, 두세 개의 작고 붉은 창문만 눈처럼 빛내며, 오래된 성은 반쯤 졸고 있는 게으른 짐승처럼 긴 언덕 위에 웅크려 있었다. 뾰족한 지붕 주위로 구름 조각들이 너울거렸다. 크고 엄숙한 가로수 길에는 묵은 밤나무며 보리수며 플라타너스가 벌거벗은 채 앙상하게 폭풍 속에 서 있었는데, 그 모습이 마치 음울하되 꿋꿋한 노병들의 대열 같았다. 낙엽 소용돌이가 축축한 길 위로 날아갔고, 넓은 가을 풀밭은 물러지고 잿빛으로 늘어져 있었으며, 군데군데 가장자리에서 바람을 피한 가로등이 들쭉날쭉 거친 빛을 던졌다. 가까운 역에서 로이틀링겐행 막차의 길고 지친 기적 소리가 무거운 공기를 뚫고 들려왔는데, 그 쉰 목소리처럼 꺼져가는 소리가 이 밤 전체의 분위기와 더없이 잘 어울렸다.

　　폭풍이 잠깐 숨을 고르는 사이, 네카어강의 서늘한 물소리
가 또렷해졌다. 강변은 잿빛의 슬픈 고요 속에 깊이 잠겨 있었
고, 수많은 밝고 노래 넘치던 여름밤 축제의 희미한 흔적조차
남아 있지 않았다. 마찬가지로 저 넓고 침울한 신학교 건물에
도, 한때 그 안에서 열광적이고 아스라한 젊은 학기를 보냈던
숱한 빛나는 영혼들의 흔적이 더 이상 묻어 있지 않았다. 기껏
해야 베일에 싸인 불쌍한 횔덜린[4]의 하프에서 아직 사라지지
않은 비가의 여운 몇 자락이 남아 있을 뿐. 그 대신 그 자리에
는 엄격하고 부지런한 현재가 타오르고 있었다. 신학교 전면
에 걸쳐 흩뿌려진 수많은 공부용 등잔이 넓고 낮은 창문을 통
해 흐릿한 붉은빛을 내비쳤다. 지금 그 안에는 편람과 사전과
텍스트가 셀 수 없이 진지한 젊은 눈앞에 펼쳐져 있을 터였다.
플라톤, 아리스토텔레스, 칸트, 피히테, 어쩌면 쇼펜하우어의
판본들, 히브리어·그리스어·라틴어·독일어 성경. 어쩌면 바로
이 창문 뒤에서 지금 이 시각, 젊은 철학 천재가 처음으로 사
색에 골몰하고 있을지도 모르고, 동시에 미래의 근엄한 변증
론자 될 누군가가 자기 요새의 첫 번째 돌을 놓고 있을지도 모
를 일이었다.

　　아래쪽 네카어 다리 쪽에서 플라타너스 가로수길을 걸어

4　　프리드리히 횔덜린(Friedrich Hölderlin) 1770-1843 독일의 시인

오던 두 젊은 남자가 웃으며 그쪽을 바라보았다. 그 엄숙하고 미래를 잉태한 정신의 성채에 대해 존경심이라곤 눈곱만큼도 보이지 않았다. 두 사람은 회색 로덴 외투 차림으로, 비를 아랑곳하지 않고, 몰아치는 가을밤 속을 천천히 걸었다.

"아직 남은 거 있어?"

목사 후보생 오토 아버가 동행에게 물었고, 이에 시인 헤르만 라우셔는 외투 주머니에서 배 불뚝한 베네딕틴[5] 병을 억지로 끄집어내 후보 사제에게 건넸다.

"마지막 한 모금!" 아버가 외치며 강 건너편으로 우뚝 솟은 신학교를 향해 병을 치켜들었다. "신학교를 위하여!"

그는 단번에 병을 비웠다.

"이 빈 병은 어떡하지?" 라우셔가 물었다. "파출소에 가서 사랑스러운 튀빙겐 시경에 헌정할까."

"경찰은 무슨!" 아버가 웃었다. "이렇게!" 그리고 병을 네카어강 너머로 내던졌다. 병은 신학교 건물의 기둥에 부딪혀 산산조각이 났다. "자, 이제 어디로?"

"그래, 어디로 갈까." 라우셔가 곰곰이 말했다. "슈타인라흐에선 와인에 죽어나고, 질버부르크에는 쇼르셸이 없고, 카이저에선 로이겔이 퍼마시고 있고, 존네는 사람이 너무 많고, 뢰벤

---

5   베네딕트 수도회에서 유래한 약초 리큐르. 도수 40도

은─"

"야, 뢰벤으로 가자!" 아버가 소리쳤다. "생각났는데, 제벨베처랑 엘렌딜레가 오늘 저녁 거기서 목요일 결투 자축연을 벌이고 있을 거야. 가자! 그나저나 개 같은 날씨네."

목사 후보생은 긴 외투를 더 바짝 여미고 발걸음을 빠르게 했다.

"왜 뛰는 거야!" 라우셔가 소리쳤다. "우리한테 이 정도 날씨면 차고 넘치지. 난 이게 양지바른 데서 떠돌이 행세하는 것보단 낫더라. 베네딕틴이 안 떨어졌으면 야외 주막이라도 했을 텐데. 게다가 제벨베처는 지루하고, 엘렌딜레는 곧 또 울기 시작할걸.─울바허 와인을 마시고 있으면 안 갈 거야, 뢰벤의 울바허는 나랑 원수잖아. 그래봤자 너희가 와인에 대해 뭘 알겠냐만!"

"와인 잘 아는 척은!" 아버가 웃었다. "아냐, 거기 아주 오래된 모젤 포도주가 있대. 아니면 빙클러인가, 그 비슷한 거. 어쨌든 괜찮은 거야.─그러고 보니 말이야, 우리 뭘 하나 만들면 안 될까? 우리 넷이나 다섯이나 맨날 붙어 있잖아. 아펜첼러도 끌어들이고 맥주나 퍼마시는 놈 몇 명 데려오면, 뭐랄까 '낙선자 전시회' 같은 게 될 수도 있지."

"뭘 만들어?" 라우셔가 버럭했는데, 이때만 해도 훗날의 세나클[6]은 예감조차 못 하고 있었다. "차라리 은둔자나 되고 말지."

"뭔 소리야! 온갖 잘나가는 동아리에서 탈퇴한 녀석들의 회의체, 아니면 모든 학과에서 구제 불능이 된 놈들의 모임이 되는 거야. 엘렌딜레가 모임의 죄업을 눈물로 전환하고, 제벨베처한테는 상시 결투복을 입혀서 우리 대신 온갖 무기로 나가게 하고, 나는 맥주 위원회, 너는 문서 및 와인 관리자……."

"뭐 기타 등등이겠지. 됐어."

"아펜첼러는 모임의 통지와 도전장을 각 동아리 간부들한테 전달하는 데 타의 추종을 불허할 거고. 네부카드네자르는 비할 데 없는 풍기 감찰관이 되겠지. 카이서는 포도밭을 가진 삼촌이 있다더라. 슈나우처는 부자인 데다 멍청하고―"

"그런 뒤 우리끼리 술집을 빌려서 일주일에 두 번 '옛 하이델베르크'랑 '떠돌이 한 놈이 간다'를 합창하겠지. 신입생도 끌어들이고. 의사봉도 휘두르고. 사양하마."

"왜? 슈바르츠발더에서 주막이나 하면서 회칙으로 번듯한 술집은 전부 금지하는 거야. 예컨대: 옥센이나 대강당 안에서 발각된 자는 벌금 1마르크. 전공에 관한 얘기를 하면 맥주 2잔 벌금……."

"아니, 제발, 너 또 회칙 냄새 풍기기 시작한다."

------

6   세나클(Cénacle): 본래 최후의 만찬이 열린 다락방을 뜻하는 프랑스어. 19세기 이후 소수 예술가의 비밀스러운 문학 동인을 가리키는 말로 쓰인다.

두 친구는 오래된 다리에 다다랐다. 학생회 술집에서 큰 합창 소리가 흘러나왔다. 네카어강이 넓은 교각 주위로 거세게 흘렀고, 빠른 물살 위에 가로등 빛이 불안하게 번쩍였으며, 플라타너스 가로수길이 밤 속으로 시커멓고 장대하게 뻗어 있었다. 수도원 교회 탑에서 정각 나팔 소리가 울렸고, 높은 네카어 강변의 그림 같은 건물 행렬이 저 옛 신학교까지 들쭉날쭉 변화무쌍한 빛 속에 서 있었다. 다리를 건너는 동안 두 친구는 입을 다물었다. 아름다운 이 밤의 도시를 바라보며, 네카어강의 물소리와 학생들의 노랫소리를 들으며, 어쩌면 두 사람 모두에게 이제는 대부분 옛날이 되어버린 그 시절의 기억이 떠올랐는지도 모른다. 이 장소의 독특하고 낭만적인 아름다움과 분위기가 아직은 예감에 차고 기쁘게 가슴을 울렸던 시절, 첫 학기의 희망과 그 달콤하고 어지러운 감흥을 온전히 안은 채 이 길을 걷던 시절의 기억이.

그들은 다리 옆 물레방앗간을 돌아, 가파른 골목을 올라 홀츠마르크트에 이르고, 수도원 교회를 지나, 좁은 교회 길과 텅 빈 시장을 거쳐 존네 앞을 지나, 진창과 빗물을 헤치며 마침내 뢰벤의 뒷문에 닿았다. 그 문을 들어서면 가파른 계단 세 칸을 내려가 바로 '별실'로 통한다. 들어가기 전에 두 사람은 낮은 창문 너머로 좁은 방 안을 내려다보았다. 엘렌덜레와 제벨베처가 맨 안쪽 탁자에서 와인을 마시고 있었다.

"빙클러를 마시고 있잖아!" 아버가 환호했다. "내가 말했지? 넌 무례한 태도를 보였으니 벌주 한 잔 마셔라.”

“촌놈 같으니! 좋을 대로 해.” 라우셔가 투덜대며 먼저 좁은 문으로 들어섰다. 아버가 뒤따라 들어가, 벽에 걸린 게롤슈타이너 미네랄 워터 광고판을 심술궂게 뒤집어 놓고는 달려온 주인집 딸 마틸데에게 외투를 맡겼다.

그제야 와인을 마시고 있던 이들이 도착한 두 사람을 알아보았다.

“겨우 왔군.” 제벨베처가 소리쳤다. “마실 거야? 목욕하러 온 거야? 물에 빠지려는 거야? 빙클러는 부족하지 않아. 다시는 이런 내기 안 해. 열다섯 병이라니, 지겹지도 않나?”

“걱정하지 마!” 라우셔가 외쳤다. “마틸데, 여기 잔 두 개!” 그는 양동이에 꽂혀 있는 병 하나를 살펴보고 따랐다. “내 벌주, 아버!”

“마셔!”

“어때?” 제벨베처가 물었다.

“좋군.” 라우셔가 짧게 대답하고는 왼팔을 의자 등받이 너머로 늘어뜨리고 뢰머 잔[7]을 다시 채워 길고 확실한 한 모금에 비웠다.

---

7 뢰머 잔(Römer): 독일 와인 문화의 상징. 초록색의 굵고 투박한 기둥이 특징으로 전통, 우정, 왁자지껄한 주점의 온기, 그리고 독일 낭만을 상징한다.

“또 어디서 귀신이라도 나왔나?” 제벨베처가 물었다. “너 지금 극도로 근엄한 얼굴을 하고 있거든.”

“알잖아,” 아버가 끼어들었다. “독주를 못 받아. 베네딕틴이—” 라우셔가 이를 악물고 길게 휘파람을 불었다.

“닥쳐, 아버! 그리고 대체 어떻게 그런 멍청한 질문을 하냐, 제벨베처.” 그는 새 잔을 기울였다. “너희는 사실 돼지 같은 놈들이야, 친애하는 벗들이여.” 그가 느리고 진지하게 말을 이었다. “그런데도 매번 다시 너희 곁에 와 있는 내가 나도 신기하다.”

엘렌덜레가 웃으며 시인 라우셔를 향해 잔을 들었다.

“하지만 어쩌겠어? 너희는 적어도 그저 지루할 뿐이고, 그 외엔 좋은 형제들이니까.”

“흠—흠—”

“그래, 투덜대라! 아니면 너희 중 누가 자기 신입생 시절의 찌꺼기 말고 달리 쓸 정신이라도 있더냐? 유머가 뭔지, 철학이 뭔지, 예술이 뭔지 아는 놈이 하나라도 있어? 아니면—”

“야 잠깐,” 후보생 아버가 웃었다. “그렇게 떠들기 전에, 한번 네 예술, 네 철학, 네 유머를 보려줘 봐! 네 감상적인 시 말고 다른 곳에 있어야 할 텐데”

“물론 다른 데 있지. 시 따위가 뭐라고! 내 안에 금, 은, 궁전, 동화, 보석이 잠들어 있는데, 여기 앉아서 너희 와인을 함께 마시면서 너희의 절망적인 면상을 바라보고 있다, 이게 바로 유머야. 너희가 내다 버리는 게 뭐야? 너희가 물에 빠뜨리는 게 뭐야? 시험 하나, 재산 조금, 종일 시달리다 지루해 죽었을 어떤 벼슬. 왜? 그런 것 때문에 살 가치가 없다는 걸 어렴풋이 느끼니까. 그럼 나는? 한 모금 한 모금, 나는 한 조각 시인의 파란 하늘을, 내 상상력의 한 영토를, 내 팔레트의 한 빛깔을, 내 하프의 한 줄을, 한 조각 예술을, 한 조각 명성을, 한 조각 영원을 물에 빠뜨리고 있다. 왜? 그 모든 것도 살 만한 가치가 없으니까. 애초에 사는 게 무슨 가치가 있어. 목적 없는 삶은 황량하고, 목적 있는 삶은 고역이니까.”

엘렌덜레는 줄곧 웃고 있었다. 아버는 길게 한 모금 마시고는 너그럽게 말했다. “마셔, 라우셔, 헛소리 그만하고!”

이어서 그가 엘렌덜레에게 말을 걸었다. “그런데 말이야, 넌 지금 대체 뭘 하고 다니는 거야? 네 아버지한테는 알렸어?”

“뭘?” 라우셔가 물었다.

“몰랐어? 이 친구 세 번째로 시험을 안 쳤고, 게다가 퇴학이야. 어이, 엘렌덜레, 어떡할 생각이야?”

“생각? 입대했어.”

“맙소사! 입대?”

“그래 그래 그래 그래!”

“어디에? 알코올 중독자 부대라도 생겼어?”

“비슷한 거지! 내가 이 많은 학기 동안 한탄의 눈물을 충분히 흘렸으니, 그걸로 극락행 무료입장권쯤은 살 수 있지 않겠나 싶어서.”

“그것도 괜찮지.” 제벨베처가 웃었다. “당연한 권리야. 지옥에는 어차피 못 갔을 거야, 내가 장담하지. 뷔르템베르크 개신교 신학을 세 학기나 다녔으니까.”

“근데 누가 널 모집한 거야?” 라우셔가 물었다.

“누구냐고? 그걸 네가 알고 싶겠지! 대단한 분이야, 정말로, 고급스러운 분—”

“멍청한 자식!” 라우셔가 소리쳤다. “네가 고급스럽다고 하는 사람! 나보다 고급스러웠어?”

“훨씬, 훨씬 더! 진짜 젠틀맨이야. 그나저나 쓸데없는 수다!—오늘 밤에 여기로 온대, 약속했어.”

“뭐—라고? 거짓말은 아니지? 장담할 수 있어?”

“당연하지, 내 모든 말을 걸고. 건배, 라우셔!”

“건배, 엘렌덜레!”

라우셔는 자기가 ‘독사’라고 부르는 시가 한 묶음을 꺼냈다. 길고 가늘고 새까만 시가였다. 다른 이들에게 권했다. 불을 붙이고 연기를 내뿜고 재를 털며 이따금 재빠르게 한 모금씩 마시다가 몽롱하고 묵직한 나른함에 빠져들었다. 다른 이들도 이제 말없이 와인과 시가에만 몰두했다. 푸르스름한 연기구름이 탁자 위에 걸려 있었고, 저편에서 얼마 안 되는 다른 손님들이 떠들고 웃는 소리가 들렸다. 친구들은 잔을 거듭 비우며 생각에 잠기고 거의 완전한 침묵 속에 마주 앉아 있었다. 이미 수많은 시간, 수많은 밤을 통째로 이렇게 생각에 잠겨 말없이 어떤 술상 둘레에 앉아 있었던 것처럼.

"나 그 모집책이란 사람 궁금한데." 길고 긴 침묵 끝에 아버가 말했다.

대답이 없었다. 마틸데가 새 병 두 개를 따왔다. 제벨베처가 잔을 채웠다.

"그건 그렇고," 아버가 다시 입을 열었다. "그건 그렇고, 친구들이여, 우리가 대체 앞으로 뭐가 될 수 있을까? 누가 우리를 모집하러 올까? 두 학기만 더 있으면 내 유예 기간은 끝이야."

"나는 돈줄이 끊겨." 제벨베처가 말했다. "이제 와서 전공을 바꿀 수도 없고."

"나도." 아버가 하품했다. "우리 아버지도 벌써 질겁하시는데—미국이라도?"

라우셔가 웃었다.

"아프리카, 아시아, 호주?" 그가 흉내 냈다. "그게 무슨 걱정이야! 넌 두 학기 뒤에 살아 있을지나 알아? 두 학기! 두 학기면 얼마나 많은 게 달라질 수 있는데!"

"예를 들면?"

"예를 들면, 바로 지금 그렇게 부주의하게 시가에 불을 붙이다가 입에 너무 가까이 대서 알코올 불꽃으로 활활 타오를 수도 있잖아. 근사한 죽음이지! 아니면 네가 정말로 그 모임을

만들겠지, 내 눈에 보여. 클럽하우스도 짓고, 넌 와인 셀러 책
임자가 되는 거야—"

"맙소사!" 아버가 흥분해서 외쳤다. "맙소사! 그거 기막힌
생각이잖아!"

"아니면 네가 가는 거지," 라우셔가 계속했다. "네가 가—"

그는 문장 도중에 말을 끊었다. 맞은편에 열려 있는 창문을
향해 얼굴이 창백해진 채 눈을 부릅떴다.

"왜? 무슨 일이야?" 제벨베처가 소리쳤다.

라우셔가 손가락으로 창문을 가리켰다.

"저기!" 그가 더듬거리며 외쳤다. "지금 《마탄의 사수》[8] 하
는 거 아니잖아."

모두 라우셔가 뻗은 손가락이 가리키는 쪽으로 시선을 돌
렸다. 창문에 한 사내가 서 있었다. 마르고 큰 키, 꼼짝하지 않
고, 앙상하고, 뻣뻣하고, 창백하고, 긴 턱에 뾰족한 수염을 달
고, 이마가 높은 그가 선 채로 밝고 날카롭고 강철빛 회색 눈
으로 실내를 들여다보고 있었다.

8　마탄의 사수: 카를 마리아 폰 베버의 오페라 《Der Freischütz》(1821)를 말
한다. 독일을 대표하는 오페라로 19세기 독일 대학생이라면 누구나 알던 작품
이다. 사냥꾼 막스가 사격 대회에서 이기기 위해, 악마 자미엘(Samiel)에게 영
혼을 판 카스파와 함께 한밤중 늑대 골짜기에서 마법의 탄환 일곱 발을 주조한
다. 그 장면에서 자미엘이 어둠 속에서 갑자기 모습을 드러낸다.

© Gunter Böhmer

제벨베처만이 유일하게 놀라지 않았다.

"카스퍼를 할지 자미엘을 할지 모르겠다는 표정이군." 그가 웃었다. "저 뻔뻔한 놈한테 한마디 해줄까?"

낯선 사내가 창문에서 사라졌다. 잠시 후 문이 열리고 그가 들어왔다. 방을 가로질러 동료들의 탁자에 앉았다.

제벨베처가 일어나서 한마디를 해 침입자를 쫓아내려 하는 순간, 엘렌덜레가 탁자 너머로 손을 내밀어 그 손님에게 건네며 웃었다.

"실례합니다, 이제야 알아뵙겠습니다. 제 친구들을 소개해도 될까요?"

이미 약간 취한 몸짓으로 소개를 마쳤다. 다만 낯선 자의 이름은 빠뜨렸다.

다들 다시 오랫동안 말없이 나른하게 와인만 마시며 앉아
있었다. 이윽고 라우셔가 일어났다.

"난 간다. 누구 당구 한 게임 칠 사람?"

친구들은 침묵했다.

© Gunter Böhmer

“괜찮으시다면 제가 하죠.”낯선 자가 일어서며 말했다.

“다 같이 발피쉬로 가면 되겠네요. 방금 지나왔는데, 당구대가 비어 있었습니다.”

모두 잔을 비우고 그 제안을 따랐다. 밖에는 비가 흘렀고, 으스스하게 축축했으며, 코른하우스 골목은 온통 진흙 바다였다. 발피쉬에 금세 도착했다. 엘렌덜레가 앞서 계단을 올라갔다. 복도의 가스등 아래에서 아버가 낯선 자를 붙잡았다.

“잠깐, 실례가 안 된다면!”

계단 쪽을 올려다보았다. 다른 이들은 이미 위에 있었다.

“네?”긴 사내가 물었다.

“엘렌덜레한테서 이야기를 들었는데요.”아버가 머쓱하게 말했다.“어떤 단체에 사람을 모집하신다면서요?”

“맞습니다.”

“제가—혹시—요컨대, 당신을 알고 싶습니다.”

“반갑습니다. 저는 오늘만 여기 있지만, 내일 친구분한테 자세히 건 물으시면 됩니다. 학기마다 한 번쯤은 튀빙겐에 옵니다.”

두 사람은 나머지를 따라 연기 자욱하고 평판 나쁜 카페 위층으로 올라갔다. 엘렌덜레는 위에서 이미 샴페인을 시키고 소파에 나른하게 드러누워 있었다. 라우서는 벌써 당구 큐에 분필을 칠하고 있었다. 낯선 자가 다른 큐를 집었다. 그의 실력은 화려했다.

경기는 금방 끝났다.

"실력이 좋으시군요." 그 키큰 사내가 시인 라우셔에게 말했다. "마세를 무서워하는 버릇만 고치시면 곧 천재적으로 치시게 될 겁니다. 당구는 여기서부터 시작이거든요. 보세요—"

그가 다시 큐를 잡고 자신의 화려하고 놀라운 샷을 구사했다. 공은 흰 공에 닿은 뒤 기묘하고 믿을 수 없는 곡선을 그리며 빨간 공을 향해 굴러갔다.

라우셔는 넋을 잃었다. 그런 다음 다른 이들 곁에 앉았다. 아버와 라우셔는 커피를, 나머지는 샴페인과 셰리를 마셨다. 작고 걷잡을 수 없는 몰리가 함께 마시며 소파 위에서 엘렌덜레와 친해졌다.

"저 친구를 어떻게 보십니까?" 낯선 자가 라우셔에게 물으며 조용히 엘렌덜레 쪽을 가리켰다. "돼지죠." 라우셔가 속삭였다. "완전한 돼지. 하지만 영혼만은 순한."

"저 사람은요?" 긴 사내가 턱으로 제벨베처를 가리켰다.

"그만큼 멍청하진 않아요." 라우셔가 평했다. "취향도 그렇게 나쁘진 않고. 하지만 칼이 전부인 영웅이죠. 학생회에서 쫓겨난 걸 평생 잊지 못하는 인간입니다."

"흠. 그리고 세 번째는?"

"아버요? 셋 중에선 제일 나아요. 다만 뼈대가 없어서. 자기 위기가 다가오는 게 속으로는 죽도록 무서운 겁니다."

"친구분들 이야기를 참 예쁘게 하시는군요."

"왜 안 되겠습니까? 각기 다른 정도의 부패가 각기 다른 빛을 발하고 있는 거죠."

"마음에 드는군요."

"그렇습니까?"

라우셔가 일어났다. "가자!" 아버에게 외쳤다. "우리 간다."

낯선 자는 떠나는 두 사람에게 번쩍이는 추한 미소로 인사했다. 제벨베처는 잠들어 있었다. 엘렌딜레와 몰리는 다른 사람의 존재를 잊은 듯했다.

아버와 라우셔는 삼십 분 동안 빗속에서 어둡고 텅 빈 골목을 헤맸다. 뢰벤은 문을 닫았고, 슈바르츠발더에는 가기 싫었고, 세 시가 올렸다.

"야, 나 집에 가련다!" 아버가 마침내 참다못해 외쳤다.

"난 안 가." 라우셔는 걸음을 멈추고 주위를 둘러보았다. "다 죽었군! 사람들이 이렇게까지 잠을 자다니!"

"야, 우리도 그러자 이제."

"싫어. 잠이라니!" 시인은 돌아서서 아버의 넓적하고 약간 취한 얼굴을 바라보았다. "아버! 너도 지금 세상 모든 것에 '에이, 씨'라고 말하고 싶지 않아?"

"그래봤자 소용없어. 차라리 슈바르츠발더에 가자."

"마찬가지긴 하지. 좋아."

두 사람은 술집에 들어가 질카를 시켰다. 아버도 점차 동행의 우울한 기분에 물들었다. 흐릿하고 불만스러운 눈으로 시가 너머 빈 공간을 바라보았다. 밤늦도록 남은 한량 세 명이 커피 탁자에서 주사위를 굴리고, 계산대에선 여종업원이 졸고 있었고, 외로운 겨울 파리 한 마리가 가스관을 기어가며 금방이라도 불꽃에 떨어질 것 같았다. 덧문 너머로 빗방울 떨어지는 소리가 들렸다. "감상적으로 굴지 마!"

"감상적이 되지 말자!" 한 시간쯤 지나 아버가 말했다. 그는 질카 한잔을 단숨에 들이키고, 두 사람은 그 쓸쓸한 홀을 나와 가파른 유덴가세를 내려갔다. 지나가면서 발피쉬의 하인이 문을 닫는 소리가 들렸다. 슈미트토어 골목 끝, 오래된 암머 다리 곁에서 두 사람은 잠시 멈추었다.

"왼쪽으로 가자." 아버가 하품했다.

"다리를 건너는 게 더 가까워." 라우셔가 쉰 목소리로 말했다. 두 사람은 다리를 건넜다.

다리 건너편, 암머강으로 내려가는 계단 위에 한 사람이 머리부터 곤두박질쳐 쓰러져 있었다.

"이런." 아버가 웃으며 말했다. "잘도 자는구나."

"분명 저 거룩한 모임 출신이겠지." 라우셔가 말하며 다가갔다. "내일 아침에 자기 후광 보고 놀라겠군."

"세상에." 아버가 갑자기 말을 끊었다. "엘렌덜레잖아. 유럽에 저런 예복⁹을 가진 인간은 하나밖에 없어."

두 사람은 몇 계단을 내려갔다. 엘렌덜레는 얼굴을 계단에 박은 채 엎어져 있었다. 들어 올리자, 굳은 피가 얼굴 전체에

© Gunter Böhmer

번져 있었다.

"심하게 넘어졌나 보다!" 아버가 한숨을 쉬었다.

그때 바닥에서 무언가 쨍그랑 소리를 냈다. 엘렌덜레의 굳은 손에서 권총 한 자루가 떨어져 나왔다. 그제야 두 친구는 오른쪽 관자놀이에 작고 검은 상처가 있는 것을 보았다. 라우셔가 성냥을 켰다.

---

9   Bratenrock: 직역하면 '구이 옷', 즉 일요일이나 축제일에만 꺼내 입는 정장 프록코트로 고급스럽다기보다 근엄하게 낡은 느낌을 말한다. 엘렌덜레 같은 만년 유급생이 대체 왜 저런 코트를 가지고 있는지 모를 기묘한 물건이라는 뉘앙스가 있다.

“여기 있어.” 아버가 변한 목소리로 말했다. “경찰을 불러올게.”

“그건 제가 하겠습니다.” 날카로운 목소리가 들렸다. 낯선 자가 암머강 쪽 길에서 계단을 올라오고 있었다. 독기 서린 미소를 지으며 모자를 고쳐 쓰고, 뻔뻔한 눈으로 두 친구를 번뜩이며 조롱하듯 차갑게 내려다보았다. 두 사람은 심장까지 서늘한 공포에 질려 밤 속으로 내달렸다.

이튿날 눈을 떴을 때, 두 사람은 지난밤의 일 전체가 꿈이었다고 여겼다. 하숙집 주인아주머니가 라우셔의 문을 두드리며 커피를 들고 들어왔다.

“있잖아요, 라우셔 씨, 끔찍한 일이에요! 어젯밤에 학생 한 명이 스스로 목숨을 끊었대요.”

Schlaflose Nächte.
(Geschrieben 1901.)

© Gunter Böhmer

잠 못 이루는 밤들

(1901년 집필)

헌사

불면의 뮤즈를 아는가? 창백하고 깨어 있는 그녀가, 외로운 침상 곁에 앉아 있는 것을?

나의 외로운 침상 곁에 그녀는 수많은 긴 밤을 앉아 있었다. 부드럽고 앓는 손을 내 이마에 얹고, 지친 목소리로 노래를 불렀다. 셀 수 없는 노래를, 고향 노래, 어린 시절 노래, 사랑과 향수와 우울 노래를. 달아난 잠 대신, 그녀는 내 지친 눈 위에 기억과 상상의 얇고 빛깔 있는 베일을 펼쳐주었다.

오, 이 길고 느리게 기어가는 밤들이여. 우리의 가장 진실한 본성이 낮 동안 짜 입었던 온갖 말쑥한 옷을 벗어 던지고, 아픈 아이처럼 질문과 애원과 비난으로 우리를 들이치는 밤이여! 오, 이 고통스럽도록 선명한 기억이여. 우리가 우리 자신에게, 삶의 은밀한 법칙에 죄를 지었던 모든 순간에 대한! 눈멂과 잔인과 오해의 이 사슬, 우리가 스스로를 이 불안의 시간에 도피할 수 없는 고문으로 묶어놓은 이 사슬. 그토록 순결한 사람이 있을까, 단 하나의 이런 밤에라도 자기 영혼의 진실한 어린아이 눈을 바라보며 무수한 자책과 자기 학대의 먹잇감이 되지 않을 수 있는 그런 사람이?

나는 모르며 믿지도 않는다. 그렇지만 나는 이 시간에서 빠져나왔고, 그것을 축복하는 법을 배웠으며, 절망이 어두운 매복 속에 웅크리고 있는 것을 보았어도 그 독한 숨결에 닿지 않았다.

그것이 바로 저 뮤즈였다. 창백하고 깨어 있는 그녀가, 부드러운 손으로 나를 벼랑에서 붙잡아주었다. 고맙다, 낯설고 환상적인 그대여, 함께 꿈꾸며 깨어 있었던 밤들의 이 기억을 그대에게 바친다. 열에 달아오른 내 눈 위로 그대의 고운 위안의 얼굴을 숙일 때, 그대는 얼마나 아름다웠던가! 나와 함께 어떤 옛 노래의 기억에 귀를 기울일 때, 고요히, 몸을 앞으로 숙이고, 깊은 눈을 밤 쪽으로 돌리고, 밝고 영적인 이마 위로 동화 속 금발의 한 줄기 풀린 머리칼이 드리울 때, 그대는 얼마나 아름다웠던가! 울 때, 눈을 내리깔고 말없이 흰 침대 위에서 그대의 가는 왼손으로 내 손을 찾을 때, 잃어버린 사랑의 꿈이 그대의 진지한 얼굴 위를 나직하고 아린 그림자처럼 스쳐 갈 때, 그대는 얼마나 아름다웠던가!

그대는 얼마나 아름다웠던가!

★

첫째 밤

비, 고요, 자정. 이름이 무엇인가, 아름답고 창백한 이여? 미소 짓는다. 그대가 손을 침대 가장자리 위, 내 손 옆에 놓으니, 두 손이 마치 남매 같다. 마리아라고 부르겠다.

어떻게 나를 다시 찾았나, 기묘한 누이여, 그토록 오래 보지 못했는데? 아름다운 세월이 얼마나 흘렀던가, 그대의 호의를 날려버린 저 글을 내가 그대에게 읽어주었던 것이. 그대는 그 이후 더 아름다워졌다—아, 그때 내 소설의 결말을 기다려주었더라면, 우리는 함께 젊은 채로 남아 있었을 것이고, 그대가 내 침상 곁에 앉아 자정에서 아침까지의 긴 시간을 견디게 도울 일도 없었을 텐데. 하지만 그대는 내 이야기를 진짜로 여겼고, 그래서 그것을 우리에게도 진짜로 만들어버렸다. 읽히지 않은 저 결말은 동화의 우물 속으로 되돌아 떨어졌고, 우리의 선한 요정들은 울었고, 오늘도 여전히 울고 있다.

마지막 저녁을 기억하는가? 제비꽃 정원에서, 검은지빠귀들이 모두 노래하고 있었다. 우리는 초록빛 할아버지 벤치[10]에

---

10 할아버지 벤치(Großvaterbank): 높은 등받이와 팔걸이가 달린 묵직한 정원용 나무 벤치.

앉아 우리의 미래를 큰 우화책 마냥 펼쳐놓고 있었다. 내가 소리 내어 읽었다. 큰 단풍나무가 그 속으로 우거지게 소리를 냈고, 공기도 이야기도 제비꽃 향으로 가득했다. 저 슬픈 대목까지 읽어주었다—기억하는가? 거의 어둑해져 있었고, 금사슬나무 덤불에서 꾀꼬리가 울기 시작했다. 아, 끝까지 읽었더라면! 하지만 그대는 울면서 책을 무릎에서 밀어내고 달아났다. 그 저녁 내내, 그리고 밤의 반이 되도록 우리의 꾀꼬리가 노래했다.

나는 이제 꾀꼬리의 비밀을 알고, 오래전부터 같은 곡조로 노래하고 있다. 사람들은 이 노래를 즐겨 듣는다. 부드럽게 흐르고 아름다운 울림이 있으니까. 그러나 가사는 슬프다. 때로는 쓰기까지 하고, 심지어 비열하기까지 하다. 아, 가장 좋은 노래들은 내 청춘의 책에서, 그대가 그토록 언짢아하며 넘겨버린 바로 그 페이지들에 적혀 있었다. 그 노래들은 그때부터 나를 괴롭히고, 신음하고, 불리기를 원하지만, 그 시간은 지나갔다. 아니, 한 번도 온 적이 없다. 내 청춘의 책에서 가장 아름다운 페이지를 그대가 저 저녁, 제비꽃 정원에서 넘겨버렸으니까. 그 장들은 그대에게 바쳐진 것이었는데—왜 읽으려 하지 않았는가? 그 장들은 이제 나에게도 그대에게도, 하프에서 끊어진 현처럼 비어 있다. 하프는 여전히 울리지만, 선율이 끊어진 현 위로 뛰어넘을 때, 가슴을 조이는 텅 빈 침묵이 생겨나 노래 한가운데를 찢는다. 현 하나가 빠진 하프 연주를 들어

본 적이 있는가? 저 불안하고 텅 빈 쉼이 찾아올 때마다, 마치 노래에 빠진 것이 바로 가장 달콤하고 구원하는 음 같지 않았는가? 가장 달콤하고, 구원하는, 타도록 갈망하는 것이야말로 언제나, 매 순간 나와 그대에게 빠져 있는 것이 아닌가?

슬프게 만들었는가? 용서해주게나, 마리아여! 그럴 뜻이 아니었다. 비난하려 한 것이 아니었다. 단지 물어보고 싶었을 뿐이다. 그 먼, 따뜻한 봄 저녁을 아직 기억하는지. 단지 상기시키고, 물어보고, 그대의 고개 끄덕임을 다시 보고 싶었을 뿐이다. 이미 그때 내 소년의 가슴을 황홀하게 했던, 꿈결 같은 우아한 그 움직임을. 생각해보라, 그 저녁이 오늘 다시 왔다고! 눈을 감고, 미소 짓고, 그대의 손을 내 손 위에 올려놓기만 하면 된다. 큰 단풍나무 소리가 들리지 않는가? 제비꽃 화단과 주목 울타리가 보이지 않는가? 가늘게 바스락대며 흔들리는 소리가 들리지 않는가? 커다란 밝은 단풍잎 하나가 높은 가지 위에서 흔들리다 따뜻한 공기를 천천히 돌며 내려온다. 꼭 그때처럼, 꼭 그때처럼. —

오 마리아! 왜 눈을 떴는가? 그토록 슬프고, 쓰고, 놀란 눈으로 나를 바라보다니! 꿈은 사라졌다.

그리고 큰 단풍잎 하나가 공기 속에서 돌며 가라앉아 떨어져, 내 창틀 위에 놓인다. 시든 잎이다. 떨어지는 소리로 안다. 얼굴을 옆으로 돌린다. 밖에는 비, 고요, 자정.

★

둘째 밤

오늘은 말이 없구나, 나의 아름다운 뮤즈여! 자, 나랑 놀자. 밤이 이렇게 긴데! 뭘 하고 놀까?

나의 뮤즈는 침묵한 채 내 팔을 잡고 함께 우리의 새하얀 밤의 성으로 올라간다. 넓고 근엄한 계단을, 인내하는 돌사자 곁을 지나, 반원 아치의 열린 문짝을 통과하고, 복도 양탄자의 검고 흰 벨벳 칸을 밟으며, 크고 웅장한 나선 계단을 올라간다. 용 모양 촛대들을 지나 그녀가 나를 큰 날개 홀로 인도한다. 반짝이는 반암 기둥 사이에서 우리의 분수가 깊은 청동 조개 속으로 서늘하게, 세상을 잊은 듯 소리를 낸다. 어둡게 울리는 조개 앞에 우리는 앉는다. 열린 아치 창으로 흰 달빛이 눈부시게 밀려들어 잔물결 위에 창백하고 녹아내리는 은빛 선으로 떨린다. 맞은편, 분수 너머 검은 피라미드의 넓은 삼각면 위에 헤르메스 트리스메기스토스의 에메랄드 서판이 빛난다.

"저건 빼놓았어야 했어." 나의 뮤즈가 입을 연다.

네 말이 맞아. 겁만 나게 하니까.

"그래도 함께 읽었잖아, 잊을 수 없는 그 많은 달밤에."

그러긴 했지―그때는.

"그때는 이라니! 그렇게 비장하게 말하지 마."

하지만, 그때는.

"안 돼! 슬퍼지잖아."

즐거워지고 싶어?

"이 홀에서는 무리야."

무리? 즐거웠는걸, 조금 전까지는.

"지루해지고 있어. 이 기둥들은 너무 투박하고, 맨날 이 분수 소리, 이 영원한 돌고래."

다른 홀을 지어야겠다. 갈대 호숫가에, 아니면 플라타너스 숲 위에. 붉은 홀을.─

"붉은?"

어떻게 생각해?

"그래, 붉은 걸로. 그리고 벽을 금빛 종려 부조로 장식하고, 거기서 모차르트 음악에 맞춰 가보트를 추고, 높은 창에서 검은 숲을 내려다보는 거야. 그러다 우리는 슬퍼져서 다시 오래된 반암 홀로 돌아와 분수 소리에 귀를 기울이지. 사실 지금 하는 거랑 같잖아. 슬퍼할 수 있는 홀이 둘이 되는 거야."

그렇다면 여기 있는 게 낫겠다.

"그리고 슬퍼하는 거지."

대체 뭐가 부족한 거야?

"모르겠어.─무언가 선물해 줘!"

원하는 걸로. 첼리니의 소금그릇[11]을 줄까?

"넵튠이 있는 거? 싫어, 싫어."

아니면 정원? 보로메오 제도[12]에 하나 있는데─

"알아. 그걸로 뭘 해."

아니면 그대를 그리게 할까. 로세티가 그대를 그렸던 방식 말고. 그대의 수선화 드레스를 입고, 플로라로―화가를 한 명 알아, 프랑스인인데―

"아니면, 스페인 화가든, 러시아 화가든. 싫어, 싫어."

그럼 하프를 선물하지. 삼나무로 만든 세 발 달린, 어딘가의 보물 창고에서 나온―

"하프 싫어."

그럼―대체 뭘 원하는 거야? 노래를 불러줄까?

"응, 할 수 있으면. 기다릴게."

하지만 그대 없이는 못 하는걸―

"그래서, 정작 네가 원하는 게 뭔데?"

끝이 없구나. 내가 그대에게 무슨 짓을 한 거야?

"묻지 마! 묻지 마!"

그럼 이야기를 해줄게. 그럴까?

"일곱 공주 이야기?"

아니. 슈바르츠발트의 어느 정원 이야기야. 어린 소년이 어

---

11 첼리니의 소금그릇: 벤베누토 첼리니(1500-1571)가 프랑스 왕 프랑수아 1세를 위해 1543년에 제작한 순금 소금 용기. 르네상스 금세공의 최고 걸작.

12 보로메오 제도: 이탈리아 마조레 호수의 섬들. 17세기 보로메오 가문이 조성한 바로크식 테라스 정원으로 유명하다.

린 소녀와 파란 라일락 아래 앉아 있었어. 소년은 소녀를 좋아했고, 둘이 좀 더 커서 따뜻한 6월의 어느 저녁, 붉고 뜨거운 입술을 맞대었어. —

"계속해줘! 그러고 나서—?"

그리고 낯설고 호리호리한 여인이 찾아왔어. 그대의 눈과 똑같이 어둡고 큰 눈을 가진. 노래를 그토록 아름답게 부르고 그토록 낯선데다가 유혹적이어서, 소년은 사랑하던 이웃집 아이를 잊었어. 소년은 낯선 여인과 다른 나라로 갔어. 별이 더 크고 밤이 더 푸른 나라로. 둘은 밝은 성을 짓고 그 안에 반암 기둥이 선 홀을 만들었어. 영원한 분수가 청동 조개 위에 울리는 홀을. 둘은 분수 곁에 앉아 물 위에서 달이 사라지는 것을 바라봐. 서늘한 손을 맞잡고 서늘한 말을 주고받으며, 나는 두 사람 모두 향수병이 있다고 생각해. 적어도 소년은, 그새 늙고 달라진 소년은 말이지. 고향을 생각한다는 걸 나는 알아. 소년 시절의 오래된 배신이 그의 삶을 관통하고 있다는 것도, 맑은 유리에 난 가는 금처럼.

"슬픈 이야기구나. 끝났어?"

아직. 그리고 결말이 가장 슬플 것 같아. 그대도 그렇게 생각하지 않나?

"모르겠어. 소년이 낯선 여인을 아직도 사랑하는지도 모르겠고."

그에 대한 소식은 없어. 아니면 그렇다고 할까?

★

넷째 밤

왜 그 오래된 이야기를 다시 듣고 싶어 하는 거야? 나 자신도 거의 잊고 있었는데, 그게 나에게도 이야기에게도 가장 좋았을 것을.

—고인이 된 시인 헤르만 라우셔가 아직 살아 있었고, 베른 시내의 오래된 거리를 돌아다니고 있었다. 11월의 어느 날, 바람이 불고 비가 올 듯한 날씨였다. 외로워진 시인은, 이미 정이 들어버린 그 감정—낯선 곳에서 집 없이 떠도는—을 마음껏 즐기고 있었다. 성벽 같은 단단한 집들, 돌출된 지하실 입구, 음울하되 아늑한 아케이드가 늘어선 낡고 어두운 거리는, 앓는 시인의 마음속에서 저 쓰디쓴 기분을 극도로 자극했다. 여기에 궂은 날씨까지 더해져, 불쌍한 나그네는 그 어느 때보다 심하게 병적으로 예민한 영혼의 분열에, 유랑하고 찢기고 열매 없는 삶의 기억에 시달렸다. 나중에 내게 이야기한 바로는, 이 어둡고 좁은 아케이드를 보며 그의 상상력이 우울한 기분으로 백 가지 가상의 가능성을 가지고 놀았다고 한다. 오래 그리워한 친구, 잃어버린 연인—만남 하나에 자기 행복의 가장 중요하고 축복받은 결정이 걸려 있을 누군가가—이 같은 거리를 걷고 있다고 그는 상상했다. 자기에게서 열 걸음 거리에, 다음 아케이드의 그림자에 가려져서. 가까운 형상이 보이

는 한순간, 어쩌면 이쪽을 바라보기까지 하는 순간―그런데 바로 그 순간 자기는 몸을 돌렸고, 이 작고 우연한 움직임 하나로 순간과 미래를 날려버렸다고.

　내가 갑자기 그의 어깨를 두드리자 그가 깜짝 놀랐다. 그 순간 그의 눈에서 나는 처음으로 광기의 흔들리는 슬픈 빛이 번뜩이는 것을 보았다. 이제 함께 거리를 걷고, 대성당 탑에 올랐다. 역사박물관의 훌륭한 고블랭 태피스트리에 감탄하고, 큰 아래 다리 아래 깊숙한 식당에서 구운 송어를 먹고, 한 번 더 돌아다닌 끝에 곡물거래소 지하 술집에 당도했다.

　알다시피, 불쌍한 라우셔는 그 불행한 삶의 마지막 시기에 대단한 술꾼이었고, 그래서 우리는 곧 두 번째, 세 번째 병을 비우고 있었다. 거품 이는 뇌샤텔 와인, 나에겐 이것이 잘 안 받아서 곧 머리가 무거워져 그의 변덕스럽고 횡설수설하는 말을 내버려 두게 되었다. 그가 아케이드 공상을 이야기하기 시작했다. 나는 그를 비웃으며, 저 중요한 순간을 포착하여 베른에서 만나리라고는 기대도 하지 않았던 그를 찾아냈다고 자랑했다. 그가 거칠게 미소 지으며 말했다.

　"증명이 안 되지, 친구! 불행은 어디서나 만나는 법이야. 하지만 네가 나를 그렇게 거칠게 생각에서 끌어낸 바로 그 순간에, 우리 뒤로 네가 몇 년째 찾고 있고 앞으로 몇 년간 다시 못 만날 누군가가 지나가지 않았다고 장담할 수 있어?"

　묘한 기분이 들었다.

"대체 누구를 생각하고 있는 거야?" 나는 거의 수줍게 물었다.

그가 웃었다. "뭐," 그러더니 말했다, "특별히 누구를 생각한 건 아냐. 그냥 가설이지. 하지만 예를 들면 어떤 금발의 마리아였을 수도 있잖아."

이 이름에 내 심장이 공포와 사랑 속에서 어떻게 박자를 잃었는지 말로 설명할 수 없다.

"어떻게 아는 거야?" 격하게 라우셔에게 물었다. "마리아에 대해 아무에게도 말한 적 없고, 나 자신도 그녀와 그 이름을 잊은 줄 알았어. 그녀를 알아? 아직 살아 있어? 여기 베른에 있어?"

라우셔가 다시 웃으며 새 시가에 불을 붙였다. "아직 살아 있는지는," 그가 말했다, "모르지. 여러 해 동안 다시 본 적이 없으니까."

"그게 언제야?" 숨 쉴 틈 없이 물었다.

"말한 적 없었나?" 그가 한 모금 크게 마시며 말했다. "그녀는 정말 아름다웠어! 제비꽃 정원의 초록 벤치에 나와 앉아 있었지. 꾀꼬리가 그해 처음으로 울었어. 우리는 함께 큰 책을 읽고 있었는데—"

"그만!" 하얗게 질려 외쳤다. "그만, 아니면 죽여버리겠어! 그건 나야, 마리아와 초록 벤치에 앉아 있었던 건 나란 말이야, 그리고 그 책은—"

"그렇게 소리 지르지 마." 라우셔가 내 잔을 채우며 말했다.

"하지만 라우셔, 제발—" 간청했다.

"비바무스!¹³ 자네 건강을 위해!" 그가 미소 지으며 잔을 부딪쳤다. "계속 이야기해줄까? 그 책에는 아름다운 청춘 이야기가 담겨 있었고 참 유쾌하게 읽혔지. 글자 사이사이로 마리아와 내가 아라베스크 같은 작은 형상이 되어 온갖 꽃 넝쿨 사이를 오르내렸어."

"마리아와 나라고!" 외쳤다.

"그래, 내가 말한 대로." 라우셔가 계속했다. "그런데 마리아는 불안하고 산만하게 읽었어. 그리고 이야기가 슬퍼지기 시작하자, 한 움큼의 페이지를 넘겨버리고—"

"그리고 숲으로 달아났고, 꾀꼬리가 다시 울었어—오 라우셔!"

"비바무스." 라우셔가 말했다.

나는 무거운 머리를 두 손에 파묻고 큰 소리로 흐느끼고 싶었다. 한참 뒤 고개를 들었을 때 라우셔는 사라지고 없었다. 아픈 이마와 반쯤 취한 채로 지하 술집을 나왔다. 라우셔가 죽기 직전의 일이었다.

---

13   비바무스(Bibamus): 라틴어로 '마시자'

여섯째 밤

어둠, 고요, 고독. 이 끔찍한 밤들은 내 똑딱거리는 시계와, 뜨거운 관자놀이에서 열 끓는 핏줄의 미세한 박자로는 끝이 없다. 부드럽고 위안이 되는 모든 것을 생각해보려 한다. 온화한 기억, 사유와 시의 다정한 별, 모든 진정의 비유를 불러본다. 소용없다. 이 시간의 압도적인 현재 앞에 어떤 생각도 버티지 못한다. 지금 어머니가 직접 내 곁에 앉아 사랑과 기억의 온갖 다정함을 베풀어주신다 해도—나는 미소 짓겠지만 덜 고통받지는 않을 것이다.

오, 잠 못 이루는 밤이여! 나의 존재와 삶의 모든 힘과 관계가 이 한 밤의 탁한 표면으로 밀려 나와 무력하고 지친 자기 성찰! 내가 숭배하는 어떤 신도 그만한 연민이 없고, 먼 친구의 어떤 기도나 추억도 그만한 생명이 없으며, 가장 사랑하는 기억 어느 것도 이 형언할 수 없는 고통의 주박을 깨뜨릴 만한 진실이 없는가? 한때 나를 기쁘게 하고 순간 위로 들어 올렸던 모든 것이 시선과 온기를 잃었다. 내 신들은 돌이 되었고, 내 삶은 창백한 꿈이었다. 그 형상들이 내면의 눈에는 낯선 그림자놀이처럼만 닿는다.

혹시 지금 먼 도시에서 내 친구 중 하나가 깨어나 침대에 누워 나를 생각하고 있을까? 아, 잠들어 있겠지! 위안이 필요한 생각을 어디로 돌려도 아무것도 없다. 아니, 같이 고통받는 이들은 있다. 다른 인내하는 자들, 잠 못 드는 이들의 창백하고 지친 공동체. 그들 각자가 나처럼 쉼 없이 괴로워하며 누워 있다. 창백하게, 크게 뜬 눈으로, 고통 속에. 인사한다, 슬픈 형제들이여. 나에게서 멀리, 서로에게서 멀리, 수많은 외롭고 어두운 침실에 누워 있는 이들이여. 나처럼 고통받고 있구나. 큰 눈으로 어둠의 보이지 않는 형상을 찾고, 뻣뻣한 눈꺼풀을 감을 때마다 아파하는구나. 형제들을 생각하고 있는가? 나를 생각하고 있는가? 아, 우리 모두가 서로를 생각하고, 이 보이지 않는 침묵 공동체의 감각을 가질 수 있다면! 우리는 서로를 이해할 수 있으리라. 가늘고 쉼 없는 우리의 신경은 소통과 응답을 가능하게 하리라. 말없이도, 고요한 밤의 수많은 마일 너머로, 서로에게 삶과 고통과 희망을 이야기할 수 있으리라. 남의 운명에 울 수도 있고, 자기 것은 나누면서 다시 새롭고 사랑스러워지리라. 자기 삶에서 떠오른 연관과 예감을 낯선 이에게서 다시 찾게 되리라. 원은 넓어지고, 우리가 시작과 끝을 쥐고 있다고 믿었던 실이 대륙과 세대에 걸쳐 공통으로 이어진 것을 보게 되리라. 이 실들을 거대한 하프의 개별 현처럼 건드리며 우리는 함께 더 맑은 삶을 엮어 갈 수 있고, 혼자서는 할 수 없는 영원에 대한 인식의 발걸음을 내디딜 수 있으리라.

부를 수 없다, 나의 형제들이여. 하지만 모든 밤 그대들을 기억하고, 같이 고통받는 자의 인사로 그대들에게 안부를 전하겠다.

이것을 생각하는 사이, 부드러운 손이 나를 만진다. 나의 뮤즈! 오, 그녀가 그토록 그리웠다! 그녀는 나의 홀로 남겨진 영혼에서 선한 생각 하나가 피어오르기를 기다리고 있었구나!

밤이 부드러워지고, 온화해지고, 다정해진다. 별들이 더 섬세하게 빛나고, 내 영혼 앞에서 익숙한 그림이 어둠에서 풀려나오기 시작한다. 알겠다! 저건 공원, 저건 반원형의 몽상 벤치, 저건 내가 첫 시를 지었던 시간의 아침 향기! 나의 첫 시! 젊고 봄빛인 구리 너도밤나무가 그 위에 서서 나를 금빛 붉은 그림자로 감싸주었다. 오, 시와 사랑이 수줍게 건드렸던 저 달콤한 시간! 고맙다, 나의 뮤즈여!

★

여덟째 밤

오늘도 또! 피의 이 잔잔한 끓음, 벽지 뒤의 이 바스락거림, 바람의 이 긴 숨소리! 일 초, 일 분, 또 일 분, 또 일 분, 그렇게 짧디짧은 삶의 한 방울 한 방울이 낯설고 멈출 수 없이 내 곁을 흘러간다. 이렇게 열에 달아오른 손 사이로 얼마나 많은 시간이 녹아 흘렀는가? 어쩌면 천, 어쩌면 만! 지나갔다. 더 이상 고통도 행복도 나누어줄 것이 없다. 살지 못했으면서도 내게 정해진 것에서 빠져나갔다.

그러면 나는 하얗게 말없이 누워 있을 것이다! 품위 없는 의례 속에서 나무 상자에 담겨 좁고 축축한 구덩이에 놓일 것이다! 아는 사람들이 뒤를 따르며 온갖 세간사 수다를 떨겠지. 목사가 무덤 앞에서 여호와의 끔찍한 언어로 시간과 영원의 교리를 선포할지도 모른다. 시인의 무덤 앞에서!

그래, 웃어라, 아름다운 뮤즈여! 안다, 그대는 목사 뒤에 서서 달콤하고 아이러니한 경탄의 눈을 할 것이다. 그대는 이미 그렇게 많은 무덤 앞에 서보았으니까. 그리고 그가 나의 불멸하는 영혼에 대해 말할 때, 그대가 얼마나 귀를 세울 것인가! 그 영혼은 바로 그대, 혹은 적어도 그대의 한 부분, 한 특질이다. 그대의 어떤 몸짓 속에, 어떤 미소의 방식 속에, 그대 목소리의 어떤 특별한 굴곡 속에, 그대의 곱슬머리가 떨어지는 어떤 뉘앙스 속에 살아 있고, 영원하다. 얼마나 많은 죽고 잊힌 시인들이 그대를 지어냈는가, 그대가 내게 올 때까지, 그대가 이토록 사지가 아름답고, 호리호리하고, 유연해질 때까지! 그리고 이제 그대는 나의 것이다! 나의 어떤 말이나 운율도 나를 살아남지 못한다 해도, 한 가지 특질만은 불멸하는 그대가 계속 품고 가리라. 그것을 내 이름을 모르는 후계자들이 공경하고 이해하리라. 그들 중 하나가 완성할 불멸의 작품 어딘가에, 한 단어에서건, 한 음에서건, 작고 섬세한 특질 하나에서건, 내 삶은 영원해지리라. 작은 대목이라도 나 덕분인 특별한 이목

구비로 그대를 그릴 것이다. 작은 아름다움이라도 그 불멸의 작품 속에 있을 것이다. 나 없이는 가능하지 않았을 것이. 내 삶의 해결되지 못한 잔향이 환영받는 음이 되어 영원의 화성 속에 자리 잡으리라. 영원! 그렇다면 죽음이 무엇이며, 무덤이, 목사가 무엇이겠는가? 삶에 천 가지 있는 불편한 우연일 뿐.

그렇게 나는 의식적으로 나의 작품에 매진한다. 민족들, 대지, 별들이 무의식적으로 함께 짓는 그 작품에. 수천 년이 무엇인가? 영원의 한 번 시선에 비하면 한 뼘 시간, 먼지일 뿐. 아득한 옛날 바닷가를 거닐던 저 아름답고 젊은 나우시카아가 그러한 시선에 닿아, 오늘도 수천 년 전 그날처럼 아름답고 젊게 살아 있다.

다시 미소 짓는가? 나의 아름다운 뮤즈여, 그대는 여자다. 그대 여인들은 영원에 그토록 가까이 서 있기에, 우리가 손을 뻗고 건너다보는 것을 이해하지 못한다. 그리고 이해하지 못하는 것을, 비웃는다. "우습다!"—남이 그대가 모르는 고통으로 일그러진 얼굴을 하고 있을 때 그렇게 외칠 수 있다. 그대를 위해 언젠가 멋지게 죽는 법을 시도해야 할 것 같다!

그대가 부럽다, 나의 뮤즈여! 아, 그대에게 내 전 생애는 하나의 에피소드, 가을 이야기 하나, 불안하고 앓는 밤 하나! 그 후 그대는 다시 웃고 피어나리라. 아무 일도 없었다는 듯이. 신경질적이고 불쾌한 순간 하나가 있었을 뿐이라는 듯이.

"그 후"—그것은: 내가 죽었을 때.

"불쾌한 순간 하나"—그것은: 첫 옹알이에서 마지막 옹알이까지의 내 생애, 환호와 절망의 온 세계와 함께. 허공에 떨어지지는 않겠지만, 이 영원의 미광이 무엇이겠는가? 가장 위대한 죽은 자들인들 무엇인가: 위대한 알렉산드로스, 위대한 티치아노, 위대한 나폴레옹? 굶주린 자에게는 빵 한 조각이 위대한 알렉산드로스보다 중요하다. 그리고 누가 굶주리지 않는가? 누가 천 가지 비참한 필요에 둘러싸여 있지 않은가, 그 각각이 위대한 알렉산드로스보다 중요한? 나의 불멸 중 얼마를 내주겠는가, 지금 잠들 수 있다면. 이마 뒤에서, 아픈 눈 뒤에서, 다 자라지 못한 생각들의 가늘고 비열한 열을 가라앉힐 수 있다면? 사 분의 일, 반, 전부!

오, 그대가 나를 어떤 눈으로 보는가! 고통받는 나를 어떻게 보고 있는가! 그 모든 것이 한 여자 때문이고, 그 모든 것이 그대 때문이다! 내 가슴의 무거운 심장 박동 하나하나가, 눈꺼풀의 아린 떨림 하나하나가, 내 입의 짓눌린 쉰 호흡 하나하나가, 그대를 위한 한 방울의 삶이고, 끌 한 번, 붓질 한 번이다. 그대의 그림 위에.

나를 타이르지 마라! 이 모든 것을 그대 없이, 그대를 위해서가 아니라, 아무것도 아닌 것을 위해 겪는 것이 어떤 것일지 생각하게 하지 마라! 동화를 읽어달라! 그대가 나를 사랑한다고 말해달라. 영원토록 내 침상에 앉아 나와 함께 고통받고 있다고.

그대의 손이 얼마나 쓸어줄 줄 아는가! 쓸어줄 때 이 손의
역사 전체가 느껴진다. 그 형태와 몸짓의 고귀한 문화 전체가.
이미 초기 피렌체의 화가들이 작업했던, 그토록 많은 월계관
쓴, 만족할 줄 모르는, 깊이 주름 잡힌 예술가의 이마 위에 얹
혔던 손의 문화가. 태고부터, 이런 손을 가진 고귀한 태생의 애
인을 둔 군주가 어디 있었는가? 나의 손과 나의 이마 위에도
그대의 오른손은 헛되이 놓이지 않는다. 나에게서도 독특하고
섬세한 삶의 미세한 흐름이 그 손으로 넘어간다. 아무도 나를
모를 때, 그 손은 다른 이마 위에 놓이고, 다른 어깨를 만지리
라. 그 접촉 속에 수천 가지 다른 것과 함께 나의 아름다움, 병,
예술이 영원하게 되고 작동하게 되리라.

그리고 이 문화, 이 보이지 않는, 가늘고, 끊기지 않는 의식
적 삶의 흐름—그 안에서 단테와 도나텔로는 아름다운 굽이
일 뿐인—이것이 영원이다. 이것이 영원이다! 이것이 바로 그
대다, 나의 아름다운 뮤즈여!

TAGEBUCH 1900.

© Gunter Böhmer

1900년 일기

저녁. 어둡고 서늘한 날. 톨스토이의 『부활』을 내려놓는다. 읽지 않겠다고 맹세까지 했건만 온 세상이 이 책 이야기로 들끓었고, 나도 결국 손을 댈 수밖에 없었다. 이제 다 읽었다. 다만 이 러시아인 특유의 절망적으로 슬프고 거칠고 끔찍한 공기가 아직도 나를 짓누른다―이런 글을 읽는 것은 신체적으로 해롭다. 톨스토이에 대한 내 감정은 졸라, 입센, 로베르, 우데, 헤벨, 그 밖의 수십 명의 거장에 대한 것과 정확히 같다―그들 앞에서는 고개를 숙이지 않을 수 없지만, 보지 않을 때가 마음은 더 편하다. 톨스토이는 위압적인 정신적 거인이다. 한번 진실의 목소리를 듣고 나면, 이제 개처럼, 순교자처럼 그 뒤를 쫓는다. 진창과 피를 헤치며, 무엇이 닥치든 굴하지 않고. 그를 추하게 만드는 것은 바로 그 안의 러시아적인 것, 그 무거움, 음울함, 교양의 결핍, 기쁨의 결핍이다―그것은 섬세한 투르게네프마저도 즐길 수 없게 만들어 버린다. 성 마르틴과 성 프란치스코가 톨스토이와 같은 가르침을 전파했지만, 톨스

토이가 어둡고, 뻣뻣하고, 억누르는 것만큼이나 그들의 인격과 가르침은 밝고, 탄력 있고, 기쁨을 준다. 어쩌면―부정하지는 않겠다―세계의 갱신이 그쪽으로부터 올 수도 있다. 하지만 이 거세고 싱싱하고 거친 씨앗들이 예술이 되려면, 아직 백 년이고 그 이상이고 더 무르익어야 한다.

한번은 꿈을 꾸었다. 기묘하게 침묵이 감도는 대형 연회 한가운데 있었다. 헐렁한 연미복을 입은 건장한 사내가 불쑥 엄숙하고 준엄하고 위압적으로 다가오더니 거친 목소리로 물었다―그대는 그리스도를 믿는가? 뭐라 대답할지 궁리하는 동안, 그 이글거리는 눈동자와 투박하고 도전적인 이목구비가 불쾌할 만큼 가까이 보였고, 모욕감이 밀려왔다. 나는 차갑고 경멸에 찬 '아니오'를 말하지 않을 수 없었다―오로지 그 집요한 시선과 조잡한 질문자의 원치 않는 존재 전부를 밀쳐내기 위해서.

톨스토이가 질문하는 방식이 바로 이것이다. 그의 목소리에는 광신자의 떨리는 불꽃만이 아니라, 동방 야만인 특유의 거북하게 거친 목 울림이 섞여 있다.

다음번 따뜻한 날이 오면 환한 봄 숲에 누워 괴테를 몇 쪽 읽고 싶은 그리움이 있다.

호수가 아직도 은은히 여운을 남긴다. 그 아름다움은 무궁무진하고, 지금은 모든 산이 아직 깊은 눈에 덮여 있어 더욱 싱싱하고 순수하다. 몇 번이고 찾았건만 호수는 언제나 새롭고, 위안과 풍요로 가득하다. 루체른에서 호숫가에 설 때마다 그 작용이 시작되고, 올 때마다 강화되거나 변주된다. 아름다운 초원도, 필라투스 산도, 숲도, 온갖 산 중 가장 따분한 리기도 내가 말하려는 바가 아니다—내 눈을 그토록 열광시키는 것은 오로지 이 맑은 물의 아름다움, 남빛 검정에서 초록과 회색을 거쳐 가장 은빛다운 은빛까지 모든 색과 뉘앙스를 담아내는 이 물이다. 어떤 때는 금속처럼 무거운 회색, 어떤 때는 잔물결에 차가운 연초록, 어떤 때는 화가들이 절망하며 말하듯 '호수 위에 기름이 깔렸다.' 가장 아름다운 것은 이것이다. 이 각기 다른 색의 반점들—때로는 날카로운 윤곽으로 경계가 그어지고, 때로는 가장 정교한 그러데이션으로 변주되며, 그 위에 구름 그림자는 짙푸르고, 햇볕의 강도에 따라 설산의 반사가 은빛 혹은 납빛으로 빛난다. 배 위에서 보거나, 햇빛이 충분할 때 모르샤흐나 젤리스베르크에서 내려다볼 때가 가장 아름답다.

얼마 전 거기서 차갑고 밝은 청록색을 보았다. 저녁노을 뒤에 오는 하늘의 늦은 파란과 꼭 닮았지만 금빛이 아닌 은빛 색

조를 띠었다—이 형언할 수 없는 색과 그것이 완전한 무광 은
빛으로 넘어가는 과정은 압도적인 쾌감을 주었다. 중력의 법
칙에서 해방되는 느낌, 융해되는 느낌, 마치 내 영혼이 차갑게,
나를 알지도 못한 채, 고요한 호면 위에 펼쳐져 누워 온통 에
테르가, 온통 색이, 온통 아름다움이 된 것 같은 느낌. 예술적
이든 시적이든 철학적이든 어떤 인상이 나를 이 높이와 고요
에 이르게 한 적은 극히 드물다. 그것은 더 이상 아름다운 그
림에 대한 기쁨도, 훌륭한 예술 작품 앞에서 자신에게 허용하
는 다정한 자기기만도 아니었다—그 색을 바라보며 나는 잠
시 순수한 아름다움이 의식적·무의식적 삶의 모든 충동을 압
도하는 승리를 맛보았다. 때때로 내 별을 의심하고, '미적 세계
관'에 대한 세간의 통속적 공격에 수긍할 뻔한 적이 있지 않았
던가? 이제 나는 안다. 내 종교는 미신이 아니며, 모든 육체적·
정신적인 것을 오직 아름다움과의 관계에서만 고찰하는 것은
충분히 가치가 있다. 이 종교가 선사하는 고양은 순수함과 지
복에 있어 결코 순교자와 성인의 그것에 뒤지지 않는다.

엘리자베트. 정원에서 그녀를 만났다. 새로운 여름 옷차림이었다. 아주 단순하고, 희미한 하늘색. 그네에 앉아 아름다운 새처럼 흔들리고 있었다. 자기가 아름답다는 걸 아는 새처럼. 그러다 부인이 나오고, 어둑해지고, 차와 얼음물을 마시고, 별들이 떠올랐다. 집까지 배웅했고, 오늘 저녁 내가 따분했다는 걸 느꼈다. 쓰고 싶은 소설 이야기까지 했고, 그녀에게 헌정하겠다고 약속까지 했다.

이 순간 별빛이 방 안으로 들어온다. 예전의 달콤한 슬픔이 내 안에서 울린다. 쇼팽의 선율 하나가 떠오른다. G단조 발라드에서.

아, 지금 옛날의 소박한 탐미욕이 다시 있다면, 내 심장이 예전처럼 도취와 관능에 겨워 힘차게 뛸 수 있다면!

그래도—나는 매일 축제의 화환을 올린다. 호수가 서서히 내 부지런한 눈앞에 베일을 벗고, 이제 끊임없이 유혹과 매력과 놀라움의 원환 속에 나를 가두어 둔다. 때때로 호수는 속내를 감추고, 기다리게 하더니, 불현듯 양손 가득 보물을 쏟아부어 내 눈을 아찔하게 한다. 각 만(bay)과 방향, 시간대에 따른 핵심적 색채 변화는 파악했지만, 이 골격에 비하면 목적도 규범도 없이 순간순간 믿기 어려운 풍성함으로 피 흘리며 자기 자신을 갱신하는 그 넘치는 기쁨의 생명은 얼마나 다른가!

하루의 모든 시간을 호수의 색 놀이와 비밀을 훔쳐보는 데 쓴다. 처음 며칠간 호숫가 길을 셀 수 없이 왕복한 뒤, 이제 거의 모든 시간을 수면 위에서 보낸다. 가끔 높은 곳에서 바라보기도 하지만, 큰 발견은 없다. 함메트슈반트 높이에서는 내 눈으로 아직 물을 즐길 수 있으나, 그 이상으로 올라가면 미터마다 광채와 색이 사라지고, 리기쿨름에서 보면 호수는 무디고 거의 회색이다. 더 낮은 높이에서는 아직 미세한 매력이 남아 있다. 특히 숲 사이로 바라볼 때—너도밤나무, 밤나무, 참나무 잎이 때때로 근사한 뉘앙스를 선사한다.

그러나 이 빈약하고 먼 시선을 찾아다니며 시간과 햇볕을 낭비할 이유가 무엇인가? 대신 나는 온종일 배를 타고 수면과 만 사이를 누빈다. 가벼운 용골 보트, 쉬는 시간을 위한 시가와 플라톤 한 권, 그리고 낚싯대와 낚시 도구—이것이 내 장비다.

이 형형색색의 지복과 색으로 들뜬 순간들의 홍수를 말로 다 지어낼 수 있는 날이 올까? 이 유혹, 이 탐색, 이 욕망, 이 돌연한 만족, 이 황홀, 이 눈부심? 지금은 더듬거리며 산문적으로 메모할 수밖에 없다. 어쩌면 이것으로 그칠 것이다. 어쩌면 언어란 것이 본디, 개별적으로 탐구하고 향유하는 눈을 가장 초보적인 뉘앙스를 넘어서까지 따라갈 능력이 없는 것인지도 모른다. 화가들도 겉보기에 가장 단순한 혼색에서부터 이미 본능에 의지하여 문제의식을 품고 독자적인 길을 가야 하니까. 언어로 된 점묘주의자를 상상할 수 있을까? 하지만—청록이란 무엇인가? 진주 파랑이란? 노랑, 코발트블루, 보라의 미세한 우위를 어떻게 말로 표현할 수 있는가?—그 미세한 우위 안에 하나의 분위기, 하나의 행복한 조합의 달콤한 비밀 전체가 깃들어 있는데.

▼ 빈센트 반 고흐 《생트마리드라메르 부근의 바다 풍경》 1888

Vincent

어떤 아름다움도 거칠게, 기꺼이 즐기지 못하고, 그것을 분해하고 관통하고 단위로 쪼갠 뒤 예술적 수단으로 다시 세울 수 있는지를 궁리해야 한다는 것, 이것이 나의 저주이자 행운이다. 가끔만 예전의 무거운 자아가—내가 그토록 일관되게 벗겨낸—잠시 울림처럼 다시 스며든다. 옛날의 순진하고 둔한 몰입, 셈 없는 관능. 그 순간들은 점점 드물어져야 한다. 그 짧고 흐린 쾌락을 위해 내 이상을 팔 수는 없다. 순진한 어스름으로의 완전한 회귀는 이제 다시는 허용되지 않으니까. 어딘가에 내 삶의 쾌락과 의미가 있다면, 그것은 전진에 있다. 아름다운 것의 본성과 법칙을 점점 더 의식적으로 밝히고 관통하는 것에.

오늘 회귀한 시간이 있었다. 정오 지나, 찬란한 빛을 품은 햇볕 속에, 넓은 호수 한가운데, 베기스 맞은편에서. 노 자리 위에 길게 누워 호면을 바라보았다. 적자색과 금빛의 물결이 내 시야 앞에서 넓게 쉬지 않고 밀려왔다. 모든 감각이 잠들어 꿈꾸었고, 따스하고 몽상적인 안온함이 나를 사로잡았다. 눈은 어떤 윤곽도, 어떤 광선도, 어떤 빛의 경계도 분간할 수 없었다. 시선은 모든 의지를 잃고 방면된 자처럼 이해할 수 없는 아름다움의 바다—빨강, 파랑, 금빛—속에서 나비의 너풀거리는 비행처럼 고르지 않고 목적 없이 비틀거렸다.

불안정하고 바람 부는 날. 덧없는 햇살이 스친다. 부옥스 맞은편 뷔르겐슈톡을 따라 배를 저었다. 건너편에서 호수가 물가를 향해 기묘하고 미세하고 서늘한 색의 행렬로 셀 수 없이 아른거렸다. 마치 식어가며 번쩍이는 강철처럼―적자색, 적갈색, 노랑, 흰색. 뷔르겐슈톡의 중턱에서 소 방울 소리가 흘러내렸다. 아름답게 물결치는 목초지가 흐린 하늘을 배경으로 연초록으로 서 있었고, 해마다 어느 순간 불현듯 거기 있되 생겨나는 것은 결코 보지 못하는, 형언할 수 없이 슬프고 서늘한 가을빛―사랑하는 망자의 이름이 우리를 상기시키듯 색조를 띠고 있었다. 큰 변화에 대해, 우리가 그 위에 짓는 토대의 불확실함에 대해, 죽음에 대해, 우리가 쓸데없이 걸어온 수없이 많은 수고로운 길에 대해.

부옥서 만의 파도 색조를 관찰하려고, 몇몇 색의 혼합, 몇몇 빛의 굴절, 몇몇 은빛 색조의 상(image)으로 기억을 풍요롭게 하려고 배를 저어 나갔다. 서늘하고 쾌활하고 탄력 있게, 귀에 운율을, 입술에 시구를 담고, 아직 낯선 길에서, 새로운 놀이 속에서 아름다움을 엿보려고. 그런데 결국 발견한 것은 이 가을 목초지―올해의 첫 번째, 거부할 수 없는, 섬세하고, 슬픈 전령들이었다.

돌아서서 움직이는 싱싱한 물 위에 오래 눈을 쉬게 했다.

브루넨 쪽 하늘과 오버바우엔의 절벽에 한 줄기 햇살을 관찰했다. 하지만 내 생각은 쉼 없이 탄력적으로 파고드는 습관대로 따라가지 않았다. 눈만이 옅은 금빛 반사가 떨리다 사라지는 것을 보았다. 내 생각은 동행하지 않았다. 그것은 뒤에 머물러 있었다. 가파른 숲 너머, 저 창백한 초록의 목초지 위에.─가을!

그리고 나는 내가 올바른 길 위에 있는지 자문했다. 이 쉼 없는 달음박질이 내 별을 가까이 두는지 멀리하는지, 이 가을과 이 슬픔이 더 이상 나를 건드리지 못할 정신적 높이로 나를 이끌어줄 수 있는지.

곰곰이 생각하는 가운데 찰나가 스쳤다. 그 순간 내게 그런 힘이 있었더라면, 외적 삶의 베일 전체를 벗어던지고, 쾌락과 사랑과 슬픔과 향수와 기억의 모든 실을 끊어버렸을 것이다. 정점, 높은 봉우리에서의 짧고 고요한 한 호흡. 뒤에는 인간다운 모든 관계, 앞에는 아름다움의 가볍고 서늘한 광활, 절대적인 것, 비인격적인 것의 세계. 찰나─한 호흡!

종소리가 흔들리며 내려왔다. 눈을 감고 높은 곳에서 가라앉고 또 가라앉았다. 무거운 육신의 슬픔이 나를 지배했다. 벗어나려 했다. 학대당한 말처럼 한 번 더 발을 들었으나, 나는 패했다. 그리고 그 무겁고 지친 슬픔이 나를 제압하고, 점점 더 깊이 구부리고, 모든 별을 꺼뜨리고, 나를 괴롭히며 잔혹한 승자의 모든 치욕적 승리를 구가했다.

선명하고 가깝게, 갑자기 찢어진 장막 너머로, 내 최초 기억의 환한 정원이 눈앞에 놓였다. 그리고 부모님. 소년 시절, 첫사랑 시절, 소년기 우정. 이 억눌린 시간 속에서 그것들이 모두 슬프도록 낯설고 아름다운 언어로 말을 걸었다. 향수를 일으키고, 진지하게 묻는 언어로—우리가 눈물을 닦아주지 못했고 은혜를 갚지 못한 죽은 자들의 표정처럼. 나는 그것들을 밀어냈고, 그것들은 떠났다. 죽은 현재를 남기고.

짓누르며 기운을 빼는 가을의 감정과 함께, 통렬한 이별의 정서가 내 안에서 솟아올랐다. 남은 며칠 자유롭고 고독한 휴식일 뒤에, 도시와 다시 시작되는 소모적인 삶이 나를 기다리고 있었다. 수많은 사람, 수많은 책, 거짓과 자기기만과 시간 낭비로의 무수한 강요. 그러자 갑자기 나의 젊음이 통째로 뼈아픈 삶의 욕구로 불타올랐다. 노에 몸을 던져 큰 만을 이리저리 횡단하고, 뷔르겐슈톡의 돌출부를 돌아 마트까지, 베기스까지 저어 갔다. 피로가 나를 채우지 못했다. 대신 욕심스럽고 절박하게 벌어진 결핍이 나를 채웠다. 내 삶의 모든 자유와 힘을 한 시간에 몰아넣고 급작스럽게 웃으며 탕진하고 싶은 욕구. 호수는 너무 싱거웠고, 산은 너무 회색이었고, 하늘은 너무 낮았다. 베기스에서 물에 들어가 호수 속으로 헤엄쳤다. 두 팔로 물을 밀치며, 깊이 호흡하며. 지치자 등을 대고 누워 아주 천천히 헤엄치며, 기다리는 눈으로 하늘에 매달렸다. 만족하지 못하고, 권태에 빠져. 내가 목말라 하는 충만과 향유를 위해서라면 목숨을 내걸었을 것이다.

그리고 돌아와 다시 배에 올랐다. 가을과 이별과 내면의 불확실함이라는 무거운 침울함 전체를 안고.

이후 나는 더 가라앉았다. 내 원칙이 승리했다. 나는 이제 이 슬픔과 절망을 즐긴다. 궂은 날씨를 즐기는 데 익숙해진 것처럼. 그것에는 그것만의 달콤함이 있다. 나는 슬픔과 대화하고 그 위에서 연주한다. 검은 단조 하프 위에서 노래하는 가수처럼. 내가 매일 염원하는 건 결국 하나의 분위기, 그날 고유의 색, 그리고 운이 좋으면 하나의 노래 외에 무엇이겠는가?

오늘 낚싯대를 들고 호숫가에 앉아, 어제의 여운에 잠겨 있을 때, 갑자기 엘리자베트라는 이름이 입가에 떠올랐다. 그녀의 모습을 선명하고 순수하게 내 안에 불러일으키는 데 성공했고, 그래서 그녀가 내 꿈속에서, 마치 깊은 거울 속에서처럼 나를 바라보았다. 동시에 『새로운 삶』[14]을 읽고 싶은 강렬한 욕구가 솟아올라, 이 사나운 갈망을 위해서라면 오늘이라도 바젤로 돌아갈 뻔했다.

뵐셰라면 나에게서 거리에 의한 사랑의 현저한 사례를 확인할 수 있을 것이다. 정확히 자기 검증하면, 엘리자베트가 나에게 미치는 끌림은 처음부터 하나의 프로필 선에 근거해 왔다고 말해야 한다. 특히 측면에서 본 목과 턱의 정교하게 우아한 윤곽에. 하지만—내 경우에 뭐가 특별한가? 이미 입증되었듯이 머리 스타일 하나, 옷 하나, 허리띠, 리본조차 같은 효과를 낼 수 있으니.

나는 걸작을 충분히 감상한 후 소유하듯 이 선 속에 내 사

---

14 『새로운 삶(Vita Nuova)』: 단테 알리기에리의 초기작(1294년경). 베아트리체를 사랑했던 경험을 시와 산문으로 엮은 책으로, 여인의 부재 속에서 사랑이 정화되어가는 과정을 그린다.

랑의 아름다움을 소유하고 있다. 여전히 그녀의 육체가 현존하길 갈망한다면, 그것은 상상력의 순간적인 한계 때문일 뿐이다. 그래도—내 사랑을, 이 가엾은 내 품의 아이를, 이렇게 형식적으로 해석하는 것은 부당하다. 그녀의 가는 손에 다정하게 닿고 싶어 한 적이, 그녀를 이야기꽃 피우게 하고 싶어 한 적이, 오래오래 그 눈을 들여다보고 싶어 한 적이 얼마나 많았던가! 이런 생각과 욕구 안에는 이미 저편 아름다움의 파악할 수 없는 반사들이 스며들어 있다. 내 회의가 잠깐이라도 잠들면, 나는 내 사랑 안에서 천사의 노래를 듣고, 낙원의 기억이 내 영혼의 문을 두드리는 것을 느낀다. 그리고 내 영혼 자신은, 지배욕에 찬 사유의 온갖 폭력과 거칠어짐 아래 미소 지으며 고통받는다. 그녀는 어두운 장막 아래 잠들어 있다. 잠이 들어, 어쩌면 내 의식적 삶이 최고의 순간에도 여전히 두근대며 문 앞에 서서 그 세계의 가장 깊은 비밀을 꿈꾸고 있을지도 모른다.

그리고 이 내 영혼이 아름답고 낯선 언어로 나에게 지복의 고향을 이야기한다. 엘리자베트와 나, 우리 둘 다 그곳에서 길 잃은 아이이자 떠돌아다니는 시민이라고. 이국적이고 달콤한 향처럼, 한 번도 들어본 적 없으면서도 꿈속에서 알고 있는 멜로디의 악절들처럼—한 번도 던지지 않았으되 깊이 느끼고 있는 질문들에 대한 응답처럼.

오, 이 영혼, 이 아름답고 어둡고 고향 같고 위험한 바다!

나는 지칠 줄 모르고 그 현란한 표면을 살피고, 어루만지고, 물으며, 맹공을 퍼붓는데, 영혼은 가끔 조롱이라도 하듯 밑바닥 없는 깊이에서 낯선 빛깔의 수수께끼를 내 앞에 밀어낸다. 헤아릴 수 없이 먼 이국의 공간을 이야기하는 조개들, 마치 태고의 장신구 한 점이 가물가물한 전생의 예감을 불러일으키듯.

거기 어쩌면 내 예술도 잠들어 있다. 거기 어쩌면 내 노래가 잠들어 있다. 그 뜨겁고 자부심 넘치는, 폭풍이 몰아치는 디오니소스 같은 박자를 가진 노래. 한편 나는 불모의 들판에서 힘과 젊음을 낭비하고 있다. 아, 지나간 해들에 봄밤마다 그토록 풍성하고 관대하게 주어졌던 그 기분들을 다시 찾을 수 있다면—그 몽상적이고 절제 없는 심장 박동, 환상에의, 그리고 자기 자신의 피가 들뜨는 울림에의 충만한 자기 상실!

오늘은 8일간 옆자리에 앉아 온 사람들도 거의 알아보지 못했다. 어제 이후 10년이 흐른 것처럼. 내 책들, 내 방, 낚시 도구, 옷, 내 손—모든 것이 낯설고, 모든 것이 내 것이 아니며, 모든 것이 예상치 못한 현존으로 나를 짓누른다.

오, 이 밤! 열 시간 잠 한숨 없이, 매 순간이 억눌린 내 영혼과 잔혹하게 군림하는 사유 사이의 싸움이었다. 이를 악물고 흐느끼는 싸움, 무기 없이, 가슴 맞댄 채, 절망의 온갖 술수와 잔혹함을 동원한 몸부림. 내 내면의 삶에 그어놓았던 모든 둑과 경계선, 공들여 뿌린 모든 씨앗, 놓아두었던 모든 주춧돌이 이 몇 시간 안에 짓밟히고 소멸했다. 아직도 꿈만 같다.

무겁고 침울한 저녁—한 번도 보지 못한 석양이 있었다—이후 일찍 누웠다. 창밖에서 호수가 김을 올리며 가늘고 규칙적인 파도로 벽을 두드렸다. 침대에서 함메트슈반트[15]가 흐린 하늘을 찌르는 것이 보였다. 그때 나는 느끼기 시작했다. 오래 미루어온 싸움의 시간이 가차 없이 왔다는 것을, 내 안에서 억눌리고 사슬에 묶이고 반쯤만 길들여진 모든 것이 분노하고 위협적으로 사슬을 잡아당기고 있다는 것을. 내 삶의 모

---

15 함메트슈반트(Hammetschwand): 뷔르겐슈톡 산의 절벽 봉우리

든 중요한 순간들—내 운명에 새로운, 더 좁은 원을 그었던, 영원한 것에 대한 감각에게, 소박한 본능에게, 태어날 때부터 가진 무의식의 삶에게 영역을 빼앗았던—그 순간들이 적의에 찬 대오로 내 기억 앞에 나타났다. 그 진군 앞에서 모든 왕좌와 기둥이 흔들리기 시작했다. 그리고 갑자기 더 이상 구할 수 있는 것은 없다는 걸 알았다. 풀려난 하계 전체가 비틀거리며 쏟아져 나와, 흰 신전들과 차가운 애장품들을 부수고 조롱했다. 그런데도 나는 이 절박한 반란자, 성상파괴자들이 친밀하게 느껴졌다. 그들은 내가 가장 사랑하는 기억과 어린 날의 모습을 지니고 있었다.

재인식과 동시에 죽음처럼 쓰라리고 날카로운 고통이 내 가장 깊은 존재를 관통하며, 찢기고 양쪽으로 나뉜 감정으로 나를 짓이기고 마모시켰다. 길게, 몇 시간이고. 괴롭힘당하고, 갈피를 잡지 못하고, 겁에 질린 아이가 될 때까지. 눈물 없는 흐느낌이 덮쳐왔다. 형언할 수 없이 쓰린, 경련하고 절망하는 흐느낌.

그만, 그만! 밤이 지났다. 이토록 끔찍한 밤은 다시 오지 않으리라는 것을 안다. 이제 고통은 느껴지지 않고, 나른한 이완과 하나의 감각만 남았다. 지치고, 수수께끼 같고, 불확실하게 아픈 느낌—마치 내 안에서 무언가가 끊어진 것 같은, 신경 하나가 끊어진, 싹 하나가 꺾인 것 같은. 그리고 나는 믿는다—

……아니, 아니!

그래도: 나는 믿지 않는다. 느낀다. 변경 불가능한 확실성
으로 안다―이것이 내 젊음이다, 이것이 내 희망이다, 이것이
내 안에서 가장 좋고 가장 성스러운 것이며, 꺾인 그 덩굴을
나는 낯설고 거슬리는 무언가로서 내 안에서 느낀다.

가을. 여기 더 이상 있을 수가 없다. 내일 도시로 돌아갈 것
이다. 이 우수에 잠긴 고요한 호수와 창백한 가을 목초지, 서
늘한 산과 서늘한 하늘이 나로 하여금 겁먹게 한다. 도시에서
가져온 플라톤이 탁자 위에 놓여 있다. 비루한 넝마! 플라톤이
나에게 무슨 소용인가? 사람을 만나야 한다. 마차 지나가는 소
리를 들어야 한다. 새 책과 신문을 칼로 자르고, 분주한 삶의
풋풋하고 덜 익은 향기를 들이마셔야 한다. 또한 작은 선술집
에서 밤을 보내고 싶고, 저속한 여자들과 저속한 대화를 나누
고, 당구를 치고, 천 가지 하찮은 일을 벌이고 싶다. 그것들을
이 신음의 근거 천 가지로 나 자신에게 나열할 수 있으니까.
근거도 마쳐도 없이는 이 비참함을 더 이상 견딜 수 없다. 아
직 내가 모르는 쾌락이 있을 것이다. 내 신경이 격렬하게 반응
할 자극이 있을 것이다. 아직 기쁨을 줄 수 있는 희귀한 책이,
어떤 새롭고 정교한 음악이 있을 것이다.

나는 잊지 않을 것이다. 평생. 오, 이 밤! 잠 못 드는 모든
밤에 이 고통의 기억으로 괴로워할 것이다. 그것은 모든 향유
에서, 모든 자극에서 숨겨진 악령처럼 고개를 내밀어, 쾌락과
고통의 모든 경계를 지우고, 모든 감각을 그 찌르는 듯, 독같이

달콤한, 아프도록 피로한 느낌 속에 녹여버릴 것이다. 이 밤만큼 나를 괴롭힌 적 없는 그 느낌. 쇼팽의 그 불길한 B♭ 단조 소나타의 프레스토에 그 비슷한 것이 있다—드러나 있는 가느다란 신경을 쓰다듬는 것 같은 느낌. 오싹한 통증, 가볍고 달콤한 아픔—하지만 한마디만 더 하면 절망적이고 정교한 슬픔의 모든 고문 속으로 떨어진다. 격렬한 육체적 고통의 경지까지 솟아오를 수 있는.

엘리자베트—

……

결산해보자! 아직 적지 않은 나이에 나에게 남은 것은: 한때 꽤 볼 만했던 상상력의, 그럭저럭 보전된 나머지. 다소 닳긴 했으나 반짝이는 기분들을 향유하고 배열하는 능력. 그리고 조심스럽게 다루면 어쩌면 아직 한두 번의 가벼운 유의 사랑을 연출하고 견뎌낼 수 있을 소량의 '영혼'. 거기에 오랜 습관으로 획득한 비극적-이상주의적 연기와 의연하게 참는 자세의 숙련마저 더하면, 이 아름다운 시적 능력을 나 자신에게 축하하지 않을 수 없으며, 작가로서의 미래를 걱정할 이유는 없다. 닐스 뤼네를 개인적 색채 없이 모방하지는 않을 것이고, 가장 고상한 빈 사람들의 엑스터시를 능가할 것이다. 쉽게 말하면: 에잇, 꺼져! 하지만 뭐 하러 신독일어와 빈 사투리를 배웠겠나?

어젯밤 카지노 앞에서 기다렸다. 연주회장에서 나오는 사람들을 보려고. 춥고 비가 내렸다. 인파가 쏟아져 나왔다. 그리고 발코니석에서 내려오는 계단에서, 익숙한 얼굴들 사이로 갑자기 엘리자베트의 얼굴이 떠올랐다. 천천히 내려와 동행자들과 함께 인파 속으로 사라졌다. 아름다운 전신이 불 밝힌 계단에 따스하고 쾌활하게 나타나는 그 순간이 내게 독특한 기분을 주었다. 멋진 구식 소설 그대로였다―빛나는 연회장 앞 빗속의 밤에 서서, 차려입고 농담을 나누는 자기 여인이 총애받는 동반자들과 지나가는 것을 바라보는 슬픈 연인. 모자는 아픈 이마에 깊이 눌리고, 회색 외투가 바람에 펄럭인다. 눈에는 경멸이 담겼으나, 고통으로 일그러진 입술 위에는 사랑의 비탄과 좀먹는 슬픔이 놓여 있다. 그는 돌아서고, 모자를 들어 올리고, 뜨거운 손으로 뜨거운 이마와 빗물 젖은 머리칼을 쓸어올리고, 황량한 빗속의 밤안개 속으로 사라진다.

정확히 말하면, 부저 부인의 피셔슈투베로 갔다. 그녀는 수많은 잔에 담아 '달콤한 속성'을 내왔다. '사랑의 속성'에 대한 담즙 반응이 선량한 뵈메를 거짓말쟁이로 만들어 버린 뒤에 말이다. 거기서 헤세와 긴 대화를 나눴다.[16] 그는 당연히 다시 잔소리에 핀잔까지 했고, 내가 무례해지고 나서야 만족해했다. 나도 만족했다. 결국 그 친절한 이가 나를 모든 위험을 뚫고―

집과 집 사이에 걸린 흔들리는 빨랫줄과 왈츠를 추는 가스등 사이를—우리 집까지 데려다주었다.

---

16 헤세와 긴 대화를 나눴다.(Ich hatte dort ein langes Gespräch mit Hesse)
헤세 자신이 자기 분신(헤르만 라우셔)의 일기 속에 조연으로 등장하는 장치다.
저자가 자기 피조물의 일기 속에서 '잔소리꾼 친구'로 출연하는 모습은 집필 당
시 20대 초반인 어린 헤세의 장난과 유머로 해석할 수 있다.

내 어린 시절 친구 엘렌덜레가 그 짜증스러운 밤 튀빙겐의 '발피시'에서 총으로 자살하지 않았더라면, 우리의 멋진 클럽에 그를 추천했을 텐데. 우리는 셋이서 '탈선자 클럽'을 만들었다. 회원 셋은 적지만, 바젤시는 이 부류에서 더 많은 것을 감당하지 못한다.

바젤, 날짜 없음

아! 보헤미안의 삶이 매일 즐거운 것은 아니로다!

여행을 떠나야겠다. 간밤에 내 젊음을 꿈꾸었다. 마치 젊음이 먼 나라 푸른 산들 사이 어딘가에 마법에 걸려 삶을 사는 것처럼. 또한 잘 알고 있는 아름다운 여인이 제비꽃 무늬 그랜드피아노로 쇼팽의 E♭ 장조 녹턴을 치는 것 같았다. 향수에 젖고 날개 다친 자만이 온전히 이해하는 그 노래, 은밀한 고통으로 정화된 섬세한 악절들. 나는 잊혀 먼지 쌓여 있던 바이올린을 꺼내어, 여린 활질로 수줍고 다정한 선율을 깨웠다. 오래되고 갈색인 그 악기에서 내 잃어버린 젊음이 은밀한 저음으로 함께 노래했다.

Letzte Gedichte.

(Sommer und Herbst 1900.)

© Gunter Böhmer

마지막 시들

(1900년 여름과 가을)

Meiner Liebe. 나의 사랑에게.

I.

내 어깨에 기대어라
무거운 머리를, 그리고 잠자코
한 방울 한 방울의 눈물이 지닌
쓰디단 느른한 마지막 한 방울을 음미하여라.

날들이 올 것이다,
바로 이 눈물을 두고
목말라 가슴 조이며
부질없이 그리워할 날들이.

II.

내 머리 위에 손을 얹어다오.
머리가 무겁다.
내 젊음이었던 것을
네가 빼앗아 갔다.

돌이킬 수 없이 사라졌다.
젊음의 광채, 기쁨의 샘,
내게는 고갈되지 않을 금빛으로 보였건만,
남은 것은 비탄과 분노

그리고 밤, 끝없는 밤,
그 속에서 거칠고 열병처럼 뜨거이
옛사랑의 욕망이 맴돌며
깨어 있는 내 꿈을 상처 입혀 관통한다.

드물게 쉬는 시간에만
가끔 내 젊음이 걸어 나온다.
내 곁으로, 수줍고 창백한 손님이 되어,
신음하며, 내 가슴을 무겁게 하며……

내 머리 위에 손을 얹어다오.
머리가 무겁다.
내 젊음이었던 것을
네가 빼앗아 갔다.

Dennoch.
그럼에도.

그럼에도 내 젊음의 시간들을
나는 한 시간도 빠짐없이 누렸다. 불평해야 하나,
애지중지 가꾼 꽃이 맺은 것이
상처와 쓴맛과 비탄뿐이었다고?

젊음이 한 번 더 돌아온다면
예전의 사랑스러운 얼굴을
그대로 하고 ─ 다른 결말을 맞이한다면야
나는 만족할 수 있을 것을.

Philosophie.
철학.

무의식에서 의식으로,
거기서 다시 여러 갈래 길을 거쳐
무의식중에 알고 있던 것으로,
거기서 자비 없이 추방되어
의혹으로, 철학으로,
우리는 도달한다
아이러니의 첫 번째 계단에.

이어서 부지런한 관조를 통해,
갖가지 날카로운 거울을 통해
세계 경멸의 차가운 심연이
잔혹하게 쇠사슬 같은 지배력으로
우리를 얼어붙는 암흑 속에 가둔다.

그러나 그것이 영리하게 우리를 돌려보낸다
인식의 좁은 틈을 지나
쓰고도 달콤한 노년의
행복으로 — 자기 경멸이라는.

Marienlied.
성모 찬가.

장식도 진주의 빛도 없이
이 계단 위에 엎드리게 하소서,
말없이 당신의 축복을 간구하며,
내 젊음의 시든 화관을.

싸움, 방랑, 숱한 상처,
맛보지 못한 쓰라린 승리,
영광 없이 치른 전쟁의 나날이
지쳐 이제 종착에 이릅니다.

형형색색 기쁨빛이던 욕망이
지친 두 손을 내리고,
그 웃음은 끝나고,
그 붉은 불꽃은 꺼졌습니다.

죽어가며, 창백하고, 열에 다친 채
세상을 잊고
딱딱한 계단 위에 지쳐 누르려 합니다
시들어버린 사랑의 입술을.

Das ist mein Leid.
이것이 내 괴로움.

이것이 내 괴로움이니, 너무나 많은
채색된 가면 속에서 너무나 능란히 연기하고
나 자신과 남들을 너무나 능란히
속이는 법을 익혀버린 것.
미세한 충동 하나
내 안에서 일지 않고, 노래의 떨림 하나 없되
그 안에 유희와 의도가 깃들지 않은 것이

이것을 내 비참이라 불러야 하리라:
나 자신을 가장 깊은 곳까지 알아버린 것,
맥박의 박동까지 미리 아는 것,
그래서 어떤 꿈의 무의식적 경고도
어떤 쾌락의, 어떤 고통의 예감도
더 이상 내 영혼을 움직이지 못하는 것.

Spielmann.
악사.

봄과 여름이 올라온다
푸르게 솟아 노래를 부르며,
형형색색으로 세상을 꾸미다가,
지쳐서 다시 땅으로 고개 숙인다.

날들의 화환 속에서 꿈결처럼
맑은 시간들이 잠깐 인사를 보내온다
아름다운 전설처럼 떠올라,
미소 짓고, 빛나고, 사라져버린다.

계절이 바뀌는 전율 속에,
금도 사랑도 손짓하건만,
슬피 내 두 손은
치장된 리라를 가라앉힌다.

Italienische Nacht.
이탈리아의 밤.

형형색색으로 빛나는 이런 밤을 나는 사랑한다
등불의 일렁임 속에서, 그리고 기꺼이
내 노래의 열에 들뜬 붉은빛을 거기 엮어 넣는다.
봐, 그대, 저기 젊은이들이 몰려드는 것을
밤늦은 춤 속으로, 그리고 우리 둘만을 위해
초승달이 횃불 연기 사이에 걸려 있는 것을.

이런 밤이면 내 떨리는 심장이
고통과 쾌락으로 고향과 젊음 쪽에 귀를 기울이고,
사랑에 빠진 멜로디의 박자에 맞춰 뛴다.
하지만 내 눈은 낯선 달이
은빛 배를 타고 확실한 길을 가는 것을 바라보며
달처럼 외로움에 익숙해져 있다.

봐, 내 젊음은 형형색색의 놀이였다,
열에 들뜬 춤, 거칠고 목적 없이
유성처럼 타다 스러졌다.
그 뒤 떠돌이로 세상을 헤맸으나
머리 둘 자리도, 내 노래에 귀 기울일 이도 없었고,

꿈속에서만 창백한 향수의 나라가 있었다.

저기 봐! 뜨거운 군중이 춤에 출렁이며
쾌락에 달아올라 환호하며
짧은 기쁨의 불타는 화관을 허공에 내던진다.
마치 내 젊음이 저기서
이국의 뜨거운 향기에 달콤하게 취해
옛 놀이를 새로운 춤 속에서 이어가는 것 같다.

옛 놀이! 다만 이제 나는 한쪽에 물러나
구경하며 기대어, 현혹의 술잔이 주는
달콤한 자극을 서늘한 입술 위에서 가늠할 뿐,
내 정신은 무심히 주위를 둘러보고
향수에 빨라진 내 심장 박동을
미소 지으며 노래의 박자처럼 센다.

Der schwarze Ritter.
검은 기사.

나는 말없이 마상 시합장을 나선다,

모든 승리의 이름을 지니고,

귀부인들의 발코니 앞에

깊이 고개 숙인다. 하지만 아무도 내게 손짓하지 않는다.

나는 하프에 맞추어 노래한다,

깊은 음이 울려 퍼지는 하프에.

모든 하프 연주자가 듣고 침묵하지만,

아름다운 여인들은 이미 사라졌다.

내 문장紋章의 검은 바탕에

백 개의 화관이 걸려 있다,

백 번의 승리가 금빛으로 빛나는.

하지만 사랑의 화관은 없다.

내 관 위로 몸을 숙이리라

기사와 시인들이, 그리고

월계수와 흰 재스민으로 덮으리라.

하지만 장미 한 송이는 그 위에 놓이지 않으리라.

Marienlied.
성모 찬가.[17]

당신의 눈길에 내 눈길이 닿아서는 안 됩니다,

그토록 많이 앓은 내 영혼은

고개 숙인 채 더는 당신의 영혼에게 청할 수 없습니다:

잃어버린 자매를 축복하여주소서!

오직 가장 깊은 속에서 조용히

지난 자매의 시절을,

수치 속에 탕진한 지복을

침묵 속에, 고통 속에 기억하려 합니다.

---

17 성모 찬가(Marienlied)가 두 편인데, 앞서 시는 성모 앞에 엎드려 시든 젊음의
화관을 바치는 것이고, 본 편은 '잃어버린 자매'로서의 영혼이 성모의 영혼에게
축복을 구하는 것이다. 같은 제목이지만 톤이 완전히 다르다.

G Böhmer

『헤르만 라우셔』로 보는

헤르만 헤세 문학의 원천

「나의 유년 시절」을 보면 『데미안』과 『수레바퀴 아래서』가 있습니다. 가정과 학교라는 두 세계 사이에서 찢기는 소년, 아버지의 벌 앞에서 용서를 말하지 못하는 고집, 그리고 출장을 떠나며 남긴 아버지의 쪽지—둘 중 하나는 다른 한 사람에게 용서를 구할 수 있어야 하지 않겠니—이 한 문장에는 훗날 에밀 싱클레어가 데미안을 만나 '밝은 세계'와 '어두운 세계' 사이에서 자기 자신의 길을 찾아가는 여정의 씨앗이 고스란히 들어 있습니다. 『마지막 시들』에서 자신을 '가인'이라 부르는 라우셔는 이미 23세의 헤세가 카인의 표식을 자기 이마에 새기고 있었음을 보여줍니다.

「1900년 일기」를 보면 『싯다르타』의 사상이 있습니다. 피츠나우 호숫가에서 라우셔는 물 위의 빛과 색을 관찰하다 자아를 잃고 호면 위에 영혼이 펼쳐지는 체험을 합니다—온통 에테르가, 온통 색이, 온통 아름다움이 된 것 같은 느낌—이것은 훗날 싯다르타가 뱃사공 바수데바 곁에서 강물의 소리를 들으며 도달하는 깨달음의 원형입니다.

「11월의 밤」과 「잠 못 이루는 밤들」을 보면 『황야의 이리』
가 있습니다. 새벽 세 시 튀빙겐 골목을 떠도는 라우셔, 잠 못
이루는 밤마다 자의식의 칼날로 자기 자신을 해부하는 라우셔
는 『황야의 이리』의 주인공 해리 할러의 최초 스케치입니다.
'목적 없는 삶은 황량하고, 목적 있는 삶은 고역'이라는 라우셔
의 독백은 마흔일곱 살의 할러가 쓸 법한 문장입니다.

해바라기

꽃에 건넨 안부

해바라기를 직접 길러본 사람은 압니다. 참 손이 많이 가는 식물입니다. 게다가 해바라기는 다년생이 아닙니다. 한 해 피고, 씨를 남기고, 죽습니다. 다음 해에 그 씨를 다시 심어야 합니다. 매년 처음부터 다시 시작해야 하는 꽃입니다.

씨앗

해바라기 씨앗의 배열에는 피보나치 수열이 들어 있습니다. 시계 방향과 반시계 방향의 나선이 교차하면서 각각 21줄, 34줄, 55줄을 그리는데, 이 숫자들은 모두 피보나치 수열의 항입니다. 씨앗은 방향을 모릅니다. 어디가 해가 뜨는 쪽인지, 어디로 고개를 돌려야 하는지—아직은 아무것도 모릅니다. 그런데 방향은 이미 씨앗 안에 있습니다. 나선의 각도, 갈라져 나갈 잎의 순서, 줄기가 구부러질 방식—그 모든 것이 아직 일어나지 않은 채로 새겨져 있습니다.

빈센트 반 고흐가 화가가 되기 전의 시간들이 그랬습니다. 서점 점원, 교사, 전도사—어디에서도 맞지 않았습니다. 1879년 겨울, 벨기에 보리나주 탄광촌에서 광부들에게 자기 옷을 벗어주고, 자기 방을 내주고, 결국 교회로부터도 해임당

합니다. 아직 붓을 들기 전입니다. 그러나 돌이켜보면, 씨앗 안에 이미 나선이 있었던 것처럼, 보리나주의 그 겨울 안에 이미 아를의 해바라기가 들어 있었습니다.

헤르만 헤세도 그랬습니다. 열세 살, 마울브론 신학교를 탈출한 소년이 '시인이 되지 못할 바엔 아무것도 되지 않겠다'고 결심합니다. 그리고 수십 년이 지나 가이엔호펜과 몬타뇰라의 정원에 해바라기를 심습니다. 헤세는 한 수필에서 이렇게 묘사했습니다.

eine lange Allee, wo zu beiden Seiten des Weges einige hundert Sonnenblumen von exemplarischer Größe wuchsen und zu ihren Füßen viele Tausende von Kapuzinern in allen Tönen von Rot und Gelb.[18]

길 양쪽에 수백 그루의 해바라기가 모범적인 크기로 자랐고, 그 발치에 수천 송이의 한련이 온갖 빨강과 노랑 색조로 피어 있었다.

씨앗을 심는 사람은 아직 꽃을 모릅니다. 그러나 심는 행위

---

18 헤르만 헤세 「새 집에 들어가며(Beim Einzug in ein neues Haus)」 1931

자체가 이미 안부입니다―아직 만나지 못한 꽃에게 보내는.

줄기
해를 따라간다는 것의 진짜 의미

해바라기가 해를 따라간다는 것은 누구나 압니다. 향일
성(heliotropism). 해바라기의 이름 자체가 그 성질을 말합니
다―해를 바라보는 꽃(Sunflower, Sonnenblume, Tournesol).
해를 사랑해서 해가 떠 있는 방향으로 고개를 돌린다고 우리
는 알고 있습니다.

그런데 실상은 반대였습니다. 2016년 발표된 연구 결과에 따르면, 어린 해바라기가 해를 따라가는 건 맞지만, 태양을 향해 '고개를 든다'기보다는, 그늘진 쪽 줄기가 더 빨리 자라서 밀어내는 것으로 밝혀졌습니다. 해를 등진 쪽에 옥신(auxin)이라는 성장호르몬이 더 많이 축적되고, 그쪽 세포가 더 빨리 신장해서, 결과적으로 줄기가 햇빛 쪽으로 구부러지는 것입니다.[19]

빛을 향한 의지가 아니라 그늘의 성장이 움직임을 만듭니다.

이 사실을 알았을 때, 빈센트의 보리나주가 떠올랐습니다. 1880년 여름, 빈센트는 탄광 노동자들과 살고 있었습니다. 가진 것을 전부 나눠주고, 교회에서 해임당하고, 가족에게도 '쓸모없는 이상한 인간'으로 취급받던 시간입니다.

그 어둠 속에서 빈센트는 처음으로 광부들의 얼굴을 그리기 시작합니다. 아직 유화가 아니라 연필과 목탄이었습니다. 아를의 눈부신 빛이 빈센트를 화가로 만든 것이 아닙니다. 보리나주의 어둠이 그를 밀어낸 것입니다. 그늘 쪽이 더 빨리 자라서 빛 쪽으로 구부러지듯이.

19　Atamian et al., "Circadian regulation of sunflower heliotropism, floral orientation, and pollinator visits," Science 353 (2016).

빈센트 반 고흐 《짐을 나르는 광부의 여인들》 1881

꽃봉오리
가장 아름답지 않은 시간이 가장 생산적인 시간

해바라기의 생애에서 가장 생산적인 시기는 가장 아름답지 않은 시기입니다. 꽃이 피기 전, 해바라기의 앞면은 초록색 꽃받침(bract)으로 덮여 있습니다. 이 꽃받침이 광합성을 담당합니다. 어린 해바라기가 해를 따라가는 진짜 이유도 여기에 있습니다. 노란 꽃잎이 아니라, 이 초록색 꽃받침이 최대한 많은 빛을 받기 위해서입니다. 아직 아무도 돌아보지 않는, 아름답다고 말해주지 않는 시기가 해바라기가 가장 열심히 일하는 시기입니다.

1888년 여름, 아를. 빈센트는 고갱이 오기를 기다리고 있었습니다. 노란 집을 칠하고, 방을 꾸미고, 그 방에 걸 해바라

기를 그리기 시작합니다. 빈센트가 해바라기로 고갱의 방을 꾸며주려 한 건, 1887년 파리에서 고갱이 빈센트의 해바라기 그림에 반해 자기 그림과 교환해 갔기 때문입니다.[20]

에밀 베르나르에게 보낸 편지에서 빈센트는 이렇게 씁니다.

Je pense à décorer mon atelier d'une demi dou-zaine de tableaux de Tournesols. Une décoration où les jaunes crus ou rompus éclateront sur des fonds divers bleus…

나는 작업실을 반 다스(6개)의 해바라기 그림들로 장식할 생각이야. 다양한 파란 배경 위에 거칠고 부서진 노랑이 터져 나오는 장식—창백한 베로네제 그린에서 로열 블루까지……

고갱은 아직 오지 않았습니다. 오겠다는 약속이 자꾸 미뤄졌습니다. 그 기다림의 시간에, 빈센트는 해바라기 연작 4점을

---

20 1887년 12월 고갱은 자신의 《마르티니크 강변》(1887)을 빈센트의 해바라기 습작 두 점과 교환했다. 빈센트 반 고흐가 여동생 빌레미엔에게 보낸 편지, 1888년 7월 31일(Letter 653) 참조.

그렸습니다. 누군가를 기다리며 그 사람을 위해 그린 그림이 그의 가장 위대한 작품이 되었습니다. 꽃봉오리 시절의 초록색 꽃받침이 가장 많은 광합성을 하듯이, 가장 아름답지 않은 시간이 가장 많은 것을 만들어낸 시간이었습니다.

만개
얼굴과 등

해바라기가 활짝 핍니다. 이것이 우리가 아는 해바라기의 '얼굴'입니다. 빈센트 반 고흐와 헤르만 헤세가 그린 것도 이 얼굴입니다.

빈센트 반 고흐 《해바라기》 1888 ▶

Vincent

헤르만 헤세 《해바라기가 있는 정원》 1921

그런데 꽃이 활짝 피는 순간, 꽃봉오리 때 앞면을 덮고 있
던 초록색 꽃받침이 뒤로 밀려납니다. 광합성을 담당하던 부
분이 뒤로 숨습니다. 우리가 사랑하는 해바라기의 얼굴은 광
합성을 하는 쪽이 아닙니다. 진짜 일은 아무도 보지 않는 뒷면

에서 일어납니다.

　그리고 성숙한 해바라기는 더 이상 해를 따라가지 않습니다. 줄기가 굳어져서 돌 수 없습니다. 동쪽만 바라봅니다. 자기 영양에 가장 유리한 방향은 서쪽이나 북서쪽입니다―뒷면의 초록색 등이 최대한 많은 빛을 받을 수 있으니까요. 하지만 성숙한 해바라기는 자기 영양에 유리한 방향을 택하지 않습니다. 동쪽을 택합니다. 아침 해에 빨리 데워져서 벌을 부르기 위해서입니다. 동쪽을 향한 꽃이 서쪽을 향한 꽃보다 다섯 배 더 많은 꽃가루 매개자를 끌어들인다는 것이 실험으로 밝혀졌습니다.

　자기 영양보다 타자와의 관계를 택한 것입니다.

동쪽을 향하여

해바라기를 그리는 화가

빈센트의 해바라기가 정확히 그랬습니다. 빈센트는 해바라기를 자신을 위해 그리지 않았습니다. 고갱을 위해 그렸습니다. 고갱이 머물 방을 꾸미기 위해 그렸습니다. 빈센트는 해바라기를 돈을 주고 샀습니다. 화병에 꽂아두면 며칠 안에 시듭니다. 시들기 전에 빨리 그려야 했습니다. 고갱은 나중에 빈센트가 해바라기를 그리고 있는 모습을 그림으로 남겼습니다—《해바라기를 그리는 화가》. 빈센트는 이 그림을 처음 보고 '이건 분명 나인데, 미쳐버린 나'라고 말했습니다.

폴 고갱 《해바라기를 그리는 화가》 1888

고갱이 아를을 떠난 뒤, 빈센트는 고갱에게 편지를 씁니다. 귀를 자른 뒤, 노란 집에 혼자 남겨진 뒤.

편지에서 노란 배경의 해바라기 그림을 받고 싶다고 하셨지요. 당신의 선택이 틀리지 않았다고 생각합니다. 쟈냉이 모란을, 쿠스트가 접시꽃을 자기 것으로 삼았다면, 저는 누구보다 먼저 해바라기를 제 것으로 삼았으니까요.

우선 당신 것을 돌려보내되, 이번 일 이후 그 그림에 대한 당신의 권리를 단호히 인정할 수 없다는 뜻을 밝혀두겠습니다. 그러나 당신이 그 그림을 고른 눈을 저는 높이 삽니다. 그래서 똑같은 그림 두 점을 더 그리기 위해 힘을 쏟겠습니다. 그렇게 되면 결국 원만하게 해결되어 당신도 당신 몫을 갖게 될 것입니다.[21]

'해바라기는 나의 것입니다.' 빈센트는 고갱에게 해바라기 그림을 바로 주지 않습니다. 대신 똑같은 것을 두 점 더 그리겠다고 말합니다. 이미 자기 것이라고 선언한 해바라기를, 결국 누군가에게 주기 위해 다시 그리겠다는 것입니다. 동쪽을 향해 자기 영양을 포기하면서 벌에게 따뜻한 자리를 마련하는 것과 같습니다.

21　빈센트 반 고흐가 폴 고갱에게 보낸 편지 1889년 1월 21일(Letter 739) 참조.

아무도 보지 않는 곳에서

성숙한 해바라기 머리의 뒷면은 초록색입니다. 나중에 황록색으로 변합니다. 엽록소가 들어 있습니다. 해바라기의 진짜 생명 활동은 아무도 그리지 않는, 아무도 사진 찍지 않는, 이 초록색 등에서 일어납니다.

반 고흐의 편지가 그랬습니다. 우리는 반 고흐의 그림을 봅니다. 미술관에 걸린《해바라기》,《별이 빛나는 밤》,《밤의 카페 테라스》,《아이리스》. 이것이 반 고흐의 '얼굴'입니다.

한편 반 고흐가 평생 쓴 편지는 현재까지 남아있는 것만

빈센트 반 고흐《해바라기》1887

820통입니다. 그 편지들(테오에게, 여동생에게, 친구들에게 쓴)이 반 고흐의 '등'입니다. 아무도 미술관에 걸지 않는, 그러나 그림보다 네다섯 배 더 많은 것을 말해주는.

이 책의 첫 번째 부분에 헤세의 소설이 있고, 두 번째엔 반 고흐의 편지가 있습니다. '작가가 쓴 것'과 '화가가 쓴 것'입니다.

금빛 비명

빈센트 반 고흐를 모티프로 한 헤르만 헤세의 소설 『클링조어의 마지막 여름』에서 해바라기는 딱 한 번 등장합니다. 「몰락의 음악(Die Musik des Untergangs)」장 도입부에서:

7월의 마지막 날이 왔다. 클링조어가 가장 좋아하던 달이자 이태백[22]의 위대한 축제 시기가 시들어버렸고, 다시는 돌아오지 않았다. 정원에서는 해바라기들이 푸른 하늘을 향해 금빛으로 비명을 지르듯 솟아 있었다.

---

22 이태백: 당나라 시인 이백(李白). 술과 방랑을 노래한 중국 최고의 시인으로, 헤세가 평생 흠모했다. 『클링조어의 마지막 여름』에서 클링조어의 정신적 동반자로 등장한다.

해바라기들이 비명을 질렀다.

소리 없는 식물에게 비명이라는 동사를 썼습니다. 눈에 보이는 금빛을 귀에 들리는 비명으로 옮긴 것입니다—시각을 청각으로. 반 고흐가 캔버스 위에서 거친 붓 터치로 감정을 쏟아낸 것과 같은 방식입니다. 반 고흐의 해바라기 그림을 이토록 정확하게 묘사하는 문장을 미술 비평서에서도 읽은 적이 없습니다.

금빛 비명. 이것이 반 고흐의 해바라기가 하고 있는 일입니다.

《클링조어의 마지막 여름》 전체를 읽어도 '반 고흐'라는 이름은 한 번도 나오지 않습니다. '빈센트'도 나오지 않습니다. 헤세가 이 소설을 쓸 때 반 고흐의 삶에서 영감을 받았다는 것은 누구나 아는 사실이지만, 헤세는 끝내 그 이름을 부르지 않았습니다. 이름을 부르지 않고 건네는 안부가 있습니다. 그리고 이 문장이 등장하는 장의 제목이 「몰락의 음악」입니다. 비명은 몰락하기 직전에 지르는 것입니다. 해바라기가 가장 높이 솟은 순간, 가장 금빛으로 빛나는 그 순간이 몰락의 시작입니다. 빈센트가 아를에서 해바라기를 그린 1888년 여름이 그랬습니다. 그해 12월 23일, 빈센트 반 고흐는 자신의 귀를 자릅니다.

　　헤르만 헤세는 1919년, 본인의 소설 속 주인공 클링조어의
삶 위에 빈센트 반 고흐의 삶을 겹쳐 놓은 뒤, 이렇게 표현했
습니다.

　　der aus übergroßer Liebe zu den

　　Menschen einsam wurde,

　　der aus übergroßer Vernunft

　　wahnsinnig wurde.

　　지나친 인류애 때문에 고독해졌고,
　　지나친 이성 때문에 미쳐버린 사람.

2

빈센트 반 고흐의 편지

◀ 빈센트 반 고흐 《해바라기》 1889

빈센트 빌럼 반 고흐 (Vincent Willem van Gogh) 1853-1890

대체된 아이

1853년 3월 30일, 네덜란드 남부 브라반트주의 작은 시골 마을 흐루트준데르트에서 한 아이가 태어났습니다. 빈센트 빌럼 반 고흐. 정확히 1년 전인 1852년 같은 날, 같은 이름을 가진 아이가 이 집에서 태어나 숨을 쉬지 못한 채 죽었습니다. 교회 묘지에는 그 아이의 비석이 서 있었습니다.

✝빈센트 반 고흐, 1852년 3월 30일.

살아 있는 빈센트는 교회에 갈 때마다 자기 이름이 적힌 형의 묘비 옆을 지나야 했습니다.

아버지 테오도뤼스 반 고흐는 네덜란드 개혁교회 목사였습니다. 어머니 안나 코르넬리아 카르벤투스는 왕실 제본사의 딸이자 아마추어 삽화가였습니다. 경건한 개신교 가정, 브라반트의 평야, 아버지의 설교단. 그러나 반 고흐 집안에는 목사만큼이나 화상이 많았습니다. 삼촌 셋이 미술품 거래업에 종사했고, 그중 빈센트 삼촌(센트 삼촌)은 유럽 최대 화상 구필 앤 시의 동업자였습니다. 설교단과 화랑. 이 두 세계가 빈센트의 유년을 감쌌습니다.

1857년, 동생 테오도뤼스가 태어납니다. 가족은 그를 테오라 불렀습니다. 네 살 터울의 이 형제는 훗날 미술사에서 가장 유명한 관계가 됩니다. 그러나 그것은 아직 먼 훗날의 이야기입니다.

과도한 사람

빈센트의 삶에는 하나의 패턴이 있습니다. 무엇을 하든 너무 많이 했습니다.

열여섯 살에 센트 삼촌의 주선으로 헤이그의 구필 화랑에 취직합니다. 런던, 파리로 옮기며 7년을 일했지만, 자기가 좋아하지 않는 그림을 고객에게 권하는 일을 거부했습니다. 성경을 읽고 필사하는 데 점점 더 많은 시간을 보냈습니다. 해고되었습니다.

암스테르담에서 신학 입학시험을 준비합니다. 라틴어와 그리스어 앞에서 좌절합니다. 포기합니다. 대신 벨기에 보리나주의 탄광 지대로 갑니다. 전도사로서 광부들 사이에서 살겠다는 결심이었습니다. 그는 진심이었습니다. 너무 진심이었습니다. 자기 옷을 벗어 광부들에게 나눠주고, 누더기를 걸치고, 오두막 바닥에서 잠을 잤습니다. 교회 당국은 이 과도한 열정을 불쾌하게 여겼고, 계약을 연장하지 않았습니다.

화상, 교사, 전도사. 스물일곱 살까지 세 번의 직업, 세 번의 좌절. 그러나 보리나주의 어둠 속에서 빈센트는 연필을 집어들었습니다.

화가 빈센트 반 고흐의 시작이었습니다.

사랑할 수 없는 사람

그림을 시작한 뒤에도 '과한' 패턴은 반복됩니다.

1881년, 빈센트는 얼마 전 남편을 잃고 어린 아들을 키우고 있던 사촌 누이 키 포스에게 사랑에 빠집니다. 청혼합니다. 가족들은 사촌 누이에게 빠진 빈센트를 보고 경악했습니다. 키는 "안 돼요, 절대로, 절대로(neen, nooit, nimmer)"라고 답합니다. 빈센트는 물러서지 않았습니다. 암스테르담에 있는 키의 부모 집까지 찾아갔지만, 키는 빈센트가 왔다는 소식을 듣자마자 집을 나갔습니다. 키의 아버지 스트리커 목사는 더 이상의 접촉을 금지했습니다.

곧이어 헤이그에서 클라시나 마리아 호르닉, 흔히 시엔이라고 부르는 여성을 만납니다. 그녀 역시 빈센트보다 연상이었습니다. 다섯 살짜리 딸이 있었고, 아버지가 누군지 모르는 둘째를 임신한 몸으로 거리에서 몸을 팔고 있었습니다. 빈센트는 시엔과 아이들을 자기 집에 들였고, 결혼하려 했습니다. 가족들은 다시 경악했습니다. 삼촌들과 아버지, 스승 안톤 마우베와 몇 안 되는 친구들마저 절연했습니다. 테오만이 돈을 보내며 형을 지탱했습니다. 그러나 돈을 벌러 다시 거리로 나가는 시엔을 보곤 결국 헤어집니다.

사촌에게도, 거리의 여자에게도, 빈센트는 같은 방식으로 사랑했습니다. 전부를 걸었고, 전부를 잃었습니다.

감자 먹는 사람들

부모가 있는 뉘넨으로 돌아옵니다. 브라반트 농민들의 삶을 그립니다. 어두운 색, 투박한 붓질, 일그러진 얼굴들. 1885년 4월,《감자 먹는 사람들》을 완성합니다.

파리에서 화상으로 일하던 테오는 이 그림을 팔 수 없었습니다. 너무 어둡고, 너무 거칠고, 너무 못생겼습니다. 그러나 빈센트에게 이 그림은 선언이었습니다. 아름다운 것을 아름답게 그리는 것이 아니라, 삶의 진실을 보여주는 것. 이것이 자신의 길이라는 선언.

빛의 발견

1886년 3월, 빈센트는 예고 없이 파리에 나타납니다. 테오의 아파트에 짐을 풀고, 2년을 머뭅니다. 이 2년이 모든 것을 바꿉니다.

인상주의, 신인상주의, 일본 판화. 뉘넨의 갈색과 검정이 사라지고, 파랑, 노랑, 주황, 초록이 캔버스를 채우기 시작합니다.

1888년 2월, 남프랑스 아를로 떠납니다. 화가들의 공동체, '남쪽의 아틀리에'를 세우겠다는 꿈을 안고. 파리에 있던 화가들을 초대합니다. 아를에서 빈센트는 열 달 동안 약 200점을 그립니다. 이틀에 한 점. 고갱이 도착합니다. 처음에는 좋았습니다. 그러나 두 사람의 예술관은 근본적으로 달랐습니다. 고갱은 상상하며 그렸고, 빈센트는 눈앞에 펼쳐진 것을 그렸습니다.

1888년 12월 23일 밤. 정확히 무슨 일이 벌어졌는지는 지금도 논쟁 중입니다. 확실한 것은, 빈센트의 왼쪽 귀가 귓불만 남긴 채 완전히 잘렸다는 사실입니다. 고갱은 그날 밤 아를을 떠났고, 다시는 돌아오지 않았습니다.

가장 아팠던 시기에 가장 많은 그림을

1889년 5월, 빈센트는 스스로 생레미드프로방스의 정신병원에 입원합니다. 자발적 입원이었습니다. 자신에게 무언가 심각한 문제가 있다는 것을 알고 있었습니다.

발작과 발작 사이의 맑은 시간에 그렸습니다. 1년간 약 150점의 유화.

1890년 5월, 파리 북쪽 오베르쉬르우아즈로 향합니다. 마지막 70일이 시작됩니다. 하루에 한 점씩 그립니다. 그러나 편지의 어조는 조금씩 어두워집니다. 7월 27일, 빈센트는 밀밭으로 나갔습니다.

7월 29일 새벽 1시 반, 서른일곱 살의 빈센트 반 고흐는 동생의 품에서 숨을 거둡니다.

이듬해인 1891년 1월 25일, 테오도 세상을 떠납니다.

빈센트가 남긴 것은 유화 약 860점, 수채화와 소묘 약 1,200점, 그리고 820통의 편지입니다.

편지 대부분은 남동생 테오에게 보낸 것이었습니다. 처음에는 안부였고, 다음에는 돈을 보내달라는 부탁이었고, 그다음에는 작업 보고였고, 그다음에는 예술론이었고, 마지막에는 자기 존재에 대한 변명이었습니다.

헤세가 수만 통의 편지로 전 세계 독자들에게 안부를 보냈다면, 반 고흐는 그 편지 대부분을 한 사람에게 보냈습니다. 테오는 독자가 아니라 형제였고, 후원자였고, 유일한 관객이었습니다. 이 편지들은 서신이 아니라 문학입니다.

　　존 러셀 《빈센트 반 고흐의 초상화》 1886 ▶

네 편지 고맙다. 네가 무사히 잘 도착했다는 소식을 들으니 정말 기쁘구나. 처음 며칠 동안은 네가 많이 보고 싶었단다. 오후에 집에 돌아왔을 때 네가 보이지 않으니 기분이 참 묘하더구나.

우리는 함께 참 즐거운 날들을 보냈지. 빗줄기가 조금 잦아들 때마다 꽤 자주 산책도 했고 이런저런 구경도 많이 했었지.

날씨가 정말 끔찍하구나. 오이스테르베이크(Oisterwijk)까지 걸어가는 동안 숨이 턱턱 막힐 정도로 고생했겠어. 어제는 전시회를 기념하는 경마 대회가 열렸단다. 하지만 날씨가 너무 나빠서 조명 장식과 불꽃놀이는 연기되었어. 그러니 그것들을 보려고 남아 있지 않았던 게 차라리 잘된 일이다.

하네베크 가족과 로스가 안부를 전해달라는구나.

언제나 너를 사랑하는, 빈센트가

---

23 Letter 번호: 반 고흐 뮤지엄(Van Gogh Museum) 아카이브의 최신 순번

빈센트가 19살에 테오에게 보낸 첫 번째 편지
(1872년 9월 29일, letter 001)

1880년 7월 (27세, Letter 155)
퀘므[24]에서 테오에게

| 다툰 뒤 1년간의 침묵, 테오가 50프랑[25]을 보냈다.

사랑하는 테오,

다소 마지못해 이 편지를 쓴다. 이렇게 오래 쓰지 않은 데는 여러 가지 이유가 있었어. 어느 정도 너는 나에게 낯선 사람이 되었고, 나도 네게 그렇게 되었어—아마 네가 생각하는 것 이상으로. 어쩌면 이대로 계속 연락 않는 편이 나을지도 모르겠다.

네가 나를 이런 처지에 몰아넣지 않았다면 편지를 쓰지 않았을 거야. 에텐에서 네가 50프랑을 보내줬다는 소식을 들었다. 받았다. 물론 마지못해서, 물론 꽤 우울한 기분으로. 하지만 나는 일종의 막다른 골목에, 수렁에 빠져 있으니 어찌하겠어.

그러니 고맙다는 말을 하려고 이 편지를 쓰는 거야.

---

24 퀘므(Cuesmes): 벨기에 남부 탄광 마을
25 현재 한화 가치로 약 25만 원 정도

아마 너도 알겠지만, 나는 보리나주로 돌아왔단다. 어쩔 수 없이 가족 안에서 나는 일종의 불가능하고 수상한 인물이 되었어—어쨌든 신뢰를 잃은 사람이야. 그런 내가 대체 누구에게 무슨 쓸모가 있겠어.

그래서 무엇보다도, 이렇게 믿게 됐어—가장 유리하고 가장 합리적인 방법은 내가 떠나서 적당한 거리를 유지하는 것, 존재하지 않는 사람처럼 사는 것이라고.

나는 격정적인 사람이야. 다소 무분별한 일을 할 수 있고 또 그런 일을 저지르곤 해, 그러고 나서 다소 후회하기도 하고. 그렇다면 어떻게 해야 하나—자신을 위험인물, 아무 쓸모 없는 인간이라 여겨야 하나. 나는 그렇게 생각하지 않아. 오히려 바로 그 격정으로부터 좋은 결과를 끌어내도록 온갖 수단을 다해야 하는 거지.

나에게는 책을 향한 다소 억누를 수 없는 열정이 있어. 끊임없이 배워야 할 필요, 원한다면 공부라고 해도 좋을, 그 필요가 있어—빵이 필요한 것과 꼭 마찬가지로.

그래서 향수병에 굴복하는 대신 나는 자신에게 말했어—나라, 조국은 어디에나 있다고. 그래서 절망에 내맡기는 대신 나는 능동적 우울을 택했어—내가 활동할 힘이 있는 한. 다시 말해, 희망하고 열망하고 찾아 나서는 우울을 택한 거야. 침울하게 고여 절망하는 우울 대신.

내가 지금 가는 이 길을 나는 계속 가야 해. 아무것도 하

지 않으면, 공부하지 않으면, 더 이상 찾지 않으면, 나는 끝이
야, 나에게 불행이 닥칠 거야. 이것이 내가 사태를 보는 방식이
야―계속 가는 것, 계속 가는 것, 그게 필요하단다.

너는 그렇다면 형의 최종 목표가 뭐냐고 묻겠지. 그 목표는
더 명확해질 거야. 크로키가 에스키스가 되고 에스키스가 그
림이 되듯, 천천히 그러나 확실하게 윤곽이 드러날 거야.

나는 불충실함 속에서 충실한 사람이야. 변했으면서도 같
은 사람이야. 나를 괴롭히는 건 오직 이것뿐이야―나는 무엇
에 쓸모가 있을까, 무언가에 기여하고 도움이 될 수는 없을까,
어떻게 하면 더 많이 알고 이런저런 주제를 깊이 탐구할 수 있
을까.

알겠지, 이것이 끊임없이 나를 괴롭혀. 그러면 궁핍 속에
갇힌 기분이 들어. 그래서 우울하지 않을 수 없고, 우정이 있을
수 있었던 자리에 공허함을 느끼고, 끔찍한 낙담이 도덕적 에
너지 자체를 좀먹는 걸 느껴. 그러면 이렇게 말하게 돼―얼마
나 더, 나의 하느님이여!

좋아, 어쩌겠어. 안에서 일어나는 일이 밖에서 보일까. 영
혼 안에 커다란 불이 있지만 아무도 와서 몸을 녹이지 않고,
지나가는 사람들은 굴뚝 위로 올라오는 연기 한 줄만 보곤 제
갈 길을 가지.

그러면 어떡하나―안의 불을 돌보고, 자기 안에 소금을 간
직하고, 인내하며 기다리는 거야―얼마든 초조하게!

되는대로 떠오르는 걸 쓰고 있어. 네가 나를 쓸모없는 인간 말고 다른 무언가로 봐줄 수 있다면 정말 기쁘겠다.

쓸모없는 인간에도 두 종류가 있거든. 게으르고 비겁하고, 본성이 저열해서 쓸모없는 인간. 좋다고 생각하면 나를 그런 사람으로 봐도 돼. 그런가 하면, 어쩔 수 없이 쓸모없는 자가 있어—무언가를 하고 싶다는 큰 갈망에 속이 좀먹히면서도 아무것도 하지 않는 자. 아무것도 할 수 없으니까. 무언가에 갇혀 있으니까. 그런 사람은 자기가 뭘 할 수 있는지 자신도 늘 알지는 못해. 하지만 본능으로 느껴—그래도 나는 무언가에 쓸모가 있어! 존재 이유가 있다는 걸 느껴! 내 안에 뭔가가 있는데, 그게 대체 뭘까! 이건 전혀 다른 쓸모없는 인간이야. 좋다고 생각하면 나를 그런 사람으로 봐줘.

새장 속의 새는 봄이 오면 강렬하게 안다—자기가 쓸모 있을 무언가가 있다는 것을. 강렬하게 느껴—해야 할 무언가가 있다는 것을. 하지만 할 수 없어. 그게 뭔지 잘 기억나지 않아. 그러다 막연한 생각이 들어, 이렇게 중얼거려—"다른 새들은 둥지를 짓고 새끼를 낳고 키우는데." 그러고는 새장의 쇠창살에 머리를 부딪쳐. 새장은 그대로 있고 새는 고통으로 미쳐. "저기 쓸모없는 놈이 있군" 지나가는 다른 새가 말해—"저놈은 편하게 사는 부류지." 하지만 갇힌 새는 살아 있어, 죽지 않아. 안에서 일어나는 일은 밖에 나타나지 않아. 건강하고, 햇살 속에서 다소 기분이 좋기도 해. 하지만 이주의 계절이 온다. 우울의 발작이—하지만, 새를 돌보는 아이들은 말하지, "새장 안에 필요한 건 다 있잖아." 하지만 새는 밖을—폭풍우가 가득한 부풀어 오른 하늘을 바라보며 안에서 운명에 대한 반항을 느껴.

나는 새장 안에 있어, 새장 안에 있다고, 그러니까 부족한 게 없다고, 이 바보들아! 내게 필요한 건 다 있다고! 아, 제발, 자유를, 다른 새들처럼 새가 되게 해줘!

이런 쓸모없는 인간은 저런 쓸모없는 새와 닮았어.

그리고 사람들은 흔히 아무것도 할 수 없는 처지에 놓여—어떤 끔찍한, 끔찍한, 참으로 끔찍한 새장에 갇힌 채. 해방도 있어, 알아—뒤늦은 해방이. 억울하든 아니든 망가진 평판, 궁핍, 운명적인 환경, 불행—이것들이 사람을 가둬.

무엇이 가두는지, 무엇이 벽을 세우는지, 무엇이 매장하는 것 같은지 항상 말할 수는 없어. 하지만 어떤 쇠창살, 어떤 격자, 벽을 느끼지.

이 모든 게 상상일까, 환상일까. 그렇게 생각하지 않아. 그러면 스스로에게 묻게 돼—하느님, 이것이 오래 가나요, 영원한 건가요, 끝이 없는 건가요.

감옥을 사라지게 하는 건 깊고 진지한 모든 애정이야. 친구가 되는 것, 형제가 되는 것, 사랑하는 것—그것이 지고한 힘으로, 지극히 강력한 마법으로 감옥을 열어줘. 그것이 없는 자는 죽음 속에 머물러. 하지만 공감이 되살아나는 곳에 생명이 되살아 나.

오늘은 이만 악수를 보내며, 네가 내게 베풀어준 친절에 다시 한번 감사해.

이르든 늦든 편지를 보내고 싶다면, 주소는 퀘므, 파비용 거리 8번지, 샤를 드크뤼크 댁이야. 몽 근처. 그리고 알아둬— 편지를 쓰면 네가 내게 좋은 일을 하는 거야.

너의, 빈센트

Puis il y a l'autre faitnéant, le faitnéant bien malgré lui, qui est rongé intérieurement par un grand désir d'action, qui ne fait rien parce qu'il est dans l'impossibilité de rien faire puisqu'il est comme en prison dans quelque chose,

그런가 하면, 어쩔 수 없이 쓸모없는 자가 있어―무언가를 하고 싶다는 큰 갈망에 속이 좀먹히면서도 아무것도 하지 않는 자. 아무것도 할 수 없으니까. 무언가에 갇혀 있으니까,

 빈센트 반 고흐, 《바느질하는 여인과 고양이》, 1881 ▶

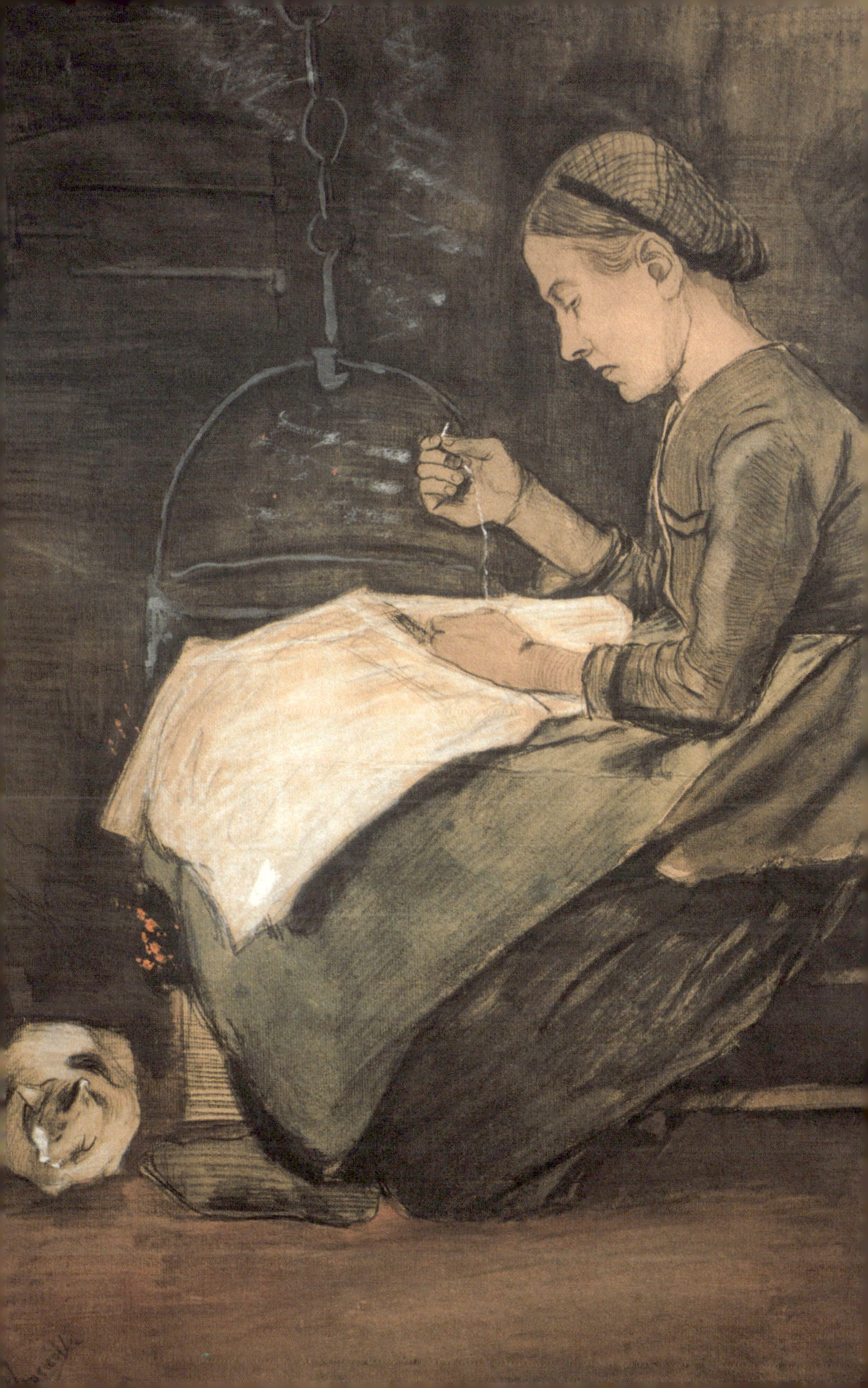

마우버에게 처음 유화를 배우고 돌아온 직후, 에텐에서 쓴 편지다. 같은 여행 중에 암스테르담에서 겪은 일이 편지 안에 들어 있다.

때때로 너는 너무 사실적이라는 이유로 책을 집어던지기도 하지—이 편지에 동정과 인내를 가져줘. 아무리 거칠더라도 어쨌든 끝까지 읽어봐.

사랑하는 테오,

헤이그에서 이미 편지로 썼듯이, 여기로 돌아온 이상 이런저런 것을 너와 상의하고 싶어. 헤이그 여행을 떠올리면 감정이 일지 않을 수 없어. 마우버에게 갔을 땐 가슴이 좀 두근거렸어. 이 사람도 나를 적당히 떠밀어놓으려 할까, 아니면 여기서 다른 무언가를 만나게 될까. 그런데, 내가 그에게서 경험한 건 온갖 면에서 실질적이고 따뜻하게 나를 바로잡아주고 격려해주는 것이었어. 물론 내가 하거나 말하는 모든 것에 다 좋다고 하는 식은 아니었어, 오히려 반대로. 하지만 이것저것 안 된다고 할 때도 "이런저런 방식으로 해봐"라고 동시에 말해줬지.

그건 비판을 위한 비판과는 전혀 다른 거야. 누군가가 "너는 이러저러한 점이 나빠"라고 말한다면 별 도움이 안 되겠지만, "이런저런 일들을 해봐, 그러면 나을 거다"라고 말하고 그 조언이 속임수가 아니라 진짜라면—그게 실제로 도움이 돼.

마우베에게 배우고 난 뒤 돌아와 몇 점의 유화 습작과 수채화를 가져왔어. 걸작은 아니지만, 이제 진지한 작품을 시작할 수 있는 시점에 와 있다고 생각해.

테오야, 톤과 색이라는 것은 대단한 거야. 톤과 색 감각을 기르지 못하는 사람은, 삶에서 얼마나 멀리 떨어져 있게 되는지 아니!

사흘 동안 암스테르담에서 혼을 겨드랑이에 끼고 돌아다녔어. 비참했지. 이모와 이모부의 그 반쪽짜리 친절, 그 모든 논리가 너무 무거웠어.[26] 마침내 나 자신이 무거워지기 시작했고 혼잣말했어—너 혹시 또 우울해지려는 거냐. 그러고는 말했어—주눅 들지 마.

그게 일요일 아침이었단다. 마지막으로 스트리커 목사에게 갔지만 아무 소용이 없었어. 교회에 가셨어. 거기서 완고해지고 돌이 되는 건 당연하지—나도 직접 경험으로 아니까.

교회 벽에서 오는 냉기가 여전히 뼛속까지—내 영혼의 뼛

---

26 빈센트가 사랑에 빠져 청혼한 사촌 누이 키 포스의 가족과의 일화를 말한다.

속까지—박혀 있었어. 그 치명적인 느낌에 주눅 들지 않겠다고 말했어. 그러다 혼잣말했어—여자 곁에 가고 싶다, 사랑 없이는 살 수 없다, 여자 없이는. 만일 무한한 것이, 깊은 것이, 진짜인 것이 없다면 삶에 동전 한 닢도 안 줄 거야. 하지만 혼잣말로 반박했어—넌 '그녀뿐, 다른 사람은 안 돼'라고 하면서 여자에게 가겠다고? 그건 비합리적이잖아, 논리에 맞지 않잖아. 그에 대한 내 대답은—누가 우선이지, 논리냐 나냐. 옳든 그르든 나는 달리 할 수 없어—저 빌어먹을 벽이 너무 차가워, 여자를 찾겠어. 나는 사람일 뿐이야, 열정을 가진 사람, 여자에게 가야 해, 안 그러면 얼어붙거나 돌이 되거나, 어쨌든 주눅 들 테니까.

그리 멀리 찾지 않았어. 한 여자를 만났어—젊지도, 아름답지도 않고, 특별한 점이 없는. 꽤 크고 단단한 체격이었어. 숙녀의 손은 아니었지만, 많이 일한 여자의 손이었어. 거칠지도 천박하지도 않고 아주 여성적인 무언가가 있었어. 프랑스인들이 말하는 '우브리에르[27]', 일하는 여자. 많은 고생을 한 게 보였어, 삶이 그녀 위로 지나간 것이.

---

27 우브리에르(une ouvrière): 프랑스어로 여성 노동자, 일하는 여자라는 뜻. 단순히 직업을 가리키는 말이 아니라 19세기 프랑스 문학과 회화에서 '고된 삶을 살면서도 존엄을 잃지 않는 서민 여성'을 가리키는 뉘앙스가 있다.

모든 여자는, 어떤 나이에서든, 사랑하고 선하다면, 남자에게 순간의 무한은 아닐지라도 무한의 순간을 줄 수 있단다.

테오, 나에게는 시들어가는 것에서의 그 뭐라 형용할 수 없는 것―삶이 지나간 자리―이 무한한 매력을 가져.

그 여자는 나를 이용하지 않았어―그 여자들을 사기꾼으로 보는 사람은 너무 빗나가고 너무 얕은 거야. 그 여자는 나에게 좋았어, 아주 좋았어, 아주 착했어, 아주 상냥했어. 어떤 식으로인지는 동생인 너에게조차 다시 말하지 않을게― 테오 너도 그런 일을 한두 번은 겪었을 거라고 강하게 의심하니까.

그녀가 사는 작은 방은 차분하고 소박했어―수수한 벽지의 회색빛 고요한 톤, 그러면서도 샤르댕 그림처럼 따뜻한. 나무 바닥에 깔개, 낡고 짙은 빨간 카펫 조각, 평범한 부엌 난로, 서랍 달린 탁자, 크고 단순한 침대. 한마디로 진짜 우브리에르의 인테리어.

목사들이 비난하고 경멸하고 저주하는 그 여자들―어제오늘의 일이 아니야 내가 그녀들에게 마음을 품은 건. 혼자 반쯤 아프고 비참하게, 주머니에 돈 한 푼 없이 거리를 걸을 때, 그 불쌍한 여자들이 처지와 인생 경험에서 내 자매 같다고 느꼈어. 이건 내 안의 오래된 감정이고 아주 깊이 박혀 있어. 젊었을 때조차 가끔 무한한 동정과 존경으로 반쯤 시든 여자의 얼굴을 올려다보았어―거기에 이렇게 쓰여 있는 것 같았으니까―여기를 삶이, 현실이 지나갔다고.

목사들의 하느님은 나한테 죽은 벌레만큼이나 의미를 잃었어. 하지만 그렇다고 내가 무신론자냐. 봐, 나는 사랑해. 내가 살지 않는다면 혹은 다른 사람들이 살지 않는다면 어떻게 사랑을 느낄 수 있겠어. 우리가 산다면, 거기에 경이로운 무엇이 있어. 그걸 하느님이라 부르든 인간의 본성이라 부르든 뭐라 부르든, 체계 안에서 정의할 수 없는 어떤 것이 있고 그것은 매우 살아 있고 진짜야. 봐, 그것이 내게 하느님이야, 혹은 하느님이나 마찬가지인 것이야.

안녕 테오, 편지 좀 빨리 써줘. 마음속으로 악수를 보내며, 진심으로

너의, 빈센트

한 여자를 만났어. 프랑스인들이 말하는 우브리에르,
일하는 여자. 많은 고생을 한 게 보였어,

삶이 그녀 위로 지나간 것이.

Die vrouw heeft mij niet afgezet

그 여자는 나를 이용하지 않았어

《슬픔》 하단 문구는
프랑스 사학자 쥘 미슐레(Jules Michelet) 문장을 인용했다.
"어떻게 이 세상에 홀로 버려진 여인이 있을 수 있는가?"

Comment se fait-il qu'il y ait sur la terre une femme seule — délaissée
Michelet
Sorrow

1882년 10월 1일 (29세, Letter 270)
헤이그에서 테오에게

이 편지는 빈센트가 헤이그에 정착한 지 약 10개월 뒤에 쓴 것이다. 마우버에게서 유화와 수채화를 배운 뒤 독립한 빈센트는 스헤베닝겐 길의 작업실에서 매일 그림을 그리고 있었다. 이 시기 빈센트는 도시의 가난한 사람들—위탁 양로원 노인, 노동자, 거리의 여자들—을 주된 모델로 삼았다.

사랑하는 테오,

몇 마디로 네 편지 잘 받았다고 알려. 진심으로 감사하구나. 요 며칠 수채화 말고는 거의 아무것도 안 했어. 큰 작품의 크로키를 하나 동봉해. 스파위스트라트 초입에 있는 모이만의 국립복권 사무소를 아마 기억할 거야. 어느 비 오는 아침에 거기를 지나가는데 복권을 사려고 기다리는 사람들이 무리 지어 서 있더구나. 대부분 늙은 여자들, 그리고 뭘 하는 사람들인지, 어떻게 사는 사람들인지 알 수 없지만, 분명히 온갖 발버둥과 고생을 하며 세상을 헤쳐 나가는 그런 부류일 테지. 당연히 겉으로만 보면, '오늘 추첨'에 그토록 관심을 두는 사람들은 너나 나를 실소하게 만들지—복권이라는 게 너나 나한테는 조금도 상관없는 것이니까.

하지만 그 사람들의 무리가—그리고 기다리는 그들의 표정이—나를 사로잡았단다. 그리고 그리는 동안 그것은 나에게 처음 순간보다 더 크고, 더 깊은 의미를 지니게 되었다. 거기서 이것을 보면 더 의미심장해진다고 생각해—가난한 사람과 돈. 사실 거의 모든 인물 군상이 그래. 자기가 무엇 앞에 서 있는지 이해하려면 곰곰이 생각해야 해—복권에 대한 호기심과 환상은 우리에게 다소 유치해 보이지만, 비참함을, 그 불쌍한 것들의 허사가 될 안간힘을 생각하면 숙연해지지—입에 들어갈 것들을 아낀 동전으로 복권을 사서, 구원받을 수 있으리라는 상상을 하는 사람들.

어쨌든, 이것으로 큰 수채화를 시작했어. 그리고 게스트의 작은 교회에서 본 교회 객석 그림도 진행 중이야. 구빈원 노인들이 가는 곳인데—여기서는 아주 절묘하게 '위스만넌(고아 남자)'과 '위스프라우언(고아 여자)'이라 부르지. 다시 그림에 몰두하다 보면 가끔 생각해—그림 그리는 것만큼 좋은 건 역시 없다고.

이건 그 교회 객석 그림의 일부란다. 전체에 그림엔 남자들의 얼굴들이 더 있지.

하지만 이런 그림은 어려워서 단번에 되지 않는단다. 성공이란 때로 실패의 긴 연속 끝에 오는 최종 결과야. 위스만넌 이야기가 나왔으니—이 편지를 쓰다가 모델이 와서 중단됐어.

어두워질 때까지 그와 작업했어—커다란 낡은 외투를 입고 있어서 기묘하게 넓적한 모습이 됐는데, 아마 너도 이 위스만넌 컬렉션을 보면 재미있어할 거야, 일요일 옷과 작업복 차림 모두. 파이프를 물고 앉은 모습도 그렸어. 반들반들한 대머리에 큰 귀(주의—귀먹은 사람이야), 흰 구레나룻.

이 크로키는 반쯤 어두워진 뒤에 그렸어—그래도 대강 구성이 보일 거야. 일단 짜임이 잡히면 이렇게 휘갈기는 건 금방이야—짜임을 잡는 게 쉽지 않았지. 내가 원하는 대로 됐다고는 말 못 해. 이걸 인물이 30센티미터쯤 되는 크기의 유화로

그리고 싶기도 해, 구성을 좀 더 가로로 넓히면서. 하지만 할
지 모르겠어—큰 캔버스가 필요하고, 실패하면 비용을 꽤 허
비할 테니. 생각해보면—대단히 하고 싶긴 하지만—인물 유
형 작업을 계속하다 보면 자연히 그런 데 이르게 될 거야. 모
델 습작에서 저절로 나중에 흘러나오지, 이런 형태든 다른 형
태든, 같은 정서로.

　모델 습작을 보관하는 것이 얼마나 유용하고 절실히 필요
한지 점점 더 알겠어. 남들에게는 가치가 덜할지 모르지만, 만
든 사람은 거기서 모델을 다시 보고 모든 것이 다시 생생하게
떠오르니까. 기회가 되면 옛 습작들을 좀 돌려보내 주렴. 나도
점점 더 나은 것들을 만들어가길 바라며. 내가 보내는 검은 크

로키 속 인물 군상에 멋진 색들이 있었다는 건 말할 것도 없어—파란 작업복, 갈색 재킷, 흰색, 검은색, 누르스름한 노동자 바지, 빛바랜 숄, 초록빛이 된 낡은 외투, 흰 모자와 검은 중절모, 질척한 포석과 장화—그것들이 창백한 얼굴, 비바람에 그을린 얼굴과 대비를 이루며. 거기엔 유화나 수채화가 필요해지지. 어쨌든 매달려 있어. 또 편지 써주렴, 알겠지? 다시 한번 돈을 제때 보내줘서 고맙다—힘차게 밀고 나가려면 꼭 필요하거든.

안녕, 마음속으로 따뜻한 악수를 받아줘. 진심으로

너의,
빈센트

당연히 겉으로만 보면, '오늘 추첨(Heden trekking)'에
그토록 관심을 두는 사람들의 무리는 너나 나를 실소하게
만들지—복권이라는 게 너나 나한테는 조금도 상관없는
것이니까.

하지만 그 사람들의 무리가—그리고 기다리는 그들의
표정이—나를 사로잡았어. 그리고 그리는 동안 그것은
나에게 처음 순간보다 더 크고, 더 깊은 의미를 지니게 되
었단다.

HEDEN TREKKING
Staats Loterij

오늘 아침에 한 남자가 찾아왔어.

1883년 7월 25일 (30세, Letter 367)
헤이그에서 테오에게

사랑하는 테오,

오늘 아침에 한 남자가 찾아왔어. 3주 전에 램프를 수리해
줬고, 그때 억지로 그릇 몇 개를 판 남자야.

그자가 와서 난리를 쳤어. 이웃에게는 돈을 냈으면서 왜 자
기한테는 안 내느냐고. 온갖 욕설과 고함을 쏟아내며. 돈이 들
어오면 바로 갚겠다고 하지만 지금은 없다고 하니 오히려 불
에 기름을 끼얹은 꼴이 됐어. 나가달라고 했고 결국 밀어냈는
데, 그자가―아마 그걸 노렸겠지―내 목덜미를 잡고 벽에 내
던지더니 바닥에 내팽개쳤어.

봐, 이런 게 내가 상대해야 하는 자잘한 비참함이야. 이 이
야기를 쓰는 건 내가 돈을 좀 벌어야 한다는 게 얼마나 급한지
보여주려는 거야.

걱정이 좀 있어 동생아, 슬픔도 꽤 있고 고생도 많고.

네가 오기를 기다리고 있어. 이사를 할지 말지 결정하고 싶
거든. 여기서 버티려면 전반적으로 좀 더 벌어야 해. 모자라는
게 조금이지만 그것 때문에 여기 생활이 불가능해지고 있어.

그 외에, 작업 쪽은 오히려 탈이 없는 편이야. 이 모든 자
잘한 비참함이 내 의욕에는 영향을 주지 못하고 이것저것 만

드는 걸 막지도 못하거든. 더 보크한테 작은 해경 두 점이 있어―하나는 거친 바다, 하나는 잔잔한 바다―이런 종류를 무척이나 계속하고 싶어. 어제는 높은 나무 아래 빨간 지붕 농가를 하나 그렸어. 인물 습작을 유화로 그리면 여러모로 도움이 될 것 같아서 시작했어. 감자밭의 소년 하나, 갈대 울타리 옆 정원의 소년 하나. 거기에 힘을 실어야 해.

오늘 아침 일은 대책을 세워야 한다는 경고야. 더 작은 집으로, 시골 마을로 가야 해―여기서 좀 더 여유를 찾을 빛이 보이지 않는다면. 반면에, 여기 아틀리에는 실용적이고 그릴 만한 아름다운 것이 부족하지도 않아. 바다도 아무 데서나 볼 수 있는 게 아니잖아.

몸이 좀 안 좋다고 한 건 사실이야. 지금은 어깨와 허리뼈 사이의 통증으로 내려앉았는데, 이건 가끔 있는 거야. 하지만 경험상 이럴 때 조심해야 해. 안 그러면 너무 약해져서 회복이 쉽지 않거든.

테오야, 한 가지 우리가 의논해둘 게 있어. 날이 더 어두워질 수도 있으니 미리 정해놓고 싶어. 내 습작들과 아틀리에에 있는 모든 작업은 확실히 네 소유야. 나중에 물건을 압류당할 수도 있어. 그런 일이 일어나기 전에 작업을 안전한 곳으로 빼내고 싶어. 나중 작업에 꼭 필요한 습작들이야, 많은 수고를 들여 만든 것들이야. 할 일이 없는 게 아니야.

결국, 마음 깊은 곳에서 나는 기가 꺾이지 않았어. 오히려,

최근에 읽은 졸라의 문장에 동의해.[28]

내가 지금 어느 정도 가치가 있다면, 그건 내가 혼자이기 때문이고 어리석은 자들, 무력한 자들, 냉소적인 자들, 바보 같고 멍청한 조롱꾼들을 혐오하기 때문이란다.[29]

하지만 그래도 여기서 끝까지 버틸 수 있을지는 모르겠어.

안녕, 형제여—좀 곤란한 상황에 처해 있어. 오늘 아침 몸싸움 이야기에서 알 수 있듯이 사람들이 나한테 별로 예의를 차리지 않아. 뭐, 작업에서 뭔가가 나와서 좀 숨통이 트였으면 좋겠다.

안녕, 빨리 편지 써줘. 네 편지가 너무 그립다.

언제나 너의,
빈센트

---

28 에밀 졸라(Émile Zola, 1840-1902): 생전 독서를 많이 했던 빈센트 반 고흐가 좋아했던 작가로 특히 인상파 화가들 그림에 좋은 비평을 많이 남겨주는 등 든든한 후원자였다.

29 에밀 졸라가 1866년에 발표한 비평집 『나의 증오(Mes Haines)』 서문에 포함된 내용. 당시 졸라는 마네(Manet)를 비롯한 혁신적인 예술가들을 옹호하며 기존 화단의 편협함을 맹렬히 비판했다. 본문엔 반 고흐의 편지에 적힌 네덜란드어 번역 대신 프랑스어 원문을 함께 했다.

Si je vaux quelque chose aujourd'hui, c'est
que je suis seul, et que je hais les sots, les im-
puissants, les cyniques, les railleurs niais et
bêtes.

내가 지금 어느 정도 가치가 있다면, 그건 내가 혼자이
기 때문이고 어리석은 자들, 무력한 자들, 냉소적인 자들,
바보 같고 멍청한 조롱꾼들을 혐오하기 때문이란다.

만약 네 안의 무언가가

"넌 화가가 아니야"라고 말한다면—

바로 그때 그리는 거야.

그래야만 그 목소리가 잠잠해지는 거야.[30]

---

30 1883년 10월 28일 (30세, Letter400) 드렌테에서 테오에게 쓴 편지 중

1885년 5월 초 (32세, Letter 499)
뉘넨에서 테오에게

헤이그를 떠나 드렌테를 거쳐 부모가 사는 뉘넨에 정착한 지 1년 반. 빈센트는 첫 대작을 완성하려 하고 있었다.

감자 먹는 사람들을 보면 내가 무슨 뜻인지 알 거야. 아주 어두운 그림이야. 예를 들어 흰색 부분에도 흰색은 거의 쓰지 않았어. 빨강, 파랑, 노랑을 섞으면 나오는 중성색[31]—버밀리언, 파리 블루, 나폴리 옐로—을 썼을 뿐이야. 그 색은 그 자체로는 꽤 어두운 회색이지만 그림 안에서는 흰색으로 보여.

머리들을 다 끝내놓고 꽤 공들여 마무리했는데—사정없이 다시 덧칠해버렸어. 지금 칠해진 색은 껍질 안 벗긴 먼지 묻은 감자 색이야. 그러면서 밀레의 농부들에 대해 한 말이 얼마나 정확한지 또 생각했지—'그의 농부들은 자신이 씨 뿌리는 바로 그 흙으로 그려진 것 같다.'

오늘 저녁 오두막에 갔더니 사람들이 램프 불빛이 아니라 창문으로 들어오는 빛 아래서 식사를 하고 있더구나. 정말 놀

31　중성색: 보색끼리 섞어 채도가 빠진 색

라울 정도로 아름다웠어. 두 여자와 실내가 온통 짙은 녹색 비누 같은 색이었는데, 왼쪽의 남자는 더 안쪽 문에서 들어오는 빛을 받아 머리와 손이 10상팀(프랑스 화폐 단위) 동전 색―둔탁한 구리색―이 되었지.

▲ 빈센트 반 고흐 《감자 먹는 사람들 습작》 1885, ▼ 《감자 먹는 사람들》 1885

사랑하는 테오,

불쑥(단숨에) 찾아온 것에 대해 너무 화내지 말아라. 오랫동안 고민해 보았는데, 이렇게 하는 편이 우리에게 시간을 벌어줄 것 같구나. 정오부터, 혹은 네가 원한다면 더 일찍 루브르 박물관에 있을 거다. 네가 몇 시에 살 카레[32]로 올 수 있는지 답장 부탁한다.

비용에 대해서는, 다시 말하지만 결국 마찬가지란다. 당연한 말이지만 내게 남은 돈이 좀 있고, 어떤 지출이든 하기 전에 너와 이야기 나누고 싶구나. 우리는 잘 해결할 거니, 두고 보렴. 그러니 가능한 한 빨리 와다오.

악수를 보내며.

늘 너의

빈센트가

---

32   살 카레(Salle carrée, 사각형 방): 루브르 박물관 중앙의 정사각형 전시실

앤트워프의 미술 아카데미를 떠나 예고 없이 파리에 도
착한 빈센트가 루브르에서 동생 테오를 기다리며 쓴 쪽지
다. 이후 2년간 둘은 파리에서 함께 지낸다.

아를에서 테오에게

아를에 온 지 여섯 달째, 해바라기 연작 한가운데서 쓴 편지다. 이 주에 빈센트는 100프랑을 물감값으로 전부 썼지만, 《해바라기》 4점을 완성했다.

사랑하는 테오,

타세[33]에게 이 문제를 어떻게 생각하는지 물어봐 주겠니. 내 생각에 물감은 곱게 갈수록 기름을 더 많이 머금는 것 같거든. 그런데 우리가 기름을 그리 좋아하지 않는다는 건 말할 것도 없지.

제롬 씨나 다른 사람들처럼 사진 같은 눈속임 그림을 그린다면 아주 곱게 간 물감을 원하겠지. 하지만 반대로, 우리는 캔버스가 거친 질감을 갖는 걸 싫어하지 않아.

그러니까 물감을 돌 위에서 하느님만 아는 긴 시간 동안 가는 대신, 다루기 편할 만큼만 갈고 입자의 곱기에 그리 신

---

33 타세(Père Tasset): 파리의 화구상 주인. 빈센트가 테오를 통해 물감을 주문하던 사람.

경 쓰지 않으면, 더 싱싱하고 어쩌면 덜 검어지는 물감을 얻을
수 있지 않을까. 세 가지 크롬, 베로네제, 버밀리언, 오렌지납,
코발트, 울트라마린으로 시험해볼 의향이 있다면—훨씬 적은
비용으로 더 싱싱하고 더 오래가는 물감을 얻을 수 있을 거라
고 거의 확신해. 그러면 값이 얼마나 나올지. 분명히 될 거야.
매더 레이크나 에메랄드 같은 투명한 물감도 아마 마찬가지일
거야.

여기에 급한 주문을 덧붙여.
이제 네 번째 해바라기 그림에 와 있어.

이 네 번째는 14송이의 꽃다발인데 노란 바탕이야. 예전에
그린 마르멜로와 레몬의 정물화 같은 느낌이야. 다만 훨씬 크
기 때문에 꽤 독특한 효과가 나고, 이번에는 마르멜로와 레몬
보다 더 단순하게 그린 것 같아.
우리가 언젠가 드루오 호텔에서 아주 놀라운 마네를 본 적
있지—커다란 분홍 모란 몇 송이와 초록 잎이 밝은 바탕 위에
있는 거. 그 어떤 꽃보다 공기 속에 떠 있고 꽃다웠는데, 견고
하고 두꺼운 물감으로 그려져 있었어. 쟈냉처럼 한 게 아니라.
그게 내가 말하는 기법의 단순함이야. 그리고 요즘 나는 점
묘법이나 다른 것 없이, 오직 다양한 붓터치만으로 하는 작업
을 찾으려 애쓰고 있다고 말해야겠어. 언젠가 네가 직접 보게

될 거야.

그림이 이렇게 돈이 많이 드는 건 정말 안타까워. 이번 주는 다른 주보다 덜 쪼들렸고, 그래서 마음 놓고 썼어. 100프랑짜리 지폐를 한 주 만에 다 쓴 셈이야. 하지만 이 주가 끝나면 그림 네 점이 있을 거야. 물감값을 전부 더한다 해도, 이 주는 망하지 않았어. 매일 아주 일찍 일어났고, 점심도 저녁도 잘 먹었고, 약해지는 느낌 없이 꾸준히 작업할 수 있었어.

하지만 그래, 우리는 만든 것이 팔리지 않는 시대를 살고 있어. 팔리지 않을 뿐 아니라, 고갱의 경우에서 보듯이 완성된 그림을 담보로 돈을 빌리려 해도 빌려줄 사람을 찾지 못해─그 금액이 아무리 보잘것없고 작품이 아무리 중요하더라도. 그래서 우리는 온갖 우연에 내맡겨진 거야. 그리고 우리가 살아 있는 동안 이것이 거의 바뀌지 않을까 두렵다.

우리 뒤를 따를 화가들에게 더 풍요로운 삶을 준비해줄 수 있다면, 그것만으로도 이미 무언가일 거야.

삶은 어쨌든 짧고, 특히 모든 것에 맞설 만큼 힘이 있다고 느끼는 해의 수는 더 짧아. 결국, 새로운 그림이 인정받는 날이 오면 화가들이 나약해질까 걱정이야. 어쨌든 확실한 건 이거야─지금의 우리가 퇴폐가 아니라는 것. 고갱과 베르나르는 지금 '아이의 그림'을 하겠다고 이야기하고 있어. 나는 그게 퇴폐의 그림보다 낫다고 생각해. 사람들이 어째서 인상주의에서 퇴폐를 보는 건지. 오히려 정반대인데.

타세에게 보내는 쪽지를 동봉해. 곱게 간 물감과의 가격 차이가 아주 커야 하고, 당연히 곱게 간 물감을 점점 덜 쓰게 되기를 바란다. 해바라기 장식 중 로열 블루 바탕 위의 한 점은 '후광(auréolée)'을 줬어─각 대상이 그것이 놓인 바탕의 보색 테두리로 둘러싸여 있단다.

꼭 악수를 보내며.

빈센트가

빈센트가 편지에서 '후광을 줬어'라고 설명한 로열 블루 바탕 위의 해바라기. 각 대상을 보색 테두리로 감쌌다. 1920년 일본으로 건너갔고, 1945년 8월 6일 전쟁 중 파괴되었다. 현재 남아 있는 것은 소실 전에 촬영된 사진뿐이다.

◀ 빈센트 반 고흐 《해바라기》 1888 (소실)

1888년 9월 9일~14일경 (35세, Letter 678)
아를에서 여동생 빌레미나[34]에게

빈센트가 여동생 빌레미나(빌)에게 보낸 편지 중 가장 긴 편지로 테오에게 보내는 편지와 톤이 전혀 다르다. 테오에게는 물감값과 돈과 고갱 문제를 쓰지만, 빌에게는 읽은 책 이야기, 자기 그림의 색채, 그리고 아를의 밤이 어떻게 보이는지를 쓴다. 이 편지는 세 번에 걸쳐 쓰였다. 그 사이에 《밤의 카페 테라스》를 완성했다.

사랑하는 여동생에게,

네 편지가 정말 반가웠단다. 오늘은 편히 답장할 여유가 있구나. 파리에 잘 다녀왔다니 다행이야. 내년에는 여기도 올 수 있으면 좋겠다.

요즘 나는 작업실에 가구를 들이는 중인데, 언제든 누군가를 재울 수 있게 하려고. 위층에 아주 예쁜 공공 정원이 내다보이는 작은 방이 둘 있어서, 아침이면 떠오르는 해를 볼 수

---

34 빌레미나 야코바 반 고흐(1862-1941): 빈센트보다 아홉 살 아래의 여동생으로, 빌(Wil)이라 불렸다.

있거든. 그중 하나는 친구를 재울 방으로 꾸밀 거고, 나머지는 내 방으로.

거기에는 밀짚 의자와 나무 탁자와 하얀 나무 침대만 놓을 거야. 벽은 회반죽으로 하얗게 칠하고, 바닥은 빨간 타일. 하지만 초상화와 인물 습작만은 아주 호사스럽게 채울 생각인데, 차차 그려나갈 거야. 우선 하나 있어―젊은 벨기에 인상주의 화가의 초상인데, 좀 시인처럼 그렸어. 가늘고 예민한 얼굴이 깊은 울트라마린의 밤하늘을 배경으로, 별들의 반짝임과 함께 떠오르는 거야.

다른 방은 좀 우아하게 꾸미고 싶어. 파란 이불을 덮은 호두나무 침대로. 그리고 나머지도 전부―화장대와 서랍장도― 무광 호두나무로. 이 아주 작은 방에는, 일본식으로, 최소 여섯 점의 아주 큰 캔버스를 집어넣을 건데, 특히 거대한 해바라기 꽃다발들이야.

너도 알다시피 일본인들은 본능적으로 대비를 추구해서, 단 고추를 먹고, 짠 사탕을 먹고, 튀긴 아이스크림과 얼린 튀김을 먹잖아. 그러니까 같은 원리로, 큰 방에는 아마 아주 작은 그림만 걸어야겠지만, 아주 작은 방에는 큰 그림을 많이 걸어야 하는 거야.

언젠가 이 아름다운 고장을 보여줄 수 있는 날이 오기를 바라.

방금 밤에 등불로 비춰진 카페 내부를 그린 캔버스를 끝냈어. 한구석에서 불쌍한 밤의 떠돌이 몇 명이 자고 있어. 방은 빨갛게 칠해져 있고, 그 안에서 가스등 아래 초록 당구대가 바닥 위로 거대한 그림자를 드리우지. 이 캔버스에는 핏빛 붉은색에서 부드러운 분홍까지 여섯일곱 가지의 다른 빨강이 있고, 그만큼의 옅거나 짙은 초록이 대비를 이루고 있어.

내 그림 중 하나를 가져갈 생각은 했니? 그랬기를 바라는데, 어떤 걸 골랐을지 꽤 궁금해. 나는 네가 생트마리의 지중해 바닷가에서 그린 파란 하늘 아래 하얀 오두막들을 골랐을 거라고 생각했거든.

벌써 생트마리로 돌아갔어야 하는데, 지금 해변에 사람이 많을 테니. 하지만 여기서도 할 일이 너무 많아.

〔여기서 며칠이 지났다〕

나는 이제 꼭 별이 빛나는 하늘을 그리고 싶어.

종종 밤이 낮보다 훨씬 더 풍부하게 색채가 넘치는 것 같아 보이기도 한단다. 가장 강렬한 보라색, 파란색, 그리고 초록색으로 물든 밤 말이야.

주의를 기울여보면 어떤 별은 레몬색이고, 어떤 별은 분홍빛 불꽃을 가지고 있고, 초록인 것도, 물망초 파랑인 것도 있어. 그리고 더 말할 것도 없이, 별이 빛나는 하늘을 그리려면 검푸른 바탕에 하얀 점을 찍는 것으로는 전혀 충분하지 않다는 건 분명해.

내 집은 바깥이 신선한 버터 노랑으로 칠해져 있고, 덧문은 생생한 초록이야. 플라타너스와 협죽도와 아카시아가 있는 초록 정원이 딸린 광장에 햇볕을 정면으로 받고 서 있어. 안에는 온통 회반죽으로 하얗게 칠해져 있고, 바닥은 빨간 벽돌. 그 위로 짙푸른 하늘. 여기서 나는 숨 쉬고 생각하고 그릴 수 있어. 그리고 북쪽으로 올라가기보다 더 남쪽으로 갈 것 같아. 혈액이 정상적으로 순환하려면 강한 더위가 필요하거든. 여기서 파리보다 훨씬 건강이 좋아.

너도 남쪽을 무척 좋아할 거라고 확신해. 우리 같은 북쪽 사람들을 충분히 관통한 적 없는 것은 태양이야.

〔며칠 뒤 이어서〕

이 편지를 여기까지 시작한 지 벌써 며칠이 지났는데, 이제 다시 이어서 써. 마침 요 며칠 사이 새 그림이 일을 줘서 중단된 거야. 밤의 카페 바깥을 그린 거야.

테라스에 음료를 마시는 사람들의 작은 형상이 있어. 거대한 노란 랜턴이 테라스와 정면과 인도를 비추고, 도로의 포석 위에까지 빛을 던지는데, 그 포석은 보랏빛 분홍을 띠어. 별이 총총한 파란 하늘 아래로 이어지는 거리의 박공지붕들은 짙은 파랑이거나 보라색인데, 초록 나무 한 그루가 있어.— 보렴, 검은색을 전혀 쓰지 않고 그린 밤의 풍경화란다. 아름다운 파랑과 보라와 초록뿐인. 이 색들에 둘러싸여, 불 밝혀진 광장은 옅은 유황색, 레몬 초록으로 물든단다.

밤에 현장에서 직접 그리는 것이 굉장히 즐거워. 예전에는 스케치를 하고 다음 날 낮에 그림을 그렸지. 하지만 나는 즉석에서 바로 그리는 쪽이 맞는 것 같아. 물론 어둠 속에서 파랑을 초록으로, 보라빛 파랑을 보라빛 분홍으로 잘못 볼 수 있어. 색조의 질을 잘 구분하지 못하니까. 하지만 그것이야말로 관례적인 검은 밤에서 —창백하고 허연 빈약한 빛의 밤에서— 벗어나는 유일한 방법이야. 그저 양초 하나만으로도 가장 풍부한 노랑과 주황을 얻을 수 있으니.

나의 새 자화상도 그랬는데, 일본인처럼 보이는 거야. 너는 기 드 모파상의 『벨아미』를 읽었는지, 그의 재능을 전반적으로 어떻게 생각하는지 궁금하구나. 이 말을 하는 건, 『벨아미』의 시작이 바로 대로변의 불 밝혀진 카페들이 있는 파리의 밤하늘 묘사이기 때문이야. 내가 지금 막 그린 것과 거의 같은 주제야.

모파상 이야기가 나왔으니, 그가 하는 작업은 정말 아름답다고 생각하고, 그의 전부를 읽기를 강력히 권해. 졸라, 모파상, 공쿠르—현대 소설을 조금이라도 분명히 보려면 가능한 한 완전히 읽어야 해. 발자크도 읽었니? 여기서 다시 읽고 있어.

사랑하는 여동생아, 나는 이제 자연의 풍요롭고 장엄한 면을 그려야 한다고 생각해. 우리에게는 즐거움과 행복과 희망과 사랑이 필요하니까.

내가 못생기고, 늙고, 못되고, 아프고, 가난해질수록, 나는 더욱 눈부시고 잘 배열되고 찬란한 색채를 만들어서 복수하고 싶어.

보석상도 보석을 잘 배열할 줄 알기 전에는 늙고 못생겼어. 색채를 대비시켜 진동하고 빛나게 배열하는 것은 보석을 배열하는 것과―또는 의상을 만들어내는 것과―같은 거야.

편지를 오늘 부치려면 마쳐야겠어. 네가 말한 어머니 초상화를 받게 되면 정말 기쁠 거야. 잊지 말고 보내줘. 어머니에게 안부 전해줘. 너희 둘을 자주 생각하고, 네가 이제 우리 생활을 좀 더 잘 알게 된 것이 아주 기뻐. 테오가 너무 혼자가 될까 좀 걱정이야. 하지만 요 며칠 안에 위에서 말한 벨기에 인상주의 화가가 파리에 잠시 와 있을 거야. 그리고 좋은 계절에 습작을 가지고 파리로 돌아올 화가들이 곧 많이 있을 거야.

너와 어머니에게 입맞춤을 보내며.

언제나 너의,
빈센트가

Souvent il me semble que la nuit est encore plus richement coloré que le jour, colorée des violets, des bleus et des verts les plus intens-
es.

종종 밤이 낮보다 훨씬 더 풍부하게 색채가 넘치는 것 같아 보이기도 한단다. 가장 강렬한 보라색, 파란색, 그리고 초록색으로 물든 밤 말이야.

빈센트 반 고흐 《밤의 카페 테라스 드로잉》 1889 ▶

Plus je me fais laid, vieux, mechant, malade,
pauvre,
  plus je veux me venger en faisant de la cou-
leur brillante, bien arrangée, resplendissante.

내가 못생기고, 늙고, 못되고, 아프고, 가난해질수록,
  나는 더욱 눈부시고 잘 배열되고 찬란한 색채를 만들
어서 복수하고 싶어.

Voilà un tableau de nuit sans noir.

보렴, 검은색을 전혀 쓰지 않고 그린 밤의 풍경화란다.

◀ 빈센트 반 고흐 《밤의 카페 테라스》 1888

1888년 12월 11일 (35세, Letter 724)
아를에서 테오에게

고갱이 아를에 도착한 지 7주째에 쓴 편지다. 처음에는 좋았다. 둘은 토론하고, 함께 그렸다. 하지만 예술관이 근본적으로 달랐고, 긴장은 점점 높아지고 있었다.

사랑하는 테오,

네 편지, 동봉된 100프랑 지폐, 그리고 50프랑 우편환에 대해 매우 감사해.

나로서는 고갱이 아를이라는 좋은 도시에, 우리가 작업하는 작은 노란 집에, 그리고 무엇보다 나에게 좀 실망한 것 같다고 생각해. 실제로 그에게나 나에게나 여기서 아직 극복해야 할 심각한 어려움들이 있을 거야. 하지만 그 어려움들은 다른 곳에 있다기보다 우리 자신의 내부에 있어.

결국 나는 그가 단호하게 떠나거나—아니면 단호하게 남거나—둘 중 하나일 거라고 생각해. 행동하기 전에 나는 그에게 곰곰이 생각하고 다시 계산해보라고 말했어.

고갱은 매우 강하고, 매우 창조적이야. 하지만 바로 그래서 그에게는 평화가 필요해.

다른 곳에서 찾을 수 있을까, 여기서 찾지 못한다면. 나는 그가 결정을 내리기를 절대적인 평온함으로 기다리고 있어.
따뜻한 악수를 보내며.

빈센트가

　12일 뒤인 12월 23일 밤, 빈센트는 자신의 왼쪽 귀를 잘랐다. 고갱은 그날 밤 아를을 떠났고, 다시는 돌아오지 않았다.

1889년 1월 2일 (35세, Letter 728)
아를 시립병원에서 테오에게

빈센트가 본인의 귀를 자르는 사건 이후 쓴 첫 번째 편지. 아를 시립병원 편지지에 쓰여 있다. 빈센트의 편지 뒤에 담당 의사 펠릭스 레이가 테오에게 보내는 메모를 덧붙였다.

사랑하는 테오,

너를 완전히 안심시키기 위해, 네가 직접 만난 바 있는 레이 선생의 진료실에서 이 몇 줄을 써.

며칠 더 이 병원에 있을 거야. 그 뒤에는 아주 조용히 집으로 돌아갈 수 있을 거라 감히 기대해. 부탁 하나만 할게—걱정하지 마. 네가 걱정하면 나에게 그것이 또 하나의 걱정거리가 되니까.

이제 우리 친구 고갱 이야기를 하자. 내가 그를 겁먹게 했나? 어째서 소식 한 마디 없는 건지. 너와 함께 떠났겠지. 그에게는 어차피 파리를 다시 볼 필요가 있었고, 파리에서 아마 여기보다 더 편안하게 느낄 거야. 고갱에게 편지 좀 써달라고 전해줘. 나는 항상 그를 생각하고 있다고.

따뜻한 악수를 보내며.

봉어르[35] 가족과의 만남에 대한 네 편지를 읽고 또 읽었어.
완벽하구나. 나로서는 지금 이대로 있는 것이 좋아. 다시 한번
너와 고갱에게 따뜻한 악수를.

언제나 너의,

빈센트

편지는 항상 같은 주소로 보내렴. 라마르틴 광장 2번지.

35　요하나 반 고흐 봉어르: 테오와 봉어르는 1889년 4월 17일 암스테르담에서
　　결혼했다. 빈센트는 참석하지 않았다.

〔펠릭스 레이 의사의 추가 메모〕

선생님—

형님의 편지에 몇 마디 덧붙여 저도 안심시켜 드리고자 합니다.

제 예측이 실현되었음을 알려드리게 되어 기쁩니다. 이 흥분 상태는 일시적인 것에 불과했습니다. 며칠 안에 회복되리라 굳게 믿습니다. 환자분의 상태를 더 잘 아실 수 있도록 직접 편지를 쓰시게 했습니다.

이야기를 좀 나누려고 제 진료실로 내려오시게 했습니다. 저에게는 기분 전환이 되고, 환자분에게도 좋을 테니까요. 삼가 안부를 전합니다.

레이 F.

빈센트 반 고흐 《펠릭스 레이 박사의 초상》 1889

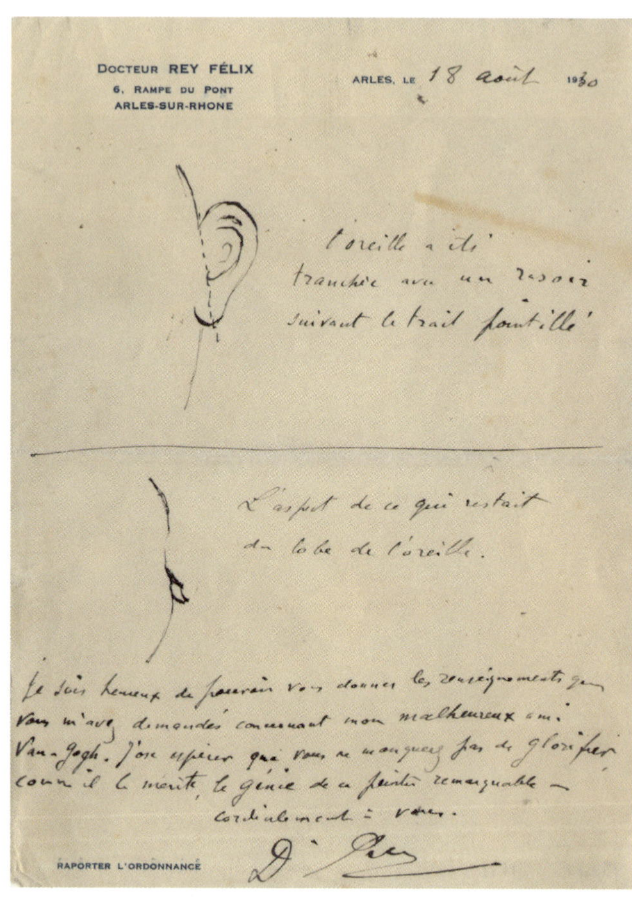

펠릭스 레이가 작가 어빙 스톤(Irving Stone)에게 보낸 편지와 스케치 (1930년)

[첫 번째 스케치]

귀는 점선을 따라 면도칼로 잘려 나갔습니다.

[두 번째 스케치]

귓불에 남겨진 부분의 모습.

나의 불행한 친구 반 고흐에 대해 당신이 내게 요청한 정
보를 줄 수 있게 되어 기쁩니다. 이 비범한 화가의 천재성이
마땅히 그래야 하듯 찬란하게 빛날 수 있도록 당신이 노력해
주기를 감히 희망해 봅니다.

당신의 진심 어린,
Dr. 레이

아를에서 어머니와 여동생 빌에게

귀 사건이 있은 지 2주 뒤, 병원에서 퇴원한 당일에 쓴 편지다. 같은 날 테오에게도 긴 편지를 보냈는데(Letter 732), 거기에 이렇게 썼다: '어머니와 빌에게 편지를 보냈어. 네가 내가 아팠다고 한마디라도 했을 경우를 대비해서.' 그리고 덧붙였다: '네 쪽에서는 그냥, 예전에 헤이그에서 임질 걸렸을 때처럼 좀 아팠는데 병원에서 치료받았다고만 해줘.'
빈센트가 어머니에게 숨기려 한 것은 귀만이 아니었다.

사랑하는 어머니와 여동생에게,

몇 주 전부터 몇 마디 써서 행복한 새해를 빌어드리려 했습니다. 좀 늦었을지 모르겠습니다.

12월에 몸이 좀 안 좋았다고 말씀드리면 너그러이 봐주실 겁니다. 하지만 동시에 완전히 회복되었고, 다시 평소의 생활과 작업으로 돌아왔다고 알려드릴 수 있습니다.

여기도 겨울이고, 온 땅이 군데군데 물에 잠겨 있지만, 그래도 가끔씩 네덜란드보다 훨씬 따뜻한 날이 있습니다.

혹시 테오가 며칠 아팠다고 말씀드렸을 경우를 대비해서 이 쪽지를 쓰는 겁니다.

테오가 말할 가치도 없다고 스스로 판단했기를 바랍니다.

하지만 어떤 경우에도 걱정이 되거나 이야기가 나돌지 않도록, 제가 직접 씁니다.

젯 마우버에게 답장하는 것도 미뤄두었는데, 며칠 안에 할 생각입니다. 빌의 지난번 편지에도 고마움을 느낍니다.

몸이 안 좋았던 것을 계기로 오히려 이곳에서 꽤 지인이 생겼고, 아마 여러 점의 초상화를 그리게 될 겁니다.

어머니 쪽에서도 모든 것이, 특히 건강이, 잘 되고 있기를 바랍니다. 저는 며칠 아팠다가 오히려 상쾌해져서, 앞으로 오랫동안 아무 탈 없을 것 같습니다.

그동안 편지를 받으면 정말 기쁘겠습니다.

아직 좀 먼 이야기이긴 하지만 벌써 테오의 방문을 기대하고 계시겠지요. 올해는 평소보다 좀 일찍, 박람회[36] 뒤가 아니라 앞에 올지도 모릅니다.

하지만 그 자신이 상황에 따라 판단해야겠지요.

마음으로는 요 며칠 사이 어머니 곁에 꽤 자주 있었습니다. 그것만은 확실히 아셔주세요. 그리고 믿어주세요.

당신을 사랑하는,
빈센트가

---

36 1889년 파리 만국 박람회. 이 박람회를 기념하며 에펠탑이 지어졌다.

이 편지에 '아팠다(ongesteld)'는 단어가 두 번 나온다.

귀를 잘랐다는 말은 한 번도 나오지 않는다.

1889년 1월 4일 (35세, Letter 730)
아를에서 폴 고갱에게

병원에서 처음 밖에 나온 날 고갱에게 보낸 편지. 고갱은 12월 23일 밤 아를을 떠난 뒤 파리에 있었고, 빈센트에게 아무런 연락도 하지 않고 있었다. 이 편지는 빈센트가 친구에게 쓴 편지 중에서 가장 짧은 것에 속한다.

나의 친애하는 벗 고갱,

병원에서 처음으로 밖에 나온 김에 진심 어린 깊은 우정의 말 두어 줄을 씁니다.

병원에서 당신을 많이 생각했습니다. 열과 상당한 쇠약 속에서도.

말해주세요—내 동생 테오의 여행이 정말 필요했었나요, 친구여? 이제 적어도 그를 완전히 안심시켜 주세요. 당신도요, 부디. 결국 이 가장 좋은 세상에서 모든 것이 언제나 가장 좋게 돌아가는 법이니, 아무 큰 탈이 없었다고 믿어주세요.

그러면 착한 쉬페네커[37]에게 제 안부를 전해주시기 바랍니다.

양쪽 모두 좀 더 성숙한 성찰이 이루어질 때까지, 우리의 불쌍한 작은 노란 집에 대해 나쁘게 말하는 것은 삼가주세요.

파리에서 만난 화가들에게 제 안부를 전해주세요. 파리에서의 번영을 빕니다. 따뜻한 악수와 함께.

언제나 당신의,

빈센트

룰랭이 나에게 정말 좋았습니다. 다른 사람들이 확신하기 전에 나를 그곳에서 나오게 해준 것은 바로 그의 기지였습니다.

답장 부탁드립니다.

---

37 에밀 슈페네커(1851-1934): 프랑스 화가. 고갱의 오랜 친구로, 파리에서 고갱이 머물 때 자택을 내주는 등 물심양면으로 지원했다. 빈센트와도 면식이 있었다.

조제프 룰랭 (1841–1903)

아를의 우체부. 빈센트의 몇 안 되는 친구였다.

빈센트 반 고흐 《우체부 조제프 룰랭》 1888 ▶

POSTES

파리에서 폴 고갱이 빈센트에게

> 고갱의 답장. 해바라기에 대한 찬사와, 아를의 노란 집에 두고 온 펜싱 마스크와 장갑을 돌려달라는 부탁이 같은 편지에 들어 있다.

[인사 없이 시작]

노란 바탕 위의 당신의 해바라기—본질적으로 빈센트적인 양식의 완벽한 한 페이지라고 봅니다.

당신의 형제 댁에서 당신의 《씨 뿌리는 사람》을 봤는데 아주 좋더군요. 노란 정물화, 사과와 레몬도. 형제분이 당신의 옛 그림, 네덜란드 시기 것의 석판 복제를 주셨는데—색채 면에서 매우 흥미롭습니다. 내 작업실에, 당신의 초상화 옆에 두었습니다.

《포도 수확》은 흰색이 분리되면서 전체적으로 물감이 벗겨졌습니다. 배접사가 알려준 방법으로 전부 다시 붙여놓았습니다. 말씀드리는 이유는 이 방법이 쉽고, 덧칠할 캔버스에 아주 유용할 수 있기 때문입니다—신문지를 풀로 캔버스 위에 붙이세요. 마른 다음 캔버스를 평평한 판 위에 놓고 아주 뜨거운 다리미로 세게 누르세요. 벗겨진 물감이 모두 제자리에 납작

하게 눌려서 아주 고운 표면이 됩니다. 그 뒤에 위의 신문지를
물에 충분히 적셔서 전부 벗겨내면 됩니다.

이것이 대체로 배접(side graet)의 비밀 전부입니다.

룰랭에게 저를 생각해줘서 고맙다고 전해주세요. 열쇠 잘
받았습니다―기회 되면 위층 작은 방 선반 위에 놓고 온 제
마스크 두 개와 펜싱 장갑을 소포로 보내주시겠습니까.

모두에게 안부를.

진심을 담아,

폴 고갱

쉬페네커 댁 불라르 거리 29번지

vos tournesols sur fond
jaune que je considère
comme une page parfaite
d'un style essentiellement
Vincent. j'ai vu chez votre
frère votre Semeur qui
est très-bien ainsi qu'une
nature morte jaune pommes
et citrons. votre frère m'a
donné une reproduction lithographie
d'un ancien tableau de vous
hollandais — très intéressant
comme couleur dans le dessin.
Dans mon atelier à côté de
votre portrait.
Les vendanges sont en totalité
écaillées par suite du blanc
qui s'est séparé — Je l'ai
recollée totalement par un

폴 고갱이 빈센트에게 쓴 편지 원문 (1889년 1월 8~16일경)

고갱이 빈센트에게 보낸 편지에는 인사말이 없다. '나의 친애하는 벗'으로 시작한 빈센트의 편지에 대한 답장이, 인사 없이 해바라기 이야기로 바로 시작된다. 그리고 마스크와 장갑을 돌려달라는 부탁으로 끝난다.

1890년 2월 19일 (36세, Letter 855)
생레미드프로방스에서 어머니에게

빈센트는 생레미의 생폴드모졸 정신병원에서 1년을 보내고 있었다. 1890년 1월 31일, 테오와 봉어르 사이에서 아들이 태어났다. 이름을 빈센트 빌렘이라 지었다. 빈센트는 이 소식을 듣고 조카를 위한 그림을 그리기 시작했다—파란 하늘을 배경으로 하얀 아몬드 꽃이 핀 큰 가지.

같은 달, 비평가 알베르 오리에가 《메르퀴르 드 프랑스》에 빈센트 작품에 대한 최초의 비평을 발표했고, 브뤼셀에서 《붉은 포도밭(The Red Vineyard)》이 400프랑에 팔렸다— 빈센트 생전 정식으로 판매된 유일한 그림이다.

사랑하는 어머니,

며칠째 어머니 편지에 답하려 했지만, 아침부터 저녁까지 그림을 그리느라 쓸 수가 없었습니다. 그러는 사이 시간이 지나버렸습니다.

어머니도 저처럼 봉어르와 테오를 많이 생각하고 계시겠지요. 순산했다는 소식이 왔을 때 얼마나 기뻤는지, 빌이 남아 있어줘서 정말 다행입니다.

저보다 아버지 이름을 따서 지었으면 훨씬 좋았을 텐데—요즘 아버지를 그렇게 자주 생각하고 있었으니까—하지만 이미 그렇게 된 것이니, 곧바로 아기를 위한 그림을 그리기 시작했습니다. 그들의 침실에 걸 그림. 파란 하늘을 배경으로 하얀 아몬드 꽃이 핀 큰 가지.

코르 소식 감사합니다. 편지하실 때 안부 전해주시는 것 잊지 마세요. 미나 이모가 그렇게 참을성 있게 고통을 견디고 있다는 이야기가 마음에 와닿았습니다.

어머니는 이제 레이던으로 돌아가셨겠지요. 요 며칠 여기는 꽤 우울한 날씨였지만, 오늘은 정말 봄날이었습니다. 어린 밀이 자란 들판과 멀리 라일락빛 언덕이 아주 아름답고, 아몬드 나무가 곳곳에서 꽃을 피우기 시작했습니다.

저에 대해 쓴 기사를 보고 꽤 놀랐습니다. 이삭슨이 당시에 쓰려 했는데 제가 그냥 글로 남기지 말라고 부탁했거든요. 읽으면서 슬펐습니다. 너무 과장되어 있어서요. 사정은 다릅니다—작업하면서 저를 지탱해주는 것은 바로 저와 똑같은 일을 하고 있는 사람이 여럿 있다는 느낌인데, 왜 그 여섯일곱 명이 아니라 저에 대한 기사인지.

고백하자면 나중에 놀람이 좀 가라앉고 보니 때때로 꽤 기운이 났습니다. 게다가 어제 테오가 브뤼셀에서 그림 한 점이 400프랑에 팔렸다고 알려왔습니다. 다른 가격들, 네덜란드 가격과 비교해도 적은 금액이지만, 그래서 합리적인 가격 안에서 작업할 수 있도록 생산적이려고 합니다. 우리 손으로 빵을 벌어야 한다면, 만회해야 할 비용이 꽤 많으니까요.

방금 빌과 어머니의 편지가 왔습니다. 매우 감사합니다. 더 일찍 써야 했는데, 말씀드렸듯이 꽤 바쁜 작업 때문에 머리가 글 쓰는 쪽으로 향하지 않았습니다.

이제 그림 한 점이 팔린 뜻밖의 행운을 이용해서 파리에 가볼까 생각하고 있습니다. 테오를 방문하러. 이곳 의사 덕분에 왔을 때보다 차분하고 건강하게 떠날 수 있을 것 같습니다. 병원 밖에서 어떻게 되는지 한번 시험해보는 것은 당연한 일이겠지요.

하지만 다시 자유로운 몸이 되면 작업이 더 어려워질 수도 있습니다.

어쨌든 최선을 바라겠습니다. 아를에서 한동안 함께 작업했던 친구가 안트베르펜에 가고 싶어하는 것이 좀 이상한데, 그렇게 되면 어머니 모두에게 좀 더 가까워지겠지요. 하지만 그것이 완전히 실행 가능하지는 않을 것 같습니다. 비용도 더 들 테고, 이곳 기후에 익숙해진 터에 더 북쪽으로 돌아가면 건강도 맞지 않을 수 있으니까요.

어쨌든 우선 파리에서 몇 주 시험해보는 것으로 시작하겠습니다.

생각으로 껴안으며, 당신을 사랑하는,

빈센트가

heb ik dadelijk begonnen een schilderij voor hem te maken om in hun slaapkamer te hangen. Groote takken witte amandelbloessem tegen een blaauwe lucht.

곧바로 아기를 위한 그림을 그리기 시작했습니다. 그들의 침실에 걸 그림. 파란 하늘을 배경으로 하얀 아몬드 꽃이 핀 큰 가지.

1890년 7월 10일 (37세, Letter 898)
오베르에서 사랑하는 동생과 제수씨에게

봉어르의 편지는 나에게 정말로 복음과 같았어—너희와 함께 나눈, 우리 모두에게 다소 힘들고 고된 시간들이 안겨준 불안으로부터의 해방이었어. 우리 모두가 함께 일용할 빵이 위태롭다고 느낄 때, 그것만이 아니라 다른 이유로도 우리의 존재가 연약하다고 느낄 때, 그건 작은 일이 아니야.

여기로 돌아와서 나도 여전히 깊이 슬펐고, 너희를 위협하는 폭풍의 무게가 나에게도 계속 짓누르는 걸 느꼈어. 어찌하겠어—있잖아, 나는 보통 되도록 기분 좋게 지내려 하지만 나 자신의 삶도 뿌리째 공격받고 있고, 내 걸음도 흔들리고 있어. 두려웠어—완전히는 아니지만—그래도 조금은—너희 짐인 내가 너희에게 두려운 존재가 되는 것이. 하지만 봉어르의 편지가 분명히 보여주더구나—너희가 잘 느끼고 있다는 걸, 나도 나대로 너희처럼 일하고 고생하고 있다는 걸.

그래—여기 돌아와 다시 작업에 들어갔어—붓이 거의 손에서 떨어지는데도—무엇을 원하는지 잘 알면서 그 뒤로 큰 캔버스 세 점을 더 그렸어. 흐린 하늘 아래 거대한 밀밭이야. 슬픔을, 극도의 고독을 표현하려는 것을 꺼리지 않았어. 곧 보게 될 거야, 바라건대—가능한 한 빨리 파리로 가져가고 싶으니까.

이 캔버스들이 내가 말로는 할 수 없는 것을 너희에게 말해줄 거라고 믿어—내가 시골에서 보는 건강하고 힘을 주는 것을.

세 번째 캔버스는 도비니의 정원이야—여기 온 이후로 곰곰이 구상해온 그림이야. 계획된 여행이 너희에게 기분 전환을 줄 수 있으면 진심으로 바란다.

아이 생각을 자주 해. 그림에 온 신경의 힘을 쏟는 것보다 아이를 키우는 게 낫다고 확실히 생각해. 하지만 어쩌겠어, 나는 지금—적어도 느끼기에—되돌아가기엔 너무 늙었고, 다른 것을 바라기에도 너무 늙었어. 그 바람은 사라졌지만 도덕적 고통은 남아 있어.

기요맹을 다시 보지 못한 게 많이 아쉬워.[38] 하지만 그가 내 그림을 봐줬다니 기쁘다. 기다렸다면 아마 이야기를 나누다가 기차를 놓쳤을 거야.

너희에게 행운과 좋은 용기와 번영을 빌며, 어머니와 누이에게 자주 생각하고 있다고 전해줘. 마침 오늘 아침 그분들에게서 편지가 왔고, 곧 답장하려고. 마음으로 악수를 보내며.

너의, 빈센트

---

38 아르망 기요맹(1841-1927): 프랑스 인상파 화가. 빈센트가 파리 시절 사귄 동료.

추신

이번에는 돈이 오래 가지 못할 거야. 돌아와서 아를에서 온 짐 운송비를 내야 했거든. 이번 파리 여행의 좋은 기억을 간직하고 있어. 몇 달 전만 해도 친구들을 다시 만날 수 있으리라 감히 바라지 못했어. 그 네덜란드 여성 조각가에게서 재능을 많이 느꼈어.[39]

로트렉의 그림—음악가의 초상—정말 놀라워.[40] 감명 깊게 봤어.

---

[39] 더 스바르트(de Swart). 7월 파리 방문 때 만난 네덜란드 조각가.

[40] 툴루즈-로트렉의 《피아노 앞의 디오 양(Mademoiselle Dihau au piano)》, 1890년경을 말한다. 테오가 이전 편지에서 이 그림을 언급했고, 빈센트가 파리 방문 때 직접 본 소감을 쓴 것이다. 마리 디오는 파리 오페라 극장의 피아니스트였고, 드가의 오케스트라 연작에도 등장하는 인물이다.

툴루즈-로트렉 《피아노 앞의 디오 양》 1890 ▶

오베르에서 테오에게

> 7월 29일 빈센트 사망 당일,
> 그의 주머니에서 발견된 마지막 편지.

사랑하는 형제여,

네 친절한 편지와 동봉된 50프랑 고맙다.

많은 것에 대해 쓰고 싶기도 하지만, 우선 그럴 마음이 너무 사라져버렸고, 그 무용함도 느껴. 그분들이 너에게 좋은 태도로 돌아왔기를 바란다.

네 가정의 평화에 대해서라면, 그것을 지킬 수 있다는 것만큼이나 그것을 위협하는 폭풍도 느끼고 있어. 게다가 4층에서 아이를 키우는 것이 너에게나 봉어르에게나 힘든 고역이라는 데 전적으로 동의해. 잘 되고 있다면, 그게 가장 중요한 거니까, 덜 중요한 일에 내가 굳이 매달리겠어? 솔직히, 좀 더 차분한 머리로 앉아서 일을 의논할 수 있을 때까지는 아마 멀었을 거야. 지금 내가 말할 수 있는 건 그것뿐이야. 그리고 나로서는 그것을 어느 정도의 두려움과 함께 확인했다는 것, 숨기지 않았지만 그게 전부야.

다른 화가들은, 무슨 생각을 하든, 본능적으로 지금의 상업에 대한 논쟁으로부터 거리를 둬. 그래, 참으로 우리는 우리의 그림만이 말하게 할 수 있을 뿐이야.

하지만 사랑하는 형제여, 내가 언제나 네게 말해왔고, 할 수 있는 한 잘하려고 끈질기게 고정된 사유의 노력이 줄 수 있는 모든 엄중함을 담아 다시 한번 말하는 거야—나는 너를 단순한 코로 상인 이상의 존재로 언제나 생각할 거라고. 나를 통해 너는 어떤 캔버스들의 생산 자체에 네 몫을 갖고 있어—붕괴 속에서도 그 평온을 지키는 캔버스들. 우리가 서 있는 곳이 바로 거기야, 그리고 이 상대적 위기의 순간에 내가 네게 말할 수 있는 전부이거나 적어도 가장 중요한 것이야. 죽은 화가들의 그림 상인들과 살아 있는 예술가들 사이에 일이 팽팽하게 긴장된 이 순간에.

나로 말하면 내 작업에 목숨을 걸고 있고 이성은 반쯤 무너져 내렸어—좋아—.

하지만 너는 사람을 사고파는 상인이 아니야. 내가 아는 한, 내가 편을 들 수 있는 한, 너는 정말로 인간적으로 행동하고 있다고 생각해. 하지만 어쩌겠어

빈센트의 주머니에서 발견된 생전 마지막 편지 (1890년 7월 23일경)

하지만 어쩌겠어

mais que veux tu

* 빈센트 반 고흐가 그린 마지막 그림 중 하나

빈센트 반 고흐, 《까마귀가 나는 밀밭》, 1890

1890년 7월 10일에서 14일경 (37세, Letter 899)
오베르쉬르우아즈에서 어머니와 여동생 빌에게

사랑하는 어머니와 여동생에게,

좋은 편지들 진심으로 감사합니다. 정말 기뻤습니다.

요즘 저는 작년보다 더 평온함을 느끼고 있으며, 실제로 제 머릿속의 불안함도 정말 많이 가라앉았습니다.

사실 예전 환경을 다시 보는 것이 그런 효과를 낼 거라고 항상 믿어왔습니다.

자주 어머니와 빌을 생각하고, 다시 한번 만나뵙고 싶습니다.

빌이 병원에서 일하기 시작한 것은 정말 좋은 일입니다. 그리고 빌이 말한 것—수술이 생각보다 괜찮았다는 것, 바로 고통을 줄이는 방법을 높이 평가하기 때문이고, 해야 할 일을 단순하고 분별 있게 그리고 선의를 가지고 하려는 많은 의사들의 태도 때문이라는 것—그것이야말로 사물을 제대로 바라보는 것이고, 신뢰라고 생각합니다.

하지만 어머니 말씀처럼 건강을 위해서는 정원에서 일하고 꽃이 자라는 것을 보는 것이 정말 필요합니다.

저는 완전히 끝없이 펼쳐진 밀밭의 평원에 빠져 있습니다. 언덕을 배경으로, 바다처럼 큰. 고운 노랑, 고운 부드러운 초록, 고운 보라―갈아엎고 김을 맨 땅의 보라. 꽃 핀 감자밭의 초록이 규칙적으로 점을 찍고 있고, 그 모든 것 위로 고운 파랑, 하양, 분홍, 보라 색조의 하늘.

저는 완전히, 거의 지나칠 정도로 크고 평온한 기분 속에, 그것을 그리기 위한 기분 속에 있습니다.

테오와 봉어르와 정말 즐거운 시간 보내시기를 진심으로 바랍니다. 저처럼 어머니도 그들이 아기를 얼마나 잘 돌보는지 보시게 될 겁니다. 아기가 정말 건강해 보여요.

안나의 아이들도 벌써 많이 컸겠지요.

오늘은 여기까지, 작업하러 나가야 합니다. 생각으로 모두를 껴안으며.

Ik ben geheel in een stemming van haast al te groote kalmte, in een stemming om dat te schilderen.

저는 완전히, 거의 지나칠 정도로 큰 평온함의 기분 속에, 그것을 그리기 위한 기분 속에 있습니다.

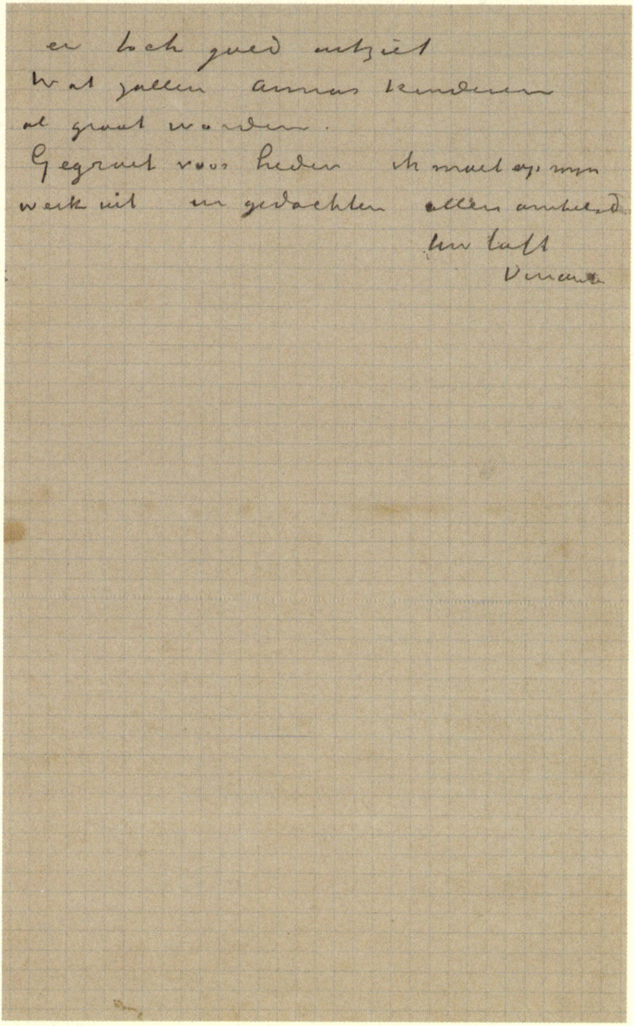
en toch goed uitziet
Wat zullen Annas kinderen
al groot worden.
Gegroet voor heden ik moet op mijn
werk uit in gedachten allen omhelsd
Uw liefh
Vincent

Uw liefh (당신을 사랑하는)
Vincent (빈센트가)

Uw liefh

Vincent

3

반 고흐를 죽인
안부

"언젠가 내가 그린 그림이
물감값보다 더 가치 있을 날이 올 거야."

반 고흐를 죽인 안부

1888년 10월 19일, 파리 몽마르트르 대로 19번지.

테오 반 고흐는 책상 위에 펼쳐진 종이에 펜을 올렸습니다.
편지지 상단에는 양각 로고가 찍혀 있었습니다.

Boussod, Valadon & Cie — Successeurs de Goupil
& Cie

이 로고는 유럽에서 가장 영향력 있는 화상 중 하나인 구
필 화랑의 것이었고, 테오는 이 화랑의 몽마르트르 지점을 이
끌고 있었습니다.

'사랑하는 빈센트에게(Mon cher Vincent)'로 시작하는 편
지를 테오는 거의 매주, 때로는 며칠에 한 번씩 형 빈센트 반
고흐에게 보냈습니다. 편지마다 돈이 동봉되었습니다. 50프
랑, 때로는 100프랑. 형이 물감을 사고, 캔버스를 사고, 방세를
내고, 밥을 먹고, 담배를 피우거나 술을 사 마실 수 있도록.

테오에게 그것은 의무가 아니었습니다. 사랑이었습니다.

테오 반 고흐라는 이름은 형의 이름 뒤에 가려져 있습니다.
미술사에서 그는 '빈센트의 동생'입니다. 그러나 빈센트 반 고
흐가 불멸의 화가가 된 것은 테오 덕분입니다. 생전 단 한 점

의 그림밖에 팔지 못한 화가를 10년 동안, 자기 월급의 절반 이상을 쪼개 먹여 살린 사람. 형이 보내는 수백 통의 편지를 한 통도 버리지 않고 보관한 사람. 형이 죽은 뒤 6개월도 채 되지 않아 자신도 세상을 떠나, 결국 오베르쉬르우아즈의 같은 묘지에 나란히 묻힌 사람.

그리고 바로 그 사랑이, 빈센트를 죽였습니다.

언젠가 내 그림이 물감값보다
더 가치 있을 날이 올 거야.

1888년 10월 25일. 빈센트에게 그날은 생애 가장 기쁜 날 중 하나였을 것입니다. 폴 고갱이 드디어 아를에 도착한 것입니다. 함께 그림을 그릴 동료가 왔습니다. '노란 집'에서 자신이 꿈꾸었던 예술가 공동체가 실현되는 순간이었습니다.

빈센트는 그날 밤 테오에게 편지를 썼습니다. 고갱의 도착을 알리는 기쁜 소식으로 시작했습니다. 그런데 편지 중간, 기쁨의 문장들 사이에, 다음과 같은 단락이 끼어 있습니다.

나는 지금 정신적으로 짓눌리고 신체적으로는 텅 빈 것 같은 느낌 속에서도, 계속 그려야 한다는 필요성을 느껴.

우리가 쓴 비용을 회수할 수 있는 다른 방법이 내게는 전혀, 전혀 없기 때문이지.

내 그림들이 팔리지 않는 건 어쩔 수 없는 일이야. 하지만 언젠가는 사람들이 알게 될 날이 올 거야. 이 그림들이 물감값보다, 그리고 우리가 쏟아부은 이 초라한 삶의 가치보다 훨씬 더 큰 가치가 있다는 것을.

돈이나 재정에 관해서 내 유일한 바람과 관심은 오직 빚을 지지 않는 것이란다. 하지만 사랑하는 형제여, 나의 빚은 너무나 커서 내가 그것을 다 갚고 나면(결국 해낼 거라 믿지만), 그림을 그리는 이 고통이 내 평생을 앗아가 버려서 마치 내가 살아보지도 못한 것처럼 느껴질 것 같구나. 다만 앞으로 그림을 그리는 게 조금 더 힘들어질 수도 있고, 예전만큼 많은 작품을 내지는 못할지도 몰라.

지금 그림이 팔리지 않는 건, 네가 그로 인해 고통받고 있다는 사실이 나를 괴롭게 해. 하지만 네가 내가 아무 수익도 내지 못한다는 사실에 너무 곤란해하지만 않는다면, 사실 나에게는 상관없는 일이기도 하단다.

재정에 관해서라면 나는 이 진실을 느끼는 것만으로 충분해. 50년을 살면서 일 년에 2천 프랑을 쓰는 사람은 결국 10만 프랑을 쓰는 셈이고, 그만큼을 벌어들여야 한다는 것 말이야. 예술가로 살면서 100프랑짜리 그림 천 점을 그리는 건 정말, 정말, 정말 힘든 일이지. 하지만 그림 한 점이

100프랑이라면… 그리고 또… 우리의 과업은 때때로 정말 무겁구나. 하지만 여기엔 바꿀 수 있는 게 아무것도 없어.

— 1888년 10월 25일경, 아를에서 테오에게 (Letter 717)

하지만 언젠가는 사람들이 알게 될 날이 올 거야. 이 그림들이 물감값보다, 그리고 우리가 쏟아부은 이 초라한 삶의 가치보다 훨씬 더 큰 가치가 있다는 것을……

이 문장은 예언입니다. 2022년 크리스티 경매에서 빈센트의 《사이프러스가 있는 과수원(Orchard with Cypresses)》은 약 1억 1,718만 달러에 팔렸습니다. 빈센트의 예언은 정확하게 실현되었습니다. 본인의 예상을 아득히 뛰어넘는 금액으로.

하지만 사랑하는 형제여, 나의 빚은 너무나 커서 내가 그것을 다 갚고 나면—결국 해낼 거라 믿지만— 그림을 그리는 이 고통이 내 평생을 앗아가 버려서 마치 내가 살아보지도 못한 것처럼 느껴질 것 같구나.

이 문장은 고백입니다. 빈센트는 알고 있었습니다. 자기가 테오에게 진 빚이 얼마나 큰지를. 그 빚을 갚으려면 평생이 걸린다는 것을. 그리고 그 평생이 끝났을 때, 자기에게 남는 것은 아무것도 없으리라는 것을.

그런데 바로 이 답장조차도 결국은 동생에게 돈을 보내달라는 의미였습니다. 빈센트는 불과 3일 뒤 테오에게 또 한 번 이렇게 시작하는 편지를 씁니다.

Merci de ton mandat de 50 francs que je viens de
방금 우편환으로 받은 50프랑 정말 고맙구나.

죽음을 예감하면서도 동생에게 돈을 받아 물감을 주문하는 사람. 이것이 빈센트 반 고흐였습니다.

1888년 10월 25일, 편지가 쓰인 날짜를 기억하십시오. 고갱이 도착한 바로 그날입니다. 생애에서 가장 기쁜 순간에, 가장 절망적인 회계를 하고 있습니다. 기쁨과 절망이 같은 편지지 위에 공존합니다. 두 달 뒤, 빈센트는 자기 귀를 잘랐습니다.

사라진 로고

편지의 내용이 아니라, 편지지를 보아야 발견할 수 있던 것.

빈센트가 테오에게서 받은 편지는 거의 대부분 같은 편지지에 쓰여 있었습니다. 구필 화랑과 부소 발라동의 양각 로고가 찍힌 고급 편지지.

Goupil & Cie

Boussod Valadon & Cie Successeurs

19, Boulevard Montmartre, Paris

테오의 편지엔 금박 인쇄가 종이 상단에 박혀 있었습니다. 테오가 그 편지지를 쓸 수 있었던 것은, 그가 그 화랑의 지점 장이었기 때문입니다. 테오는 1890년 7월에도 아직 부소 발라 동에 재직 중이었습니다. 퇴사하지 않았습니다. 같은 해 4월에 이미 동료 테르스테흐에게 고용주에 대한 불만을 터놓았고, 6월 30일 편지에서는 빈센트에게 '저 쥐새끼들 부소와 발라 동'이라고 썼으며, 독립 화랑을 열겠다는 계획을 세우고 있었 습니다. 아내 요한나와 그해 1월에 태어난 아들—형의 이름을 따서 빈센트라고 지은—을 먹여 살려야 했고, 형에게 보내는 송금까지 감당해야 했습니다. 테오는 회사에 환멸을 느끼면서 도 형과 가족을 위해 버티고 있었습니다.

어느 순간부터 테오는 더 이상 화랑의 고급 편지지를 쓰지 않았습니다.

왜? 화랑에서 더 이상 편지지를 공급받지 못했을 수도 있습 니다. 스스로 쓰지 않기로 했을 수도 있습니다. 집에서 편지를 쓸 때 회사 편지지를 가져오지 않았을 수도 있습니다. 이유가 무엇이든, 화랑에서 일을 시작한 후부터 당연하게 사용하던 화 랑의 고급 편지지가 어느 순간부터 완전히 사라진 것입니다.

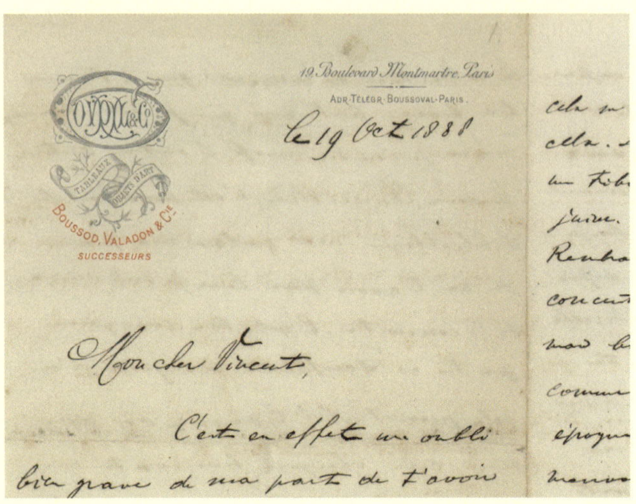

1888년 10월 19일 테오의 편지. 양각 로고가 선명하다.

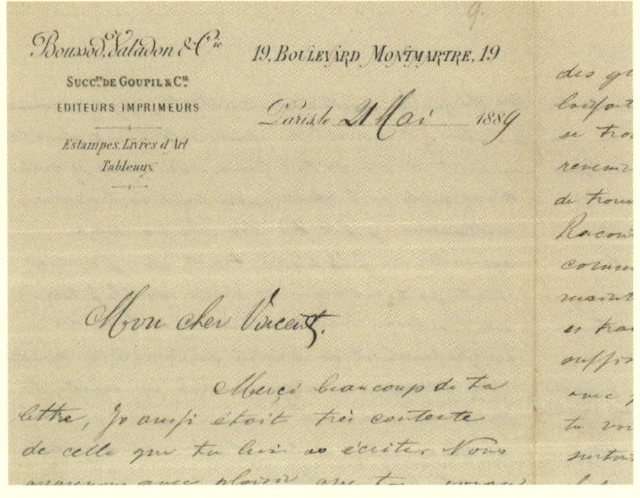

1889년 5월 21일 테오의 편지. 역시 로고가 찍혀 있다.

1890년 7월 5일 테오의 편지. **상단에 아무 로고도 없다.**

1890년 7월 22일 테오의 편지. **역시 아무것도 없다.**

화가의 눈

빈센트는 이것을 보았을까요?

빈센트와 테오는 매주, 때로는 매일 편지를 주고받던 사람들입니다. 빈센트는 8년간 같은 로고가 박힌 봉투를 열어온 사람입니다. 어느 날부터 그 로고가 사라진 종이를 받았을 때, 그것을 알아차리지 못했을 리가 없습니다.

화가이기 때문입니다.

시각적 변화에 세상에서 가장 예민한 사람. 나무의 색이 바뀌는 것을 한 시간 단위로 기록하던 예술가입니다. 밀밭의 황금빛이 아침과 오후에 어떻게 달라지는지를 편지에 세 문단에 걸쳐 묘사하던 사람입니다. 그 눈이, 그리고 매일 캔버스를 만지던 그 손이, 동생에게서 오는 편지지가 바뀐 것을 모를 리 없습니다. 아니, 그 누구보다 그 작은 물성의 변화를 가장 예민하게 느꼈을 겁니다. 편지를 보낸 당사자인 테오보다도 더.

동생이 보내오는 편지에서 화랑의 자랑스러운 양각 로고가 사라졌다는 것은 무엇을 뜻할까요. 테오가 더 이상 구필 화랑 지점장이 아닐 수 있다고, 적어도 그의 경제적 기반이 흔들리고 있다고, 그러므로 더 이상 송금이 지속되지 못할 수 있다고. 글이 아니라 종이가 반 고흐에게 그 메시지를 전달했습니다.

사랑의 무게

빈센트가 테오에게 진 빚은 단순히 돈이 아니었습니다.

테오는 형이 화가가 되겠다고 선언한 1880년부터 10년간, 모든 생활비를 대주었습니다. 물감, 캔버스, 모델료, 방세, 식비, 의료비. 심지어 술과 담배 같은 유흥비까지. 화랑 지점장으로서 적지 않게 벌었을 테오의 연봉으로도 감당하기 어려운 액수가 해마다 아를로, 생레미로, 오베르로 보내졌습니다. 빈센트는 그 대가로 그림을 보냈지만, 그림은 팔리지 않았습니다. 빈센트 생전에 공식적으로 판매된 작품은《아를의 붉은 포도밭》단 한 점, 400프랑이었습니다.

그리고 1890년, 테오에게 아들이 태어났습니다.

빈센트는 이 조카를 사랑했습니다. 테오 부부가 아이에게 자기 이름인 빈센트를 붙여준 것에 감격했습니다. 아이를 위해 꽃이 피고 있는 아몬드 나무 가지를 그렸습니다. 그러나 동시에, 이 아이의 존재는 빈센트에게 하나의 질문이 되었을 것입니다.

내가 이 아이에게서 아버지의 돈을 빼앗고 있는 것은 아닌가?

1890년 7월 22일, 빈센트가 마지막으로 받은 편지들 중 하나. 로고 없는 일반 편지지. 5일 뒤인 7월 27일, 빈센트는 오베르의 밀밭으로 걸어 나가 자신의 가슴에 총을 쏘았습니다. 즉사하지 않았습니다. 비틀거리며 여관으로 돌아왔고, 이틀을 더 살았습니다. 테오가 달려왔습니다. 테오가 여동생 엘리자베트에게 보낸 1890년 8월 5일 편지에 따르면, 형을 낫게 해주겠다고 말하자 빈센트는 이렇게 답했다고 합니다.

La tristesse durera toujours.
슬픔은 영원히 계속될 거야.

빈센트는 이 말을 남기고 동생 테오의 품에서 숨을 거두었습니다.

두 사람의 반 고흐

테오는 형의 죽음을 견디지 못했습니다.

빈센트가 죽은 직후부터 테오의 건강은 급속히 무너졌습니다. 이미 매독에 감염되어 있었다곤 하지만, 형의 죽음이 불러온 상실감이 결정적이었습니다. 10월에 정신이상 증세가 나타났고, 11월에 위트레흐트의 요양원에 입원했습니다. 1891년 1월 25일, 테오도르 뤼스 반 고흐는 서른세 살의 젊은 나이로 형을 따라 세상을 떠났습니다. 형이 죽은 지 정확히 6개월 뒤였습니다.

테오의 아내인 요한나 봉어르는 남편이 죽은 뒤, 빈센트의 그림과 편지를 모두 물려받았습니다. 그녀가 그것들을 팔거나 버리지 않고 보존한 덕분에—그리고 빈센트의 편지를 직접 편집하여 1914년에 출판한 덕분에—우리는 오늘 빈센트 반 고흐를 압니다.

테오의 유해는 1914년 봉어르에 의해 오베르쉬르우아즈로 이장되었습니다. 형 옆에. 두 형제의 묘비는 지금도 나란히 서 있습니다.

빈센트 반 고흐와 테오 반 고흐의 묘비

테오가 형에게 보낸 편지는 안부였습니다.

매주 보내는 돈이 안부 그 자체였습니다. 구필 화랑의 고급 편지지에 정성스럽게 쓴 'Mon cher Vincent'. '형의 그림이 좋다', '건강을 챙겨라', '곧 좋아질 것이다'라는 한 줄 한 줄이 안부였습니다.

그 안부가 빈센트를 10년 동안 살렸습니다. 물감을 사게 해주었고, 캔버스 앞에 앉게 해주었고, 별이 빛나는 밤을 그리게 해주었습니다.

그러나 그 안부가 너무 컸습니다.

빈센트가 갚을 수 없을 만큼 커져 버린, 갚으려 할수록 빚이 쌓이는, 동생에게, 동생의 아내에게, 동생의 아이에게 피해를 준다는 죄책감으로 변해버린…… 그리고 어느 날, 그 안부의 뒤에서 '아직은 괜찮아'라고 말해주는 물리적 증거였던 양각 로고마저 편지지에서 사라졌을 때, 빈센트는 더 이상 안부의 무게를 견딜 수 없었던 것이 아닐까요.

이 안부는 반 고흐를 죽였습니다.
빈센트와 테오, 두 사람의 반 고흐를.

Gruss von
H Hesse

4

헤르만 헤세를 살린
안부

헤르만 헤세가 막내아들 마르틴 헤세에게 쓴 편지들은
2023년 독일 주어캄프(Suhrkamp) 출판사의
서간집『Mein lieber Brüdi!』로 처음 공개되었습니다.
이 편지들이 한국어로 번역되고,
헤세가 직접 그린 수채화를 포함한
원본 편지가 공개되는 것은 이 책이 최초입니다.

◀ Gruss von H. Hesse 헤르만 헤세가 안부를 전하며 (1933년 친필 서명)

헤세를 살린 안부
몬타뇰라, 1922년 7월 1일

사랑하는 브뤼디

다정한 편지와 축하 인사, 그리고 선물 정말 고맙구나. 상자가 아주 예쁘고, 알록달록한 종이들도 좋았단다. 널빤지 밑에 깔렸던 작은 병아리가 다시 정신을 차렸다니 다행이구나! 엊그제 아빠는 여기 근처 풀밭에서 아직 제대로 날지 못하는 어린 새 한 마리를 발견했어. 되새였는데, 마침 개울에서 빠져 죽을 뻔한 걸 구해줄 수 있었단다.

하이너는 케피콘에서 연극을 하고 있는데 대사를 많이 외워야 한다는구나. 어제 엄마에게 하이너한테서 온 편지를 보내주었단다.

진심을 담아 안부를 전하마.

너의 아버지가

Lieber Brüdi
          Danke schön für deinen
lieben Brief und deine Glückwünsche,und
für deine Geschenke,die Schachtel ist
sehr hübsch,und auch die bunten Papiere.
Das war nett,daß das kleine Hühnchen,das
unters Brett gekommen war,wieder zu sich
gekommen ist!Vorgestern habe ich hier in
der Nähe auf der Matte einen jungen Vog-
el gefunden,der noch nicht recht fliegen
konnte,ein Fink,und konnte ihn im Bach,
wo er grad ertrinken wollte,retten.

헤르만 헤세 《사랑하는 브뤼디에게》 1922년 7월 1일, 몬타뇰라에서

1922년 7월 1일, 스위스 몬타뇰라.

헤르만 헤세는 편지지 위쪽에 수채화를 그렸습니다. 파란 산, 주황색 지붕, 초록 나무. 몬타뇰라의 풍경입니다. 그림 아래에 펜을 들고 이렇게 썼습니다.

Lieber Brüdi

(사랑하는 브뤼디)

브뤼디는 막내아들 마르틴의 애칭이었습니다. 그해 마르틴은 열한 살이었습니다. 아버지와 함께 살지 않았습니다. 헤세와 첫째 부인 마리아의 결혼은 이미 파경에 이르렀고, 마르틴은 어머니와 함께 자라고 있었습니다.

함께 살 수 없는 아버지가 할 수 있는 거의 유일한 일이 편지를 쓰는 것이었습니다. 익사 직전의 어린 새를 구해준 이야기를 들려주는 아버지. 둘째 아들 하이너의 소식을 전하면서, 그 편지를 '엄마'에게 보내주었다고 쓰는 아버지. '엄마'는 이혼한 전처 마리아를 가리킵니다. 그런데 그의 편지 어디를 보더라도 전처를 원망하는 말이 한 줄도 없습니다.

이 편지를 쓴 사람은 『데미안』을 쓴 사람입니다. 『싯다르타』를 쓴 사람입니다. 『황야의 이리』를 쓴 사람이고, 『유리알 유희』로 노벨문학상을 받은 사람입니다. 그러나 이 편지에는 대문호의 위엄 같은 건 없습니다. 아이에게 세상이 아름다운 곳이라고 알려주려는 아버지의 목소리만 있습니다.

사랑하는 마르틴

어제 생일날 받은 것 중에서 가장 아름답고, 가장 큰 기쁨을 준 것은 네 선물과 너의 다정한 편지였단다. 그릇이 아주 예뻐서 책상 위에 올려두었고, 거기 계속 둘 거야. 볼 때마다 네 생각을 자주 하게 될 것 같구나. 지금은 카라멜이 담겨 있는데, 나중에는 못이나 그런 자잘한 것들을 넣어두려고 한단다.

네가 편지에 쓴 이야기들이 모두 재미있었는데, 특히 양을 사고 싶다는 이야기가 그랬어. 아빠도 보태주고 싶어서 조금 동봉한다.

그래, 참 우습지, 테신 사람들이 벚나무를 다루는 꼴이란! 아빠도 전부터 놀랐단다.

여우가 너의 닭들한테는 절대 덤비지 않길 바란다. 하지만 그 여우가 총에 맞아 죽는 건 아빠도 원하지 않아. 그러면 가엾으니까. 여우라는 건 곱고 아름답고 영리한 동물이거든. 그만큼 영리하지 못한 사람도 많단다!

여긴 간밤에 무시무시한 뇌우가 있었어. 번개가 두 시간 동안 쉬지 않고 번쩍여서 내내 환한 대낮 같았고, 비는 폭포처럼 쏟아지더니 나중에는 우박까지 내렸단다. 참 이상한 여름이구나. 아빠한테도 좋지 않은 여름이야. 온몸이 쑤시거든.

이제 곧 하이너가 방학을 맞이해 너희한테 갈 게다.

고맙다, 사랑하는 마르틴. 아빠에게 정말 큰 기쁨을 주었구나.

다정하게 입맞추마.
너의 아버지가

Montagnola 3. Juli 1923

Mein lieber Martin

Das Schönste, was ich gestern zu meinem
Geburtstag bekam, und das, was mir die grös-
te Freude machte, das war dein Geschenk und
dein lieber Brief. Die Schale ist sehr
hübsch, ich habe sie auf dem Schreibtisch
stehen und da bleibt sie auch, ich werde
dabei oft an dich denken, jetzt sind noch
die Caramellen in der Schaale, später tue
ich dann Nägel oder ß so etwas hinein.

Alles in deinem Brief hat mich sehr
interessiert, und besonders das Schaf, das
du kaufen willst. Dazu möchte ich auch ei-
nen Beitrag geben, ich lege dir ihn bei.

Ja gelt, das ist komisch, wie die Tessiner
mit ihren Kirschenbäumen umgehen! Da habe ic

헤르만 헤세 《사랑하는 마르틴에게》 1937년 8월, 몬타뇰라에서
© Martin Hesse Erben. Hanspeter Siegenthaler-Hesse 제공

사랑하는 마르틴

편지와 사진들 정말 고맙구나! 아델레에게 생일 사진을 선물하려는구나, 좋은 생각이야! 아주 기뻐할 거다.

요즘 손님들 방문이 잦단다. 4일 전부터 카를로 이젠베르크가 젊은 아내와 함께 와 있는데, 우리 마음에 꼭 드는 사람이야. 어제는 둘이 자전거를 타고 바레세로 2일 여행을 떠났는데, 곧 다시 돌아올 거란다.

네가 준 큰 화분에, 사실 시기가 너무 늦긴 했지만, 한련화 씨를 뿌렸단다. 좋은 흙과 거름을 넣어주고 정성껏 돌보았더니 벌써 제법 크게 자라서 아마 곧 꽃이 필 거야. 화분은 작업실에서 나오면 오른쪽, 장미가 시작되는 담장 위에 놓아두었는데, 거기 아주 잘 어울려서 이제는 없으면 허전할 정도란다. 네가 노란코에서 직접 이 화분을 끌고 올라왔던 일이 종종 생각난다.

인젤 출판사에서 나온 작은 시 선집이 새로 인쇄되었단다. 3만 부에서 4만 부까지. 인세는 얼마 안 돼서 350프랑 정도인데, 그래도 기쁘구나.

생일 축하 우편은 이제 다 처리했는데, 신문 기사가 너무 많아서 아직 다 읽지 못했고 아마 다 읽지도 못할 거다.

돈을 동봉한다. 아스코나에서 엄마와 하이너가 즐겁게 지내고 있다고 편지를 보내왔구나.

아디오! 진심을 담아 안부를 전하마.

너의 아버지가
1937년 8월

양을 사고 싶다는 열두 살 아들에게 돈을 동봉하는 아버지. 여우가 총에 맞으면 가엾다고 쓴 아버지. 뇌우가 무서웠다고, 온몸이 쑤신다고, 하이너가 곧 방학이라고 전하는 아버지. 그리고 마지막에 남긴 안부.

'다정하게 입 맞추마.'

1937년, 마르틴은 스물여섯 살이 되었습니다. 헤세는 예순 살입니다. 아들이 남기고 간 큰 화분에 한련화 씨를 뿌려 정성껏 돌보고 있습니다. '네가 노란코에서 직접 이 화분을 끌고 올라왔던 일이 종종 생각난다.' 함께 살지 못하는 아버지가, 아들이 남기고 간 화분을 돌보며 아들을 떠올리고 있습니다.

인세 350프랑을 '얼마 안 된다'고 쓰면서도 기뻐하고, 그 돈을 아들에게 동봉합니다. 아스코나에서 '엄마와 하이너가 즐겁게 지내고 있다'고 전해줍니다. 편지에서 헤세는 이혼한 전처를 여전히 '엄마(Mutti)'라고 부릅니다. 함께 살 수 없는 아버지가, 적어도 편지 안에서만큼은 가족이 흩어지지 않은 것처럼 써서 보내고 있습니다. 헤세와 마르틴이 43년간 주고받은 편지는 약 1,500통. 빈센트와 테오가 10년간 주고받은 편지와 거의 비슷하거나 조금 더 많은 양입니다.

4만 4천 통의 안부

헤르만 헤세는 평생 약 4만 4천 통의 편지를 썼습니다.

이 숫자의 의미를 헤아려보십시오. 휴대전화 메시지도, 이메일도 아닙니다. 손수 쓴 편지를 우체국에 찾아가 손수 부친 편지입니다. 그것도 소설을 쓰고, 시를 쓰고, 에세이를 쓰고, 수채화를 그리는 와중에 말입니다.

받는 사람은 다양했습니다. 독자들, 젊은 작가 지망생들, 전쟁으로 상처받은 병사들, 삶의 의미를 잃은 사람들까지. 전쟁이 끝난 뒤, 무너진 삶의 한가운데에서 한 줄의 위로를 구하는 편지들이 몬타뇰라의 작은 시골집으로 쏟아져 들어왔습니다. 헤세는 그 편지들 모두에 일일이 직접 답장했습니다.

한 통 한 통. 정성스럽게. 때로는 수채화를 같이 그려 넣어서.

안부가 살린 사람

헤세에게도 삶을 포기하고 싶었던 시간이 있었습니다.

1차 세계대전 중 반전 활동으로 조국에서 배신자 취급을 당했습니다. 쫓기듯 독일을 떠나야 했으며 책 출간이 막혀 생계를 위협받았습니다. 첫째 부인 마리아의 정신병이 깊어져 별거에 이르렀고, 셋째 아들 마르틴이 태어났지만 함께 살 수 없었습니다. 동시에 아버지가 세상을 떠났습니다.

그때 헤세를 붙잡아준 것은 두 가지였습니다.

하나는 그림이었습니다. 1916년, 처음 붓을 잡았습니다. 글로는 표현할 수 없는 것을 색으로 풀어내기 시작했습니다. 몬타뇰라의 풍경을 수채화로 그렸습니다. 이 수채화들이 나중에 독자들에게 보내는 편지에 동봉되었고, 그 그림을 받은 독자들이 다시 답장을 보내왔습니다.

다른 하나는 바로 그 편지들이었습니다.

독자들이 보내오는 편지. 당신의 글이 나를 살렸다는 편지. 데미안을 읽고 군복을 벗기로 했다는 편지. 싯다르타를 읽고 다시 살기로 했다는 편지. 헤세는 그 편지들에 답장을 쓰면서, 자기가 쓴 글의 의미를 확인했습니다. 편지를 쓰는 행위 자체가—누군가에게 안부를 건네는 행위 자체가—헤세를 살아 있게 했습니다.

불꽃과 촛불

빈센트와 테오의 편지들을 읽고 이 편지들을 읽는 것은, 고된 노동으로 온몸의 뼈가 욱신거릴 때 뜨거운 물에 몸을 담그는 것과 같습니다.

빈센트의 편지에는 예술에 대한 열정과 자기 파괴적인 에너지가 들끓습니다. 그것은 불꽃의 편지였습니다.

헤세의 편지는 다릅니다. 특히 마르틴에게 보낸 편지는. 불꽃이 아니라 촛불입니다. 타오르는 것이 아니라 지켜주는 것입니다.

헤세는 말년에 독자들에게 보내는 엽서와 편지에 종종 이렇게 서명했습니다.

Gruss von H. Hesse(헤르만 헤세가 안부를 전하며).

'Gruss'는 독일어로 '인사' 또는 '안부'를 뜻합니다. 영어의 'greetings'에 해당하지만, 영어보다 더 따뜻하고 개인적인 뉘앙스를 갖습니다. 이 짧은 서명에 헤세의 모든 것이 담겨 있습니다.

헤세는 평생 안부를 보냈습니다. 독자에게, 친구에게, 아들에게, 세상에. 수채화 한 장에, 편지 한 통에, 시 한 편에 안부를 실어 보냈습니다. 그리고 그 안부가 돌아올 때마다—독자의 답장, 아들의 편지, 봄에 피어나는 몬타뇰라의 꽃들—헤세는 다시 살 이유를 얻었습니다.

빈센트 반 고흐에게 안부는 '빚'이 되었습니다. 갚을 수 없는 빚. 사랑이 죄책감으로 변하고, 죄책감이 절망으로 변하고, 절망이 밀밭에서의 총성으로 변했습니다.

헤르만 헤세에게 안부는 '숨'이 되었습니다. 들이쉬고 내쉬는 것. 보내고 받는 것. 그 호흡이 62년 동안 멈추지 않았기에, 헤세는 85세까지 살았고, 4만 4천 통의 편지와 3천 점의 수채화를 남겼습니다. 그런 뒤 자신의 침실에서 잠들 듯 조용히 눈을 감았습니다.

헤르만 헤세가

노환으로 세상을 떠난 지 6년 만인 1968년,

'사랑하는 브뤼디' 마르틴 헤세는

스스로 생을 마감했습니다.

1937년 어느 독자에게 편지를 쓰고 있는 헤르만 헤세
Foto Martin Hesse © Martin Hesse Erben.

1937년 4월 직접 마당을 가꾸고 있는 헤르만 헤세
Foto Martin Hesse © Martin Hesse Erben.

헤르만 헤세와 손녀 실비아 헤세[41]
Foto Martin Hesse © Martin Hesse Erben.

---

41 실비아 헤세: 헤르만 헤세의 막내 아들 마르틴의 딸이자 지겐탈러 – 헤세의 아내

5

시간을 건너온 답장

◀ 고양이와 함께 있는 헤르만 헤세 (1935년)
Foto Martin Hesse © Martin Hesse Erben.

헤르만 헤세 후손들이 건넨 안부

강원도 원주의 작은 원룸에서 이 글을 쓰고 있습니다. 책상에 앉은 채 고개를 왼쪽으로 돌리면 창밖이 바라다보입니다. 마른 숲으로 덮인 야트막한 언덕 가운데에 고양이 가족이 모여 일제히 고개를 숙이고 있습니다. 방금 산책길에 두고 온 물과 사료를 잘 먹고 있습니다. 유독 추웠던 지난겨울을 건강하게 버텨준 것이 장하고 예쁜 이웃들입니다. 특히 겨울이 오기 직전 태어났을 땐 주먹 크기도 안 됐던 새끼가 이제 제법 커졌습니다─한 가지 작고 사소한 의문이라면, 부모로 보이는 고양이들은 분명히 '치즈냥이'인데 쟤는 왜 검은 털을 가졌을까 하는 점입니다만…… 레프 톨스토이의 말처럼 어느 가정에나 저마다의 사정은 있는 법이겠지요.

고개를 오른쪽으로 돌립니다. 책상 위엔 한 장의 카드와 책이 유리 케이스에 들어 있습니다. 군터 뵈머의 삽화가 들어간 『헤르만 라우셔』 1933년 초판과 그 옆에 흘려 쓴 글씨로 'Gruss von H. Hesse'라고 적혀 있는 작은 카드. 헤르만 헤세의 서명. 누구에게 보냈는지도 알 수 없는, 아마도 한 세기 전의 안부. 어떤 경로를 거쳐 유럽의 고서점까지 흘러갔는지는 모릅니다. 다만 이 카드를 슈투트가르트의 한 고서점에서 발견했을 때, 이것이 세계문화전집 1권의 제목이 되어야 한다고 생각했습니다.

안부. 저는 이 단어를 주제로, 헤르만 헤세와 빈센트 반 고흐를 나란히 놓는 책을 쓰고 있습니다.

안부란 무엇일까요. 빈센트가 동생 테오에게 보낸 수백 통의 편지는 안부일까요, 구원 요청일까요. 아니면 정말 둘을 죽음으로 내몬 방아쇠였을까요. 한마디로 정의할 수 없는 것이 안부의 본질인지도 모르겠습니다. 빈센트는 '지금 나는 괜찮다'는 말을 쉽게 쓰지 못했습니다. 대신 바다의 색이 오팔이었다고, 밤이 낮보다 풍요로웠다고, 해바라기를 그려서 고갱이 쓸 방에 걸었다고 썼습니다. 괜찮다고 말하는 대신, 자기가 본 아름다움을 건넸습니다.

헤세도 비슷했습니다. 정신적 위기가 가장 깊었던 1916년, 그는 처음으로 펜 대신 붓을 들었습니다. 치유를 위해서였습니다. 그 이후로 평생 약 3천 점의 수채화를 그렸고, 그중 많은 그림을 카드에 실어 독자들에게 보냈습니다.

헤르만 헤세와 빈센트 반 고흐, 이 두 사람의 안부를 한 권의 책 안에 나란히 놓고 싶었습니다. 서로 만난 적 없는 두 사람이지만, 안부의 방식이 닮아 있었으므로. 아니, 닮은 듯 무언가 묘한 차이가 있었으므로.

글을 쓰는 사람이 그림을 그렸고, 그림을 그리는 사람이 글을 썼습니다. 둘 다 자신의 언어가 아닌 방식으로 안부를 전했다는 것, 안부를 전했다는 것, 그 어긋남 속에 진심이 있었다는 것.

문제는 그림이었습니다. 정확히는 그림의 저작권이 걸렸습니다. 빈센트 반 고흐의 그림은 사후 70년이 지나 저작권이

만료되어 세계 유수의 박물관에서 고해상도 이미지를 무료로 제공합니다. 메트로폴리탄, 라이크스뮤지엄, 시카고 미술관. 그러나 헤르만 헤세 쪽은 달랐습니다. 헤세의 수채화, 마르틴 헤세가 찍은 아버지의 초상 사진, 군터 뵈머가 그린 『헤르만 라우셔』 삽화. 이것들은 엄연히 저작권이 존재하고 모두 유족 이나 관리 기관의 허가가 필요했습니다. 일일이 저작권 협상 하고, 출판사에 전달해 결제하도록 하는 과정이 번거로워 책 에 싣지 말까도 고민했습니다. 하지만 그런 물성이 없으면 반 쪽짜리 책이 될 게 뻔했습니다. 일단 관련 기관에 이메일을 보 내보기로 했습니다.

어느 겨울 아침, 스위스 몬타뇰라의 헤르만 헤세 박물관에 이메일을 보냈습니다. 수채화와 사진 사용 허가 및 저작권료 를 묻는 장문의 편지였습니다. 박물관 직원인 마리나 쿠오모 씨는 친절한 답장을 통해 수채화는 폴커 미헬스 씨에게, 사진 은 지겐탈러 씨에게 직접 연락해보는 게 좋겠다며 각각의 연 락처를 안내해주었습니다. 같은 날 칼프의 헤르만 헤세 박물 관 관장 티모 하일러 씨에게도 뵈머 삽화 사용 허가를 요청했 습니다. 이메일에 그동안 한국에서 출간됐던 제 책 네 권의 사 진을 첨부했습니다. 그리고 'Gruss von H. Hesse'라고 적힌 작은 카드와 1933년 초판 『헤르만 라우셔』, 1912년 초판이자 헤세의 긴 헌사가 담긴 시집 『고독한 자를 위한 음악』을 나란 히 놓고 찍은 사진도 첨부했습니다. 글을 쓰겠다고 허가를 요

청하는 외국인이 아니라, 고전을, 헤세를 정말로 사랑하는 애
독자라는 것을 보여주고 싶었습니다.

답장은 생각보다 빨리 왔습니다.
그리고 생각보다 많은 것이 담겨 있었습니다.

먼저 한스페터 지겐탈러-헤세 씨에게서 편지가 왔습니다.
이 편지를 두 번, 세 번 읽었습니다. 사진과 그림을 얼마든지
무상으로 지원하겠다는 것도 감사했지만, 마지막 문장 때문이
었습니다.

분명 헤르만 헤세도 이 책을 좋아했을 겁니다.

이 한 문장의 무게를 설명하려면, 이 편지를 보낸 사람이
누구인지를 설명해야 합니다.
한스페터 지겐탈러-헤세.
성에 '헤세(Hesse)'가 있습니다. 헤르만 헤세 가족의 일원
이었습니다. 한스페터 지겐탈러-헤세의 사별한 아내, 고(故)
지빌레가 헤르만 헤세의 손녀였습니다. 다시 말해 그는 앞서
언급했던, 헤세와 생전에 1,500통의 편지를 주고받은 그 셋째
아들 마르틴 헤세의 사위입니다. 그들의 아들은 헤르만 헤세
의 직계 후손―증손자입니다. 헤세의 피가 흐르는 사람들이

강원도 원주의 원룸에서 글을 쓰고 있는 어느 작가에게, 당신이 지금 쓰고 있는 주제를 헤세도 분명 좋아했을 거라고 써준 것입니다.

가만히 앉아, 안부라는 말에 대해 다시 생각했습니다.

반 고흐가 테오에게 바다의 색을 전한 것, 헤세가 독자에게 수채화를 보낸 것, 그리고 지금 헤세의 손녀사위가 한국의 작가에게 보내준 따뜻한 한 문장.

며칠 후 편지에선 더 많은 것이 열렸습니다. 지겐탈러-헤세 씨는 우리가 나눈 대화를 책에 싣는 것에 '매우 기꺼이 동의한다(sehr gerne einverstanden)'고 했고, 저를 스위스 보트밍엔의 자택으로 초대했습니다. 그리고 두 가지를 먼저 제안했습니다. 하나는 헤세의 수채화도 이 책에 넣는 게 어떻겠냐는 것이었고, 다른 하나는 마르틴 헤세가 찍은 헤르만 헤세의 사진 아카이브를 확인해보라는 링크였습니다.

그에게 헤르만 헤세란 어떤 사람이었을까요. 편지에서 그는 이렇게 썼습니다.

"내가 헤르만 헤세를 특별하고 소중히 생각하는 점은 그의 위대한 인간성입니다. 그의 작품과 편지뿐 아니라 삶의 방식 자체에서 드러나는. 헤세는 살아가면서 그렇게 많은 사람들을 도왔습니다. 말로만이 아니라."

4만 4천 통의 편지를 쓴 사람을 가장 가까이에서 기억하는 가족의 첫마디가 인간성(Menschlichkeit)이었습니다.

1930년대와 1940년대 스위스에 살았던 헤르만 헤세는 당시 독일 나치 정권을 피해 피난 온 유대인들과 지식인들에게 무상으로 잠잘 곳과 음식을 제공했습니다. 반전주의 글을 썼다고 자신을 매국노, 배신자라고 비난했던 바로 그 고국 독일 사람들에게 말입니다.

마르틴 헤세

1911년에 태어난 헤세의 셋째 아들 마르틴. 헤세가 1919년 가족을 떠나 테신으로 갔을 때 그는 일곱 살이었습니다. 어머니 미아와 똑같은 조울증을 앓았고, 사진작가가 되어 수십 년간 아버지를 렌즈로 바라보았습니다. 그가 찍은 아버지의 사진들은 '이콘'이 되었습니다. 마르틴 헤세는 생전에 이런 글을 남겼습니다.

'저는 암실에 너무 오래 있습니다, 제가 원하는 것 이상으로.'

사진작가의 암실이 동시에 우울증의 은유가 되는 문장입니다. 아들이 아버지를 렌즈로 바라보는 행위—그것도 하나의 안부였을 것입니다. 떠나간 아버지에게, 카메라를 통해 건네는 무언가.

지겐탈러-헤세 씨는 편지 끝에, 2023년에 주어캄프 출판사에서 헤세와 마르틴의 서신집 『사랑하는 브뤼디!(Mein lieber Brüdi!)』를 출간했다고 알려줬습니다. 헤르만 헤세가 아들에게 보낸 편지, 1919년부터 1962년까지. '잃어버린 신뢰와 관계를 편지로 다시 세우려는 시도.'

이 문장은, 제가 쓰고 있는 지금 이 책의 주제와 정확히 같은 결이었습니다. 반 고흐가 테오에게 보낸 안부, 헤세가 아들에게 보낸 안부―둘 다 편지였고, 둘 다 잃어버린 것을 되찾으려는 시도였고, 둘 다 끝내 완성되지 못했습니다. 반 고흐는 마지막 편지를 쓰다 만 채로 세상을 떠났고, 마르틴은 아버지가 떠난 뒤 오래 살지 못했습니다.

며칠 뒤 어느 새벽, 스위스에서 파일 전송 링크가 왔습니다. 스위스트랜스퍼(Swisstransfer). 보낸 사람은 보트밍엔의 지겐탈러-헤세 씨였습니다. 파일 전송이 처음에 실패했던 모양입니다. 다른 방법을 찾아, 이 새로운 서비스를 통해 다시 보내줬습니다.

헤세의 수채화 9점. 마르틴에게 쓴 편지 3통. 마르틴이 찍은 아버지의 사진 20장. 한 장 한 장 파일을 열어보았습니다. 보트밍엔의 컴퓨터 앞에 앉아, 이 수채화를 넣을까, 저 편지를 넣을까 고심하며 골라주고 있었을 노인의 모습이 떠올랐습니다. 저는 한참 동안 화면 앞에 앉아 있었습니다.

이후로 저는 지겐탈러-헤세 씨와 수십 통의 편지를 주고받았습니다. 저의 아버지와 어머니가 연애하던 시절, 아버지가 어머니의 막내 여동생을 처음 만났을 때 헤르만 헤세의 『나르치스와 골드문트』를 선물했었다는 이야기, 고등학생 때의 그 일을 막내 이모가 아직도 기억하고 있다는 그런 소소한 이야기들이 오갔습니다. 그리고 저는 그에게 어머니를 소개했습니다. 몇 년 전―아마도 훨씬 이전부터― 어머니가 정신적으로 힘든 시기를 보냈고 바로 그 시기에 수채화를 그리기 시작했다는 이야기였습니다. 그리고 덧붙였습니다.

"마치 헤세처럼 말이죠."

어머니가 얼마 전 반려동물을 떠나보낸 뒤 그린 수채화를 사진으로 찍어 그에게 보내줬습니다. 지겐탈러-헤세 씨는 그 편지에 이렇게 답했습니다.

"너무나 밝고 사랑스럽고 아름다운 그림입니다. 그림과 같은 창작 활동은 정신적으로 어려운 시기에 정말로 큰 도움이 됩니다. 어머님께 꼭 제 안부를 전해주십시오. 건강과 기쁨이 어머님께 함께 하기를 진심으로 기원합니다."

어머니께 그의 말을 전했습니다. 어머니는 당신이 가장 좋아하는 작가 '헤르만 헤세'의 가족에게 그런 격려를 받은 것에 답례로 헤르만 헤세가 살았던 스위스 몬타뇰라의 풍경 수채화를 그리기 시작했습니다. 이 책이 완성되면 책과 함께 어머니의 그림을 액자에 담아 보트밍엔으로 함께 보낼 생각입니다. 물론 그 전에 톨스토이 고양이 가족 저녁밥부터 챙겨줘야겠지요.

이것이 무엇일까요?

안부입니다.

Young eun

이영은
《우리 집에 잠시 머물렀던
천사를 기억하며》
2025

den mächtigsten Idealisten
und rührendsten Märtyrer
in der neuen Kunst,…
der aus übergroßer Liebe zu den
Menschen einsam wurde,
der aus übergroßer Vernunft
wahnsinnig wurde

새로운 예술에서
가장 강력한 이상주의자이자
가장 감동적인 순교자,…
지나친 인류애 때문에 고독해졌고,
지나친 이성 때문에 미쳐버린 사람

6

지나친 사랑, 지나친 이성

헤세가 반 고흐에게 보낸 안부

헤르만 헤세는 반 고흐에게 세 통의 안부를 보냈습니다. 한 통은 그의 그림에, 한 통은 그의 삶에, 한 통은 그의 편지에. 세 통 모두 반 고흐가 죽고 나서야 쓰였습니다. 살아 있는 동안 한 번도 만난 적 없는 사람에게 보내는 편지는 대개 그런 것입니다.

반 고흐가 세상을 떠난 해가 1890년, 헤세가 태어난 해가 1877년이니, 반 고흐가 죽었을 때 헤세는 열세 살이었습니다.

열세 살.

헤세가 후일 『간추린 이력서(Kurzgefasster Lebenslauf)』에서 '나는 열세 살 때부터 시인이 되거나 아무것도 되지 않겠다고 결심했다(…von meinem dreizehnten Jahr an war mir das eine klar, daß ich entweder ein Dichter oder gar nichts werden wolle)'고 회고한 바로 그 나이입니다. 한 사람은 삶을 끝내는 중이었고, 다른 한 사람은 삶을 시작하는 중이었습니다. 그런 두 사람 사이에 안부가 오가려면 수십 년의 우회가 필요했습니다.

첫 번째 안부는 의자의 형태로 도착했습니다.

1918년, 헤세는 「등의자 이야기」(Märchen vom Korbstuhl)라는 짧은 동화를 썼습니다. 화가가 되고 싶은 한 청년이 매일 거울 앞에 앉아 자화상을 그리는데 결과가 마음에 들지 않습니다. 좌절한 청년은 미천한 출신에서 유명해진 예술가들의 전기를 읽기 시작합니다—자기 운명의 거울을 거기서 찾으려는 것이지요. 그중 한 네덜란드 화가의 이야기에 멈춥니다. 좋은 화가가 되고 싶다는 집념에 사로잡힌 그 네덜란드 화가.
프랑스 학술지 Germanica는 이 대목을 이렇게 요약합니다.

Le peintre hollandais était parvenu à représenter avec amour et authenticité une vieille chaise bancale et rustique.

그 네덜란드 화가는 낡고 삐걱거리는 시골 의자를 사랑과 진실로 그려내는 데 성공했다.

화려한 것도, 거대한 것도 아닌—낡은 의자 하나를 온전히 사랑하는 것만으로 위대한 그림이 되었다는 이야기입니다.

빈센트 반 고흐가 그린 의자를 봅시다. 노란 밀짚 좌석과 타일 바닥, 파이프와 담배. 헤세는 작품 안에서 반 고흐의 이름을 직접 쓰지 않았습니다. 학술 문헌에도 '네덜란드 화가'로만 나옵니다. 하지만 낡은 의자를 사랑으로 그린 네덜란드 화가는 반 고흐 외에 없습니다. 반 고흐의 의자 그림만큼 많은 연구가 쏟아진 정물화가 미술사에 또 있을까요.

동화는 이렇게 끝납니다. 청년은 결국 그림의 불만족에 지쳐—세상 최고의 화가라 해도 결국 사물의 단순한 표면밖에 그리지 못한다며—작가가 되기로 결심하고 다락방을 떠납니다. 등의자만 홀로 남습니다.

등의자는 다락방에 홀로 남았다. 젊은 주인이 이미 떠나버린 것이 안타까웠다. 의자는 가끔씩 말을 건네고 싶었고, 자기가 젊은 사람에게 가르쳐줄 만한 귀한 것들이 있다는 걸 알고 있었다. 그러나 이제 안타깝게도 그 일은 일어나지 않았다.

반 고흐의 의자를 사랑한 청년이 화가 대신 작가가 됩니다—이것은 물론 헤세 자신의 이야기이기도 합니다. 그런데 이 동화가 쓰인 시점이 중요합니다. 1918년. 바로 이 무렵, 마흔한 살의 헤세가 처음으로 본격적으로 그림을 그리기 시작했기 때문입니다. 4년간의 전쟁, 아내의 정신병원 입원, 아들의 병, 그리고 자기 자신의 위기로 1916년 봄부터 융 학파의 분석가 요제프 베른하르트 랑 박사에게 심리 치료를 받던 시기.

랑 박사는 헤세에게 꿈을 말로만 전하지 말고(펜을 내려놓고) 그림으로 그려보라고 권합니다. 꿈의 시각화라는 분석 치료의 일환이었습니다. 그 과정에서 헤세는 자신에게 회화에 재능이 있다는 사실을 발견합니다.

동화 「등의자 이야기」 속 청년이 의자 앞에서 화가 대신 작가가 되었다면, 헤세는 수십 년 뒤에 다시 돌아와 결국 붓을 들었습니다. 반 고흐의 의자 그림에 보낸 이 안부는, 헤세가 자기 자신에게 보낸 안부이기도 했습니다.

나는 다알리아 밭도 만들었고, 길 양쪽에 수백 그루의 해바라기가 모범적인 크기로 자라고, 그 발치에 수천 송이의 한련이 온갖 빨강과 노랑으로 피어 있는 긴 가로수길도 만들었다.

이것은 헤세가 등의자 동화를 쓰기 훨씬 전, 가이엔호펜의 젊은 시절 기억입니다. 그리고 테신의 몬타뇰라로 이주한 뒤에도 헤세는 다시 해바라기를 심고, 해바라기를 그렸습니다. 해바라기는 헤세의 정원에서, 그리고 반 고흐의 화폭에서 한 번도 떠나지 않았습니다.

헤르만 헤세 《해바라기와 벤치 의자가 있는 나무집》 1921

두 번째 안부는
한 화가의 마지막 여름으로 도착했습니다.

이듬해인 1919년, 헤세는 『클링조어의 마지막 여름(Kling-sors letzter Sommer)』을 썼습니다. 헤세 자신이 훗날 이렇게 회고합니다.

Es war im Jahre 1919. Der vierjährige Krieg war zu Ende, die Welt schien in Scherben geschlagen.

1919년이었다. 4년간의 전쟁이 끝났고, 세계는 산산조각 난 듯했다.

그 폐허의 여름에 헤세는 몬타뇰라로 이사합니다. 그리고 마흔두 살의 표현주의 화가 클링조어가 남유럽에서 마지막 여름을 보내는 이야기를 씁니다. 클링조어는 광적으로 그리고, 광적으로 마시고, 자화상을 남기고, 죽음을 향해 걸어갑니다. 출판사의 공식 서지가 이 소설과 반 고흐의 관계를 가장 간결하게 요약합니다.

한 화가의 마지막 생애 수개월을 그린다. 그의 삶에 대한 갈망과 창작의 광기는 빈센트 반 고흐의 강렬함을 떠올리게 한다.

헤세의 첫 번째 전기 작가 후고 발(Hugo Ball)은 한 발 더 나갑니다. 이 소설을 읽으면서 반 고흐를 떠올리지 않을 수 없다는 것입니다.

An van Gogh muß man bei der Lektüre dieses »Klingsor« heftig denken. Zweimal wird er im Buche zwar nicht genannt, aber doch gestreift. Arles ist genannt, und auch Gauguin ist genannt.[42]

이 『클링조어』를 읽으면서 반 고흐를 격렬하게 떠올리지 않을 수 없다. 소설 안에서 반 고흐는 직접 언급되지는 않지만, 두 번 스쳐 지나간다. 아를이 언급되고, 고갱도 언급된다.

둘 다 화가였고, 둘 다 광적인 창작 몰입 속에서 자신을 완전히 잊을 수 있었으며, 예술을 위해 살았고, 우울증에 시달렸습니다. 클링조어의 화풍은 비평가들에 의해 '타오르는 불꽃

42　Hugo Ball, Hermann Hesse: Sein Leben und sein Werk, 1927

양식(lodernder Flammenstil)'이라 묘사되었는데, 이것은 반 고흐 회화의 문학적 대응이었습니다. 소설 속에서 클링조어의 친구 루이(Louis)는 실제로 헤세의 화가 친구인 루이 모아예를 모델로 했습니다. 이 모아예는 파울 클레, 아우구스트 마케와 함께 저 유명한 1914년 튀니지 여행[43]을 떠난 인물입니다. 헤세는 이런 화가 친구들 사이에서 반 고흐의 그림자를 좇고 있었습니다.

그러나 헤세는 소설 안에서 반 고흐의 이름을 직접 쓰지 않습니다. 대신 클링조어라는 이름 뒤에 그를 숨깁니다. 마치 전에 쓴 동화에서 '네덜란드 화가'라고만 쓴 것처럼. 마흔두 살의 표현주의 화가가 남유럽에서 마지막 여름을 불태우며 자화상을 남기고 죽어가는 이야기—반 고흐의 이름을 쓸 필요가 없었을 것입니다. 읽는 사람은 누구나 알아보니까요.

여기에 하나의 전기적 사실을 덧붙이겠습니다. 헤세가 『클링조어의 마지막 여름』을 쓴 1919년, 헤세 자신도 마흔두 살이었습니다. 소설 속 클링조어의 나이와 정확히 같습니다. 헤세가 자기 자신의 나이를 클링조어에게 부여한 것은, 이 소설이

---

43 1914년 튀니지 여행: 파울 클레, 아우구스트 마케, 루이 모아예가 함께 떠난 2주간의 여행. 북아프리카의 빛과 색채에 압도된 클레는 이 여행 중 "나와 색채는 하나다. 나는 화가다"라는 유명한 선언을 남겼다.

반 고흐에 대한 안부인 동시에 자기 자신에게 던지는 질문이
기도 했다는 뜻입니다.

　　나의 마지막 여름은 언제인가.
　　나는 무엇을 남기고 갈 것인가.

세 번째 안부는 가장 직접적이었습니다.

　반 고흐의 편지 독일어판(1914년)이 나온 뒤, 헤세는 이 편지들에 대한 서평을 씁니다. 동화도 아니고 소설도 아닌, 비평이었습니다. 허구의 옷을 벗고 처음으로 반 고흐를 직접 불렀습니다.

den mächtigsten Idealisten und rührendsten Märtyrer in der neuen Kunst, … der aus übergroßer Liebe zu den Menschen einsam wurde, der aus übergroßer Vernunft wahnsinnig wurde[44]

　새로운 예술에서 가장 강력한 이상주의자이자 가장 감동적인 순교자, … 지나친 인류애 때문에 고독해졌고, 지나친 이성 때문에 미쳐버린 사람

übergroßer Liebe – 지나친 사랑.
übergroßer Vernunft – 지나친 이성.

44　『Briefe an seinen Bruder』, Bruno Cassirer Verlag, 1914

지나친 사랑과 지나친 이성. 빈센트 반 고흐를 이렇게 정확하게 관통하는 문장이 있을까요? 빈센트도 같은 단어를 썼습니다. 죽기 열흘 전, 어머니에게 보낸 편지에서 자신의 상태를 '거의 지나치게 큰 평온함(haast al te groote kalmte)'이라고 적었습니다. 네덜란드어 'te groote'와 독일어 'übergroßer'는 같은 뜻입니다. 헤세가 이 편지를 네덜란드어 원문으로 읽었는지는 알 수 없습니다. 다만 부서진 사람이 부서진 사람의 상태를 묘사할 때 같은 접두어를 골랐다는 사실은 남습니다.

대개 사람들은 반 고흐를 한쪽으로 읽습니다. 미치광이이거나, 성인(聖人)이거나. 광기 쪽으로 읽는 사람들은 잘린 귀와 정신병원과 권총을 이야기하고, 성인 쪽으로 읽는 사람들은 보리나주 탄광촌에서 병자들에게 자기 옷을 벗어주던 청

빈센트 반 고흐 《땅을 파는 사람들》 1880

넌을 이야기합니다. 헤세는 둘 다라고 말합니다. 지나친 사랑과 지나친 이성이 같은 사람 안에서 공존했고, 바로 그 과잉(über-)이 고독과 광기를 동시에 낳았다고. 사랑이 지나쳐서 고독해졌다는 것, 이성이 지나쳐서 미쳤다는 것—이 역설을 이렇게 간결한 대구 하나에 담아낸 사람은 헤르만 헤세밖에 없습니다.

반 고흐가 1880년 여름, 퀘므에서 동생 테오에게 보낸 편지를 떠올려보겠습니다. 반 고흐는 거기서 자기 자신을 새장 속의 새에 비유합니다. 새장에 갇힌 새는 봄이 오면 본능적으로 압니다.

내가 해야 할 일이 있다, 둥지를 틀어야 하고 새끼를 키워야 한다, 그런데 나는 그것을 할 수가 없다.

그리고 자기 머리를 창살에 부딪칩니다. 같은 편지에서 반고흐는 이렇게도 씁니다.

영혼 안에 커다란 불이 있는데, 아무도 그 불 곁에 몸을 녹이러 오지 않는다. 지나가는 사람들은 굴뚝에서 약간의 연기가 나오는 것만 보곤 제 갈 길을 가 버린다.

새장 속에서 머리를 부딪치는 새, 아무도 곁에 오지 않는
불―이것이 바로 헤세가 알아본 면입니다. 지나친 사랑은 고독
을 낳고, 지나친 이성은 광기를 낳는다. 사랑하는 것이 잘못이
아니라 지나치게 사랑한 것이 고독의 원인이었고, 미친 것이
아니라 지나치게 이성적이었던 것이 광기의 원인이었다고―
이것이 헤세가 반 고흐의 편지에서 읽어낸 것이었습니다.

세 통의 안부를 놓고 보면,
헤세의 궤적이 보입니다.

1918년: 반 고흐의 그림 앞에서 동화를 씁니다. 의자를 사랑으로 그린 화가의 이야기를.

1919년: 반 고흐의 삶 앞에서 소설을 씁니다. 마지막 여름을 불태운 화가의 이야기를.

그리고 반 고흐의 편지 앞에서 서평 한 줄을 남깁니다. 지나친 사랑과 지나친 이성을.

그림에서 삶으로, 삶에서 편지로 점점 더 깊이 들어갑니다. 반 고흐가 그린 것에서, 반 고흐가 산 것으로, 반 고흐가 쓴 것으로. 장르도 함께 달라집니다. 동화에서 소설로, 소설에서 비평으로. 허구에서 사실로. 그리고 가장 깊이 들어간 곳에서 나온 문장이 가장 짧습니다. 이것이 안부의 형태입니다. 정말로 상대방을 이해하고 나면 많은 말이 필요 없습니다.

세 편의 글이 쓰인 시기가 헤세의 삶에서 어떤 시기였는지도 기억해두시면 좋겠습니다. 1916년부터 1919년 사이, 전쟁과 가정의 붕괴와 정신적 위기로 랑 박사의 분석 치료를 받고, 처음으로 그림을 그리기 시작하고, 베른을 떠나 몬타뇰라에 홀로 정착한 시기입니다. 아내 마리아 베르눌리는 정신병원에 입원해 있었고, 세 아들은 지인들에게 맡겨진 상태였습니다.

헤세가 가장 부서져 있던 시기에 반 고흐를 가장 가까이 읽은 것입니다. 부서진 사람만이 부서진 사람의 편지를 제대로 읽을 수 있는 법이니까요.

빈센트는 마지막 편지에 서명을 남기지 못했습니다. 헤세는 동화 속 '네덜란드 화가'에게도, 소설 속 '클링조어'에게도 빈센트라는 이름을 쓰지 않았습니다. 이름 없이 건넨 안부들입니다. 그러나 그 이름 없음이야말로 가장 정확한 안부였을지 모릅니다. 보내는 사람도, 받는 사람도 서명이 없는……

그런 안부 말입니다.

헤르만 헤세 《해바라기》 1920

우리가 타라스콩이나 루앙에 갈 땐 기차를 타고 가지만,
별까지 갈 땐 죽음을 타고 간단다.

빈센트 반 고흐 (1888년 테오에게, Letter 638)

7

두 사람의 세나클[45]

헤르만 헤세 & 빈센트 반 고흐
두 거장의 질문

---

45 세나클(cénacle): 최후의 만찬이 열린 곳 또는 뜻을 같이하는 문학·예술인의
모임

헤르만 헤세
「예술가」

세상의 소란과 먼지 위

더 맑은 공기 속에

나는 자리 잡고 머무르며

천사가 노래하듯

대지의 노래를 부르네.

세상의 소란과 먼지 아래

시든 머리카락에 시든 화관을 쓴 채

나는 풀밭에 누워 조용히 미소 짓네

그리고 아네, 세상이 웃으며 내 머리에 씌워준

이 즐거운 화관이

내 삶의 힘과 광채를 삼켜버렸음을

그리고 아네, 이 희생이 헛수고였음을.

헤르만 헤세
『나르치스와 골드문트』

이것이 예술의 비밀이다. 예술가는 재료와의 싸움 속에서
자신을 갈아 넣는다. 그러나 완성된 작품에는 싸움의 흔적이
남아 있지 않다.

헛수고였다는 것을 안 뒤에도,
당신은 왜 멈추지 않았습니까?

빈센트 반 고흐 《자화상》 1889 ▶

헤르만 헤세
「소멸」

사람이 한번 너무 지치면
아이들의 놀이를 더 이상 이해하지 못하고
사랑하는 얼굴들 위로
갈망 없이 시선이 지나가네.
더 지치면 사람은
나쁜 사람들이 모욕해도
분노하거나 소리치지 않고
우는 것조차 싫어지네.
그때야 비로소 그의 눈이 크고 성스러워지네,
모든 빛이 그 안에서 불탔으므로.
그때야 비로소 그의 눈이 크고 고요해지네,
거룩한 빛이 꺼졌으므로.

당신 안에서 가장 먼저 꺼진 것은 무엇이었습니까?

새장 속의 새를 생각해봐. 봄이 오면 새는 자기가 해야 할 일이 있다는 걸 강하게 느껴. 하지만 할 수가 없지. 그게 무엇인지 잘 기억나지 않고, 막연한 생각이 들어서 혼잣말을 해―다른 새들은 둥지를 틀고 새끼를 낳고 새끼를 기르는데…―그리고는 새장 창살에 머리를 부딪치지.

그런데 포로는 살아 있고 죽지 않아. 안에서 일어나는 일은 밖으로 아무것도 드러나지 않거든. 건강하고 햇살 아래서 그런대로 밝기도 해. 그러나 철새의 계절이 와. 우울의 발작―하지만, 새를 돌보는 아이들이 말하지, 새장 안에 필요한 건 다 있잖아―

"저것 봐, 게으름뱅이 하나를." 지나가는 다른 새가 말해. 그 새는 이자로 먹고사는 부류야.

새는 밖을 내다봐, 폭풍을 머금고 부풀어 오른 하늘을, 그리고 안에서 운명에 대한 반란을 느껴.

"나는 새장 안에 있다, 나는 새장 안에 있다, 그러니 내게 부족한 것은 아무것도 없다, 이 바보들아! 내게 필요한 건 다 있단 말이다! 아, 제발, 자유를, 다른 새들처럼 새가 되는 것을!"

헤르만 헤세
『데미안』

Ich wollte ja nichts als das zu leben versuchen, was von selber aus mir heraus wollte. Warum war das so sehr schwer?

나는 다만 내 안에서 저절로 나오려는 것을 살아보고 싶었을 뿐이다. 왜 그것이 그토록 어려웠을까?

Der Vogel kämpft sich aus dem Ei. Das Ei ist die Welt. Wer geboren werden will, muß eine Welt zerstören. Der Vogel fliegt zu Gott. Der Gott heißt Abraxas.

새는 알에서 나오려고 투쟁한다. 알은 세계다. 태어나려는 자는 하나의 세계를 파괴해야 한다. 새는 신에게로 날아간다. 그 신의 이름은 아브락사스.

당신은 알을 깨는 쪽입니까,
창살에 머리를 부딪치는 쪽입니까?

헤르만 헤세 《아라지오를 향하여》 1931

빈센트 반 고흐 《오베르의 집들》 1890

헤르만 헤세
『싯다르타』

Wissen kann man mitteilen, Weisheit aber nicht.
지식은 전달할 수 있지만, 지혜는 그럴 수 없다.
지혜는 발견할 수 있고, 살아낼 수 있고, 지혜에 이끌릴 수 있고, 지혜로 기적을 행할 수 있다. 그러나 말하거나 가르칠 수는 없다. 이것을 예감한 것이, 일찍이 젊은 시절 때때로 예감했던 것이, 나를 스승들로부터 떠나게 한 것이다.

Ich habe einen Gedanken gefunden, Govinda,
나는 하나의 생각을 발견했다, 고빈다.
네가 다시 농담이나 어리석음이라 여기겠지만, 그것이 내 최고의 생각이다. 그것은 이렇다: 모든 진실의 반대도 마찬가지로 참이다! 즉, 진실은 오직 한쪽 면만을 보여줄 때만 말과 껍데기로 감쌀 수 있다.

헤르만 헤세
『클링조어의 마지막 여름』

Dieser Tag kommt nie wieder und wer ihn versäumt hat, zu essen, zu trinken, zu riechen und zu schmecken, dem wird er nie und in aller Ewigkeit mehr angeboten werden. Nehmen Sie das Blau dort, das fabelhafte Blau, mit dem der See den Wald anstrahlt – das werden Sie nie genau so wiederfinden, Herr Professor!

이날은 결코 다시 오지 않습니다. 이날을 먹고, 마시고, 향기 맡고, 맛보는 일을 소홀히 한 이에게, 이날은 영겁의 시간 속에서 다시는 주어지지 않을 것입니다.

저기 저 파랑을 보십시오. 호수가 숲을 환히 비추는 저 기막힌 파랑을요.

교수님, 저 빛깔은 다시는 똑같이 마주할 수 없는 것입니다!

헤르만 헤세
「불면증」

의식의 마지막 경계에서
정신은 지치고 험악하게 깨어 숨어 기다리네,
순간들 속에서 천 번의 삶을
그림자처럼 살아가며, 열병으로 지쳐
영원히 어떤 안식도 기대하지 않은 채.

꿈꾸는 혈관의 유희에서 어둡게 타오르네
삶에 대한 ― 죽음에 대한 그리움이,
정신이 쓴웃음을 지으며
노인처럼 그것을 조롱하네.

침묵하는 고문 속에서
수천 개의 신경들이 그 섬세하고
귀 기울이는 삶을 호흡하며, 모든 소리에
대답하고 밤의 모든 미동을
고통스러운 긴장으로 엿듣네.

그때 ― 음악이! 떨리는 먼 곳으로부터
음들이, 고귀하고 신성한 음들이 불어오네,

윤무를 엮으며 밤을 퍼 올리고,
그 무섭도록 긴 밤을, 유희하듯
살아있는 박자 속으로, 시간을 풀어내네
미소 지으며 무한으로부터.

보라, 그리고 깊은 곳에서 다채롭게
지친 영혼의 심연에서 솟아오르네
애정 어린 낮의 형상들이;
기억은 축복 속에 탐닉하네
빛들로, 진실된 그림들로 가득 차서.

꽃 피는 나무들! 윤무를 추는 아이들!
꽃들, 색채들, 빛나는 사람의 눈동자들이
놀랍고도 잃어버리지 않은 채 인사하네
형태 없는 어둠 속으로.

마치 타오르는 여름밤에
시들어가는 정원들을 이슬이 만지듯,
기억이 마법의 손으로 내게 조용히 닿네

침묵하는 현들에, 그리고 꿈꾸듯
감각들은 현실의 거울 속을 거니네.

오 기억이여, 그대 유일한 여신이여,
위로자여, 내 인사를 받으라!
이제 고요히 그리고 마법에 걸린 자처럼 귀 기울이며
나는 한때 살았던 시간들의 행렬이
영원한 낮 속에서 파괴되지 않은 채 거니는 것을 보네,
각각이 완벽하게, 각각이 시간에서 벗어난 채.

그동안 밤은 창문에서 은밀히 향기를 내뿜고,
은밀히 황금빛 잠이 기다리며 나에게 던지네
이미 다가오는 땅으로부터
그의 구원의 밧줄을.

어둠이 없었다면,
당신이 그 색채들을 볼 수 있었겠습니까?

▲ 빈센트 반 고흐 《생레미 정신병원의 정원》 1889

두 사람의 세나클 393

헤르만 헤세,
「계단」[46]

Und jedem Anfang wohnt ein Zauber inne,
그리고 모든 시작에는 마법이 깃들어 있다,

우리를 지켜주고 살아가게 도와주는 마법이.
우리는 명랑하게 공간에서 공간으로 걸어가야 한다,
어떤 곳에도 고향처럼 매달리지 말고,
세계의 정신은 우리를 묶고 좁히려 하지 않는다,
계단 위로 계단, 우리를 들어 올리고 넓히려 한다.
……

어쩌면 죽음의 시간조차
우리를 새로운 공간으로 젊게 보내줄 것이다,
삶의 부름은 결코 끝나지 않으리니…
자, 그러면 심장이여, 작별을 고하고 건강해져라!

---

46 『유리알유희(DasGlasperlenspiel)』 1943

빈센트 반 고흐
「설교문: 순례자」[47]

우리의 삶은 순례자의 여정입니다. 나는 한때 매우 아름다운 그림을 본 적이 있습니다. 그것은 저녁 무렵의 풍경이었습니다. 오른편 먼 곳으로 저녁 안개에 파랗게 물든 구릉이 줄지어 있고, 그 위에 석양이 빛나며 은빛과 금빛과 보랏빛 자락을 단 회색 구름이 떠 있었습니다. 풍경은 풀과 헤더 꽃으로 덮인 평원이었고, 여기저기 자작나무의 하얀 줄기와 노란 잎이 보였습니다―가을이었으니까요. 풍경 사이로 한 줄기 길이 아주 먼 곳, 아주 아주 먼 곳에 있는 높은 산으로 이어지고, 그 산 꼭대기에 도시가 있었는데 지는 해가 그 위에 영광을 비추고 있었습니다. 길 위에 한 순례자가 지팡이를 짚고 걸어가고 있었습니다. 이미 오래 걸어온 터라 몹시 지쳐 있었습니다.

그가 한 여인을 만납니다. 검은 옷을 입은 형상인데, 바울의 말씀―슬퍼하나 항상 기뻐하는―을 떠올리게 하는 모습이었습니다. 하느님의 그 천사는 순례자를 격려하고 그의 물음에 답하기 위해 그곳에 놓여 있었습니다.

---

47 리치먼드 웨슬리안 감리교회에서 빈센트가 한 설교로 빈센트는 테오에게 쓴 편지에 그 원문을 삽입했다. (1876년 11월 3일, Letter 096)

순례자가 묻습니다 — 이 길은 끝까지 오르막입니까?

대답합니다 — "네, 맨 끝까지."

다시 묻습니다 — 이 여행은 하루 종일 걸립니까?

대답합니다 — "아침부터 밤까지, 벗이여."[48]

그리하여 순례자는 슬퍼하나 항상 기뻐하며 다시 걸어갑니다.

---

48 크리스티나 로세티(Christina Rossetti)의 시 「오르막길(Up-Hill)」(1861).

당신이 걷는 그 길은
끝까지 오르막입니까?

빈센트 반 고흐 《바위와 나무들》 1889

친구 에밀 베르나르에게 쓴 편지

(1888년 6월 26일, Letter 632)

셀 수 없이 많은, 서로 다른 행성과 태양에도 비슷한 선과 색채와 형태가 있으리라는 가정을 반박할 근거는 없으므로, 우리가 더 높은 조건에서, 다른 삶에서 그림을 그릴 수 있으리라는 가능성 앞에서 약간의 희망을 품어도 될 거야. 그리고 그 삶에 이르는 과정은, 애벌레가 나비로 변하는 것보다 더 불가해하거나 놀라운 것은 아닐 수 있지.

화가–나비의 존재 무대는 셀 수 없는 별 중 하나일 수 있으며, 우리가 죽으면 그 별들은 아마도, 이 지상의 삶에서 지도 위의 검은 점이 도시와 마을을 나타내듯, 우리에게 닿을 수 있는 곳이 될 거야.

그 별에 닿으면,
당신은 무엇을 그리겠습니까?

빈센트 반 고흐
(테오에게 1888년 7월 9—10일 Letter 638)

Mais toujours la vue des étoiles me fait rêver aussi simplement que me donnent à rêver les points noirs représentant sur la carte géographique villes & villages.

Pourquoi, me dis je, les points lumineux du firmament nous seraient elles moins accessibles que les points noirs sur la carte de France.

그러나 항상 별을 바라보면 꿈이 찾아오지. 마치 지도 위에서 도시와 마을을 나타내는 검은 점들이 꿈을 불러일으키듯, 그처럼 소박하게. 나는 자문하지, 창공의 빛나는 점들이, 프랑스 지도의 검은 점들보다 닿기 어려운 곳일까 하고.

Si nous prenons le train pour nous rendre à Tarascon ou à Rouen nous prenons la mort pour aller dans une étoile.

우리가 타라스콩이나 루앙에 가기 위해서 기차를 탄다면, 별에 가기 위해선 죽음을 탄단다.

헤르만 헤세
「장엄한 저녁 음악·안단테」

어디에도 의미는 없고, 어디에도 확실한 목적은 없네 —

그럼에도 모든 숲의 시냇물은 내게 말을 거네,

웅웅거리는 모든 파리는 깊은 법칙에 대해,

거룩한 질서에 대해,

그 하늘의 아치 또한 나를 덮고 있으며,

그 비밀스러운 울림은

별들의 운행에서처럼

내 심장의 박동 속에서도 울려 퍼지네.

의미가 없다는 것을 안 뒤에
들리기 시작한 안부가 있습니까?

안부란 무엇이었는가

군터 뵈머의 삽화가 포함된 1933년 판본 『헤르만 라우셔』를 옮기다가 자꾸 멈추게 되는 대목이 있었습니다. 엘리자베트의 옆모습을 묘사하는 문장들. 말하고 싶은데 말하지 못하는 사람 특유의 과잉 묘사. 눈빛이 아니라 '눈빛이 만드는 선'을, 얼굴이 아니라 '이마에서 코끝까지 이어지는 윤곽선'을 적는 그 집요함. 번역하면서 생각했습니다. 이건 관찰이 아니라 고백의 대용물이다. 직접 말할 수 없으니까 묘사라도 정확히 하는 것이다.

반 고흐 뮤지엄 사이트에 공개된 빈센트 반 고흐 관련 편지는 무려 928통입니다. 한두 문단으로 된 짧은 편지부터 열 페이지가 넘는—단편 소설 분량의—장문의 편지까지. 하나하나 모든 편지를 열어가며 살폈습니다. 그런 뒤 동생 테오에게 보낸 편지를 중심으로 다시 정독했습니다. 그중에서 골랐습니다. 고르는 기준은 하나였습니다. 돈을 요청하는 문장과 안부가 같은 편지 안에 들어 있는 것.

처음에 저는 그 안부가 따뜻한 것이라고 생각했습니다. 헤세의 Grüss도, 반 고흐의 Poignée de main도, 누군가를 향한 다정함이라고. '들어가며'에서 저는 '다정했기에 저렴한 서명과 고독했기에 천문학적인 서명'이라고 썼습니다. 그 문장이 틀렸다고는 생각하지 않습니다. 하지만 편지를 수백 통 넘게 읽고 나니, 그것만은 아니었습니다.

반 고흐가 '악수를 보내며'라고 쓸 때, 그 직전 문장은 거의 대부분 돈 이야기였습니다. '물감을 보내줘', '한 푼도 없어', '빨리 편지 써줘.' 그리고 마지막 줄에서 갑자기 악수를 내밉니다. 이것은 인사가 아닙니다. 줄(rope)이었습니다. 끊어지면 떨어지는 생명줄. 테오가 답장을 멈추면 반 고흐는 그림도, 생활도, 존재도 유지할 수 없었습니다. '악수를 보내며'는 '나를 놓지 마'라는 신호이자 언젠가 이 빚을 꼭 갚겠다는 다짐이었습니다.

헤세의 4만 4천 통도 다시 보이기 시작했습니다. 독자의 편지에 일일이 답장하고, 엽서에 수채화를 그려 보내고, 떨리는 손으로 서명하는 것. 다정함만이 전부가 아니었습니다. 세상이 헤세를 매국노라 부르고, 아내가 병들고, 아이들이 떠났을 때, 그가 세상과 연결될 수 있는 유일한 통로가 편지였습니다. 4만 4천 통의 답장은 4만 4천 번의 '생존 확인'이었습니다. 내가 아직 여기 있다는.

빈센트가 테오에게 쓴 마지막 편지—빈센트가 죽기 며칠 전에 쓰다가 보내지 못한 채 주머니에서 발견된 편지에 서명이 없다는 사실이, 본문 집필을 마친 뒤에도 오래 남았습니다. 서명이 없다는 것. 안부를 보낼 힘이 남아 있지 않았다는 것. 안부의 부재가 곧 삶의 부재였다는 것. 빈센트가 세상을 떠나자 테오가 6개월 만에 그 뒤를 이었고, 헤세가 떠나자 그가 사랑한 막내아들 마르틴이 6년 뒤 삶을 포기해버렸다는 것.

박경리의 뜰에서,
이어령의 시간을 지나, 고전을 다시 만나다.

2024년 봄, 저는 강원도 원주에서—박경리 선생이 설립한 토지문화재단의 창작실에서—이 세계문화전집 집필을 구상했습니다. 선생의 마지막 생가와는 손수 담그신 김치와 장을 보관하던 장독대만을 사이에 두고 지냈습니다. 매일 아침 창문을 열면 선생이 후배 문인들에게 손수 밥을 지어주시던 평상이 보였습니다.

반 고흐의 편지를 읽으면서 깨달은 것이 있습니다. 박경리 선생이 후배들에게 밥을 지어주신 것, 그것도 안부였습니다. 글로 쓴 안부가 아니라 쌀과 반찬으로 건넨 안부.

소중한 인연이 하나 더 있습니다. 2011년, 스물다섯이었던 저는 이어령 선생을 뵌 적이 있습니다. 우연히 어느 텔레비전

교양 프로그램에 함께 출연하게 된 일을 계기로 서울의 한 호텔 커피숍에서 단둘이 2시간을 보내는 행운을 얻었습니다. 이어령 선생은 '디지로그'를 설파하고 계셨습니다. 디지털과 아날로그의 융합. 기술이 인간을 대체하는 게 아니라, 인간이 기술을 도구로 쓰는 시대가 온다고.

저는 선생께 글쓰기가 저에게 주는 행복과 평생 글을 쓰는 삶을 살고 싶다고 말씀드렸습니다. 선생은 기특하다는 듯 인자한 미소로 고개를 끄덕이셨습니다. 그러곤 딱, 한마디 하셨습니다.

"좋은 글을 쓰고, 세상에 좋은 글을 보여라."

그게 전부였습니다. 하지만 그 2시간이 15년 동안 제 안에 남았습니다. 이제야 압니다. 그것도 안부였습니다. "너는 괜찮을 것이다"를 "좋은 글을 써라"라는 형태로 건네신 것이었습니다.

안부란 무엇이었는가. 이 책을 다 읽으신 지금, 독자 스스로 답을 가지고 계시리라 믿습니다. '들어가며'를 읽었을 때와 답이 달라졌다면, 이 책은 제 역할을 한 것입니다.

지겐탈러-헤세 씨가 어머니께 안부를 전해달라고 했고, 어머니가 그림을 그려 답례하고, 그 그림이 다시 스위스로 건너갔습니다. 빈센트가 테오에게 편지를 쓰고, 테오가 돈을 보내고, 그 돈으로 물감을 사서 그림을 그리고, 그 그림을 다시 테오에게 보냈습니다. 독자가 팬레터를 보내고 헤르만 헤세가 안부를 담아 떨리는 손으로 서명하여 화답했습니다.

우체부가 편지를 쓰지는 않습니다. 하지만 우체부 없이는 편지가 닿지 않습니다.

오늘,
살아 있는 지금,

당신은 누구에게 안부를 전하겠습니까.

이 책을 읽을 때
곁들이면 좋은 클래식

빈센트 반 고흐는 뉘넨에서 피아노를 배운 적이 있습니다. 선생이었던 하인 판 데르 잔던은 곧 레슨을 그만뒀는데, 반 고흐가 피아노 건반을 누르면서 "이 음은 프러시안 블루, 이 음은 다크 그린, 이 음은 밝은 카드뮴"이라고 외쳤기 때문입니다. 헤르만 헤세는 열다섯 살까지 바이올린을 켰고, 어머니 마리는 피아노를 치며 노래를 불렀으며, 이복형들은 슈베르트와 슈만의 가곡을 집 안에 울려 퍼지게 했습니다. 두 사람에게 음악은 그림과 글만큼이나 가까운 언어였습니다.

01 **바흐** 《골드베르크 변주곡》 BWV 988

02 **바흐** 《무반주 바이올린 소나타와 파르티타》 BWV 1001-1006

03 **모차르트** 《피아노 협주곡 21번》 K. 467, 2악장 안단테

04 **모차르트** 《레퀴엠》 K. 626

05 **베토벤** 《피아노 소나타 14번 '월광'》 Op. 27-2

06 **베토벤** 《현악 사중주 15번》 Op. 132, 3악장

07 **바그너** 《트리스탄과 이졸데》 전주곡과 이졸데의 사랑의 죽음

08 **바그너** 《파르지팔》 전주곡

09 **슈베르트** 《겨울 나그네》 D. 911

10 **슈베르트** 《현악 오중주》 C장조, D. 956, 2악장 아다지오

요한 세바스티안 바흐 Johann Sebastian Bach

《골드베르크 변주곡》 BWV 988 (1741)

주제 하나가 서른 번 변주됩니다. 그리고 마지막에 처음의 아리아로 돌아옵니다. 반 고흐가 같은 해바라기를 반복해 그리면서 매번 다른 빛을 발견했던 것과 닮은 구조입니다.

— 헤세에게 바흐는 음악 그 자체였습니다. 마지막 소설 『유리알 유희』에서 유리알 놀이의 정수는 바흐의 푸가를 수학 공식과 연결하는 것이었고, 주인공 크네히트를 영적으로 이끄는 스승은 '음악 선생님(Musikmeister)'이었습니다.

볼프강 아마데우스 모차르트 Wolfgang Amadeus Mozart

《레퀴엠》 K. 626 (1791, 미완성)

서른다섯에 세상을 떠난 모차르트가 끝내 완성하지 못한 곡. 서른일곱에 세상을 떠난 반 고흐도 끝내 보내지 못한 편지가 있었습니다. 이 레퀴엠의 〈라크리모사(Lacrimosa)〉는 여덟 마디에서 끊깁니다. 미완의 아름다움이 때로 완성보다 깊은 울림을 남깁니다.

— 몬타뇰라 박물관의 공식 기록에 따르면 헤세는 바흐와 모차르트를 평생 가장 사랑한 작곡가로 꼽았습니다.

루트비히 판 베토벤 Ludwig van Beethoven

《현악 사중주 15번》 Op. 132, 3악장
'병에서 회복된 자의 신성한 감사의 노래' (1825)

병상에서 일어난 베토벤이 쓴 악장. 생레미 정신병원에서 발작 사이의 고요한 순간에 그림을 그렸던 반 고흐, 정신적 위기를 겪은 뒤 몬타뇰라에서 수채화를 시작한 헤세. 병을 겪은 뒤에야 비로소 감사할 수 있게 된 것들─이 악장은 바로 그것에 대한 음악입니다.

리하르트 바그너 Richard Wagner

《트리스탄과 이졸데》
전주곡과 이졸데의 사랑의 죽음 (1859)

1887년 파리, 반 고흐는 형 테오와 함께 바그너 콘서트에 갔습니다. 테오는 여동생 빌에게 편지를 썼습니다. '빈센트가 떠나기 전에 함께 바그너 콘서트에 몇 번 갔는데, 둘 다 아주 즐거웠어.' 반 고흐 자신은 이렇게 썼습니다. '대규모 오케스트라가 연주하는 바그너의 음악은 그 규모에도 불구하고 친밀하다.' 그리고 나중에 아를에서 이렇게 덧붙였습니다. '우리의 색채와 바그너의 음악 사이의 연결을 얼마나 강하게 느꼈는지.'
─ 반 고흐는 바그너를 가리켜 '대단한 예술가(What an artist)'라 불렀습니다.

프란츠 슈베르트 Franz Schubert

《겨울 나그네》D. 911 (1827)

집을 떠난 한 남자가 눈 덮인 길을 걸으며 부르는 스물네 곡의 노래. 고향에서 쫓겨나듯 떠나 평생 떠돌았던 반 고흐의 생애와 놀랍도록 겹칩니다. 마지막 곡 〈거리의 악사(Der Leiermann)〉에서 얼어붙은 손가락으로 손풍금을 돌리는 늙은 악사의 모습은 반 고흐의 석판화 《영원의 문턱에서》의 노인과 쌍둥이처럼 닮아 있습니다.
― 헤세의 이복형들이 어린 헤르만에게 처음 들려준 음악이 슈베르트의 가곡이었습니다.

오트마르 쇼에크 Othmar Schoeck

《헤르만 헤세의 시에 의한 열 개의 가곡》 Op. 44 (1929)

스위스 작곡가 쇼에크는 헤세의 가까운 친구였습니다. 1911년 가이엔호펜에서 재회하며 깊어진 두 사람의 우정은 평생 이어졌고, 쇼에크는 헤세의 시에 곡을 붙였습니다. 이 가곡집에는 〈밤의 느낌(Nachtgefühl)〉, 〈색채의 마법(Magie der Farben)〉, 〈니논에게(Für Ninon)〉 등이 포함되어 있습니다. 후기 낭만의 따뜻한 선율 위에 헤세의 시가 노래로 피어나는 것을 들을 수 있습니다. ― 쇼에크의 아버지 알프레드 쇼에크는 풍경화가였습니다. 아들은 처음에 아버지를 따라 화가가 되려 했으나 결국 음악을 택했습니다. 글을 쓰는 화가 헤세와, 그림을 그리려 했던 작곡가 쇼에크. 두 사람의 우정에는 장르의 경계를 넘나드는 예술적 친화력이 있었습니다.

《환상 교향곡》 Symphonie fantastique, Op. 14 (1830)

반 고흐가 편지에서 베를리오즈를 언급한 것은 우연이 아닙니다. 짝사랑에 빠진 예술가가 아편을 먹고 꾸는 꿈—사랑, 무도회, 들판, 단두대, 마녀의 밤. 이 교향곡은 한 사람의 머릿속이 곧 음악이 된 최초의 사례입니다. 반 고흐의 그림이 눈에 보이는 세계가 아니라 그가 느끼는 세계를 그린 것이었듯, 베를리오즈의 이 곡은 귀에 들리는 세계가 아니라 한 사람이 느끼는 세계를 연주합니다.

반 고흐는 《해바라기》를 '파랑과 노랑의 교향곡'이라 불렀습니다. 헤세는 『유리알 유희』에서 바흐의 푸가와 수학 공식을 하나의 놀이로 엮었습니다. 두 사람 모두 예술의 장르 사이에 벽을 두지 않았습니다. 색은 소리가 될 수 있었고, 음악은 그림이 될 수 있었습니다.

이 목록의 곡들은 두 사람이 실제로 사랑했거나, 그들의 삶이 깊이 연결된 음악입니다. 책을 다 읽은 후, 혹은 읽는 도중에 한 곡을 골라 들어보세요. 아를의 밤하늘 아래에서 해바라기를 그리던 화가와, 몬타뇰라 정원에서 수채화를 말리던 시인이 함께 사랑했을 소리가 들릴지도 모릅니다.

더 깊은 세계로의
초대

이 책에 수록된 헤세의 글과 반 고흐의 편지는, 두 예술가가 남긴 방대한 세계의 극히 일부입니다. 더 깊이 들어가고 싶은 독자를 위해, 이 책을 집필하며 찾은 번역서들을 소개합니다.

헤르만 헤세

헤르만 헤세 번역서를 소개하기 전에 먼저 알려야 할 두 사람이 있습니다. 폴커 미헬스(Volker Michels, 1943 —)는 헤르만 헤세 사후 전집을 최초로 발간하고 헤세 박물관 건립을 담당한 세계 최고의 헤세 전문가입니다. 이인웅 교수는 한국헤세학회 회장과 한국독어독문학회 회장을 역임한 국내에서 가장 권위 있는 헤세 학자입니다.

『데미안』 헤르만 헤세 저, 이인웅 역, 지식을 만드는 지식, 2025
　헤르만 헤세 책을 단 1권만 읽겠다는 독자에게 고민 없이 추천할 수 있는 책입니다.

『최초의 모험』헤르만 헤세 지음, 이인웅 엮고 옮김,
　　　홍시커뮤니케이션, 2020
『헤르만 헤세의 인도 여행』헤르만 헤세 지음, 폴커 미헬스 편집,
　　　이인웅·백인옥 옮김, 푸른숲, 1999
『미친 세상과 사랑에 빠지기』헤르만 헤세 지음, 폴커 미헬스 엮음,
　　　박종대 옮김, 도서출판 열림원, 2024
『헤르만 헤세의 나무들』헤르만 헤세 지음, 폴커 미헬스 엮음,
　　　안인희 옮김, 창비, 2021
『헤르만 헤세, 음악 위에 쓰다』헤르만 헤세 지음, 폴커 미헬스 엮음,
　　　김윤미 옮김, 북하우스 퍼블리셔스, 2022
『헤세가 사랑한 순간들』헤르만 헤세 지음, 배수아 옮김,
　　　을유문화사, 2015
『유리알 유희』헤르만 헤세 지음, 박성환 옮김, 청목사, 1993
『헤르만 헤세 산문집 밤의 사색』헤르만 헤세 지음, 배명자 옮김,
　　　반니, 2019
『삶을 견뎌내기―힘든 시절에 벗에게 보내는 편지』헤르만 헤세 지음,
　　　유혜자 옮김, 도서출판 이레, 2004
『삶을 견디는 기쁨』헤르만 헤세 지음, 유혜자 옮김, 문예춘추사, 2014
『젊은 날의 초상』헤르만 헤세 저, 주영하 편저, 가림문학사, 2004
『헤르만 헤세의 나로 존재하는 법』헤르만 헤세 지음, 유영미 옮김,
　　　뜨인돌출판, 2024
『헤르만 헤세, 봄』헤르만 헤세 지음, 두행숙 옮김, 마인드큐브, 2017
『어느 별에서 전해 온 이상한 소식』헤르만 헤세 지음, 홍석연 옮김,
　　　문지사, 2021
『헤르만 헤세 인생론』헤르만 헤세 지음, 송동윤 옮김, 스타북스, 2024
『헤르만 헤세의 진실―우울증, 경건주의, 그리고 정신분석』
　　　민성길 지음, 인간사랑, 2020

빈센트 반 고흐

반 고흐의 '작품'을 책으로 소장하고 싶은 독자에게는 해외 원서 도록을 추천합니다. 판형이 클수록, 소장 미술관과 정식 으로 저작권 계약을 맺은 출판사 책일수록 좋습니다.

『반 고흐, 영혼의 편지』 빈센트 빌럼 반 고흐 저, 신성림 역,
　　위즈덤하우스, 2024
『고흐의 재발견―빈센트 반 고흐』 빈센트 빌럼 반 고흐 저,
　　H. 안나 수 편, 이창실 역, 시소커뮤니케이션즈, 2011
『반 고흐, 영혼의 편지』 신성림 역, 위즈덤하우스, 2024
『고흐의 재발견』 이창실 역, 시소커뮤니케이션즈, 2011
『반 고흐를 찾아서』 김현주 역, 한스미디어, 2021
『빈센트 반 고흐』 이태호, 마로니에북스, 2024

Van Gogh: The Complete Paintings, TASCHEN, 2015
Ever Yours: The Essential Letters, Yale University Press, 2014
The Sunflowers Are Mine, Frances Lincoln, 2013
Van Gogh and the Seasons, Princeton University Press, 2018

인용 출처 및
도판 목록

인용 출처

헤르만 헤세 작품

헤르만 헤세, 「등의자 이야기(Märchen vom Korbstuhl)」, 1918. 초출: Wieland, 1918년 6월; 단행본: Kleiner Garten, Tal Verlag, 1919.

헤르만 헤세, 『클링조어의 마지막 여름(Klingsors letzter Sommer)』, 1919/1920.

헤르만 헤세, 「새 집에 이사하며(Beim Einzug in ein neues Haus)」, Mia-und-Hermann-Hesse-Haus 공식 사이트 인용.

헤르만 헤세, 「불면증(Schlaflosigkeit)」

헤르만 헤세, 「장엄한 저녁 음악 · 안단테(Feierliche Abendmusik · Andante)」.

헤르만 헤세, 「계단(Stufen)」.

헤르만 헤세의 반 고흐 평(1922), 재인용: Vincent van Gogh, Feuer der Seele, hrsg. v. Ursula Michels-Wenz, Insel Verlag, 2003.

헤르만 헤세가 막내아들 마르틴 헤세에게 쓴 편지: Mein lieber Brüdi! Briefe an seinen jüngsten Sohn, Suhrkamp Verlag, 2023. 수채화를 포함한 원본 편지의 한국어 번역은 이 책이 최초.

빈센트 반 고흐 편지

모든 편지의 원문 출처: vangoghletters.org (Van Gogh Museum)

Letter 096, 1876년 11월 3일, 리치먼드 웨슬리안 감리교회 설교문

　　— 크리스티나 로세티 「오르막길(Up-Hill)」(1861) 인용 포함

Letter 155, 1880년 6월 22-24일, 테오에게

Letter 270, 1882년 10월 1일, 테오에게

Letter 567, 1886년 2월 28일경, 파리에서 테오에게

Letter 632, 1888년 6월 26일, 에밀 베르나르에게

Letter 638, 1888년 7월 9-10일, 테오에게

Letter 665, 1888년 8월 21일경, 에밀 베르나르에게

Letter 668, 1888년 8월 말경, 테오에게

Letter 730, 1889년 1월 4일, 폴 고갱에게

Letter 853, 1890년 2월 9-10일경, 알베르 오리에에게

Letter 902, 1890년 7월경, 테오에게 (마지막 편지, 미발송)

학술 논문 및 참고 문헌

Germanica 53, 2013, "L'inimaginable délice de mourir: récits d'initiations et de mort dans les contes merveilleux de Hofmannsthal et de Hesse."

Atamian, H.S. et al., "Circadian regulation of sunflower heliotropism, floral orientation, and pollinator visits," Science 353(6299), 2016.

Horváth, G. et al., "Sunflower inflorescences absorb maximum light energy if they face east," Scientific Reports 10, 2020.

도판 목록

빈센트 반 고흐

《땅을 파는 사람들(Diggers)》 1880. 크륄러-뮐러 미술관, 오텔로.

《짐을 나르는 광부의 여인들(Miners' Wives Carrying Sacks of Coal)》 1881.
크륄러-뮐러 미술관, 오텔로.

《바느질하는 여인과 고양이(Woman Sewing, with a Cat)》 1881.
개인 소장.

《슬픔(Sorrow)》 1882. 더 뉴 아트 갤러리 월솔, 영국.

《가난한 사람과 돈(The Poor and Money)》 1882.
반 고흐 미술관, 암스테르담.

《난로 옆에 앉은 시엔(Woman (Sien) Seated near the Stove)》 1882. 크륄
러-뮐러 미술관, 오텔로

《감자를 심는 농부들(Planters de pommes de terre)》 1884.
크륄러-뮐러 미술관, 오텔로.

《감자 먹는 사람들 습작(Study for The Potato Eaters)》 1885.
크륄러-뮐러 미술관, 오텔로.

《감자 먹는 사람들(The Potato Eaters)》 1885.
반 고흐 미술관, 암스테르담.

《해바라기(Sunflowers)》 1887. 메트로폴리탄 미술관, 뉴욕.

《해바라기(Tournesols)》 1888. 아를 연작. 내셔널 갤러리, 런던.

《해바라기(Sunflowers)》 1888. 소실.

《해바라기(Sunflowers)》 1889. 반 고흐 미술관, 암스테르담.

《생트마리드라메르 부근의 바다 풍경(Seascape near Les Saintes-Maries-de-
la-Mer)》 1888. 반 고흐 미술관, 암스테르담.

《아를의 노란 집(The Yellow House)》 1888.
반 고흐 미술관, 암스테르담.

《밤의 카페 테라스(Café Terrace at Night)》 1888.

　　크뢸러-뮐러 미술관, 오텔로.

《우체부 조제프 룰랭(Portrait of the Postman Joseph Roulin)》 1888.

　　보스턴 미술관.

《론강의 별이 빛나는 밤(Starry Night Over the Rhône)》 1888.

　　오르세 미술관, 파리.

《빈센트의 의자(Vincent's Chair)》 1888. 캔버스에 유채, 91.8×73cm.

　　내셔널 갤러리, 런던.

《귀에 붕대를 한 자화상(Self-Portrait with Bandaged Ear)》 1889.

　　코톨드 갤러리, 런던.

《펠릭스 레이 박사의 초상(Portrait of Doctor Félix Rey)》 1889.

　　푸슈킨 미술관, 모스크바.

《별이 빛나는 밤(The Starry Night)》 1889. 뉴욕 현대미술관(MoMA).

《생레미 정신병원의 정원(Garden of the Asylum)》 1889.

　　크뢸러-뮐러 미술관, 오텔로.

《올리브 나무(Olive Trees)》 1889. 크뢸러-뮐러 미술관, 오텔로.

《바위와 나무들(Rocks and Trees)》 1889. 반 고흐 미술관, 암스테르담.

《자화상(Autoportrait)》 1889. 오르세 미술관, 파리.

《아이리스(Irises)》 1890. 반 고흐 미술관, 암스테르담.

《영원의 문턱에서(At Eternity's Gate)》 1890. 유화.

　　크뢸러-뮐러 미술관, 오텔로.

《오베르의 집들(Houses at Auvers)》 1890. 보스턴 미술관.

《까마귀가 나는 밀밭(Wheatfield with Crows)》 1890.

　　반 고흐 미술관, 암스테르담.

《오베른 인근의 들판(Plain near Auvers)》 1890.

　　오스트리아 미술관(벨베데레), 빈.

존 러셀

《빈센트 반 고흐의 초상화(Portrait of Vincent van Gogh)》 1886.

　　반 고흐 미술관, 암스테르담.

폴 고갱

《해바라기를 그리는 화가(Le peintre de tournesols)》 1888.

　　반 고흐 미술관, 암스테르담.

툴루즈-로트렉

《피아노 앞의 디오 양(Mademoiselle Dihau au piano)》 1890.

　　알비 툴루즈-로트렉 미술관.

헤르만 헤세

《해바라기가 있는 정원》 1921. 수채화.

《해바라기가 있는 나무집》 1921. 수채화.

《아라지오를 향하여(Verso Arasio)》 1924. 수채화.

《아라지오를 향하여(Verso Arasio)》 1931. 수채화.

《사랑하는 브뤼디에게(Mein lieber Brüdi)》 1922년 7월 1일,

　　몬타뇰라에서. 수채화 편지.

《사랑하는 마르틴에게》 1923년 7월 3일, 몬타뇰라에서. 수채화 편지.

《사랑하는 마르틴에게》 1937년 8월, 몬타뇰라에서. 수채화 편지.

《해바라기》 1920. 수채화.

이영은

《우리 집에 잠시 머물렀던 천사를 기억하며》 2025. 수채화.

번역에 대하여

저는 이 책을 1900년대 초에 출간된 헤르만 헤세의 책 『헤르만 라우셔』와 『고독한 자를 위한 음악』 초판본과 최첨단 AI 사이에서 고심하며 집필했습니다.

독일어 초벌 번역과 반 고흐 편지의 프랑스어·네덜란드어 초벌 번역에는 AI를 사용했습니다. 세 AI에게 해당 언어 원문을 영어로 번역하게 한 뒤, 퍼블릭 도메인으로 공개된 기존의 저명한 영어 번역본과 교차 검토했습니다. 교차 검토를 마친 영역본을 다시 한국어로 번역 및 평역했습니다. 마지막으로 쉼표 위치 하나까지 제가 가지고 있는 낡은 책을 한 장 한 장 펼쳐가며 원문과 대조해가며 윤문했습니다. 헤르만 헤세가 왜 여기에 쉼표를 두었는지, 왜 하이픈(―)을 이 위치에 넣은 건지 소설가의 눈으로 고심했습니다. 그것은 반 고흐 뮤지엄 아카이브에 공개된 반 고흐의 편지 원문 텍스트와 편지 사진을 볼 때도 마찬가지였습니다. 928통의 편지를 하나하나 모두 읽어보고 모든 편지의 사진을 눈으로 확인했기에 3장에서 말한 '사라진 로고'를 발견할 수 있었습니다.

저는 독일어 전공자도, 프랑스어 전공자도 아닙니다. 전문 번역가가 평생을 바쳐 연마한 언어 감각을 흉내 낼 생각이 없습니다. AI는 이미 우리 일상의 도구이고, 조금이라도 도구를 썼다면 말하는 것이 맞습니다.

물론 이 책에는 AI가 절대 할 수 없는 것들이 있습니다. 혜세와 반 고흐를 연결하는 통찰. 900여 통의 편지 중 주제와 연관된 단 몇 편의 편지를 고르는 판단. 어떤 문장을 살리고 어떤 문장을 포기할지 결정하는 편집. 반 고흐의 프랑스어 원문을 한국어 번역 어디에 배치할지, 그 원문이 독자에게 어떤 감정을 일으킬지를 계산하는 것. 그리고 두 예술가의 삶에서 '안부'를 읽어내는 것.

AI가 벽돌을 만들었다면,
저는 건축을 했습니다.

박경리 선생의 뜰에서 기획하고, 이어령 선생의 한마디를 곱씹으며 썼습니다. 2011년, 이어령 선생은 기술을 두려워하지 않되 기술에 지배당하지 않는 길을 보여주셨습니다. 한국 문학의 거인들이 남긴 땅과 말 위에서, 유럽의 거인들을 한국 독자에게 건네는 작업을 시작한 이유입니다.

HERMANN HESSE
UND VINCENT VAN GOGH:
VERSUCH EINER ANNÄHERUNG

Mit über 150 Millionen verkauften Büchern, die bisher in über 70 Sprachen übersetzt wurden, gilt Hermann Hesse heute als der weltweit meistgelesene deutschsprachige Autor des 20. Jahrhunderts und rangiert damit vor solch bedeutenden Literaturgrößen wie Thomas Mann, Bertolt Brecht, Rainer Maria Rilke oder Stefan Zweig. Und auch die Tatsache, dass tausende Besucher - neben den europäischen Staaten sind vor allem die Gäste aus den USA, aus Indien, Japan, China und Korea zu nennen - jährlich das Hermann Hesse Zentrum in seiner Geburtsstadt Calw frequentieren, zeugt von einer weiterhin uneingeschränkten weltweiten Rezeption zu Leben und Werk des Literaturnobelpreisträgers von 1946.

Wir fragen also nach dem Erfolgsgeheimnis dieses Schriftstellers, dessen 150. Geburtstag die deutschsprachige Literaturlandschaft 2027 mit einem vielseitigen Programm, verteilt auf mehrere Monate, und einem großen, auf internationale Gäste hin ausgerichteten Festakt feierlich begehen wird.

Zunächst finden wir die Antwort auf diese Frage in uns selbst, begegnet uns mit Hermann Hesse doch ein Autor, der mit seinen Themen, seinem Sprachgefühl und Satzrhythmus sowie der Ausgestaltung seiner vielzähligen Charaktere einen Blick in unser eigenes Herz ermöglicht und wir Leser uns oftmals verblüffend fragen, wie dieser Autor, der uns persönlich doch gar nicht kennen kann, so sehr in unser eigenes Innere blicken vermag.

Es ist die Besonderheit der Person Hermann Hesses, der zeitlebens als ein hochsensibler Seismograph wachsam die sozialen, politischen, ökonomischen und ökologischen Veränderungen seiner Zeit wie kaum ein weiterer Schriftsteller derart sensibel und feinfühlig wahrnimmt, und gleichzeitig zeitlebens selbst zahlreiche persönliche und gesundheitliche Krisen durchlebt. Ob schon Themen wie die umfangreiche, durch Menschenhand heraufbeschworene Zerstörung der Natur, wie er sie im Schatten der aufkommenden europäischen Industrialisierung gegen Ende des 19. Jahrhunderts in seinem Werk Peter Camenzind offenbart, oder die Auswirkungen von überstiegenem Nationalismus in Das Glasperlenspiel beschreibt, bleibt Hermann Hesse bis heute ein Autor, dessen Themen in Verbindung mit dem eigenen persönlichen Schicksal eine ungebremste Aktualität erfahren. Sein Konflikt mit den eigenen Eltern, die gegen seinen Willen ihn zum Missionar oder doch zumindest zum Pfarrer ausbilden lassen wollen, während er schon als Dreizehnjähriger für sich proklamiert, „ein Dichter oder gar nichts werden" zu wollen, seine schonungslose Abrechnung mit dem strengen schulpädagogischen System des 19. Jahrhunderts, wie er sie in seinem Werk Unterm Rad vornimmt, oder die Betonung einer erdumfassenden Interreligiösität und -kulturalität, wie er sie bei seiner Reise 1911 nach „Hinterindien", dem heutigen Sri Lanka und Singapur erlebt und im Siddartha zur literarischen Vollendung bringt, all dies sind Spannungsfelder und Krisenpotentiale, die jede Generation und

jedes menschliche Individuum aufs Neue zu durchleben
hat.

Es ist also die Verbindung von eigenem Erleben und
schriftstellerischer Verarbeitung von dessen, was wir
heute als identitätsstiftende literarische Aura bezeich-
nen. Wir begegnen einem Autor, der uns mit seinen
Werken Mut und Halt auf dem Weg aus unseren ei-
genen inneren Krisen aufzeigt und wir folglich Hesses
Werke häufig als „Seelenstriptease" deuten können, als
Werke, die dem Autor selbst zur Krisenbewältigung di-
enen. Zahlreiche Leser haben dies schließlich auf sich
selbst übertragen und sehen in Hermann Hesse einen
geistigen Verwandten, wenn nicht gar eine Art „Gott",
wie er vor allem von der amerikanischen Beat-Gener-
ation und Hippie-Bewegung Mitte der 1960er Jahre auf
dem Höhepunkt des Vietnam-Krieges „neu" entdeckt
wird.

Die zweite Antwort auf unsere Ausgangsfrage erg-
ibt sich aus seinem uns vorliegenden Briefwechsel mit
Menschen aus allen Teilen der Welt, aus allen sozialen
Schichten und jeglichen Alters. Neueste Forschungen
gehen heute von 44.000 erhaltenen Briefen aus, die uns

Hermann Hesse als nahbaren Autoren und Menschen, ja für viele sogar als Freund erscheinen lässt. Nicht selten hat Hesse ein Lesekontigent von 100 bis 400 Seiten zu bewerkstelligen. Pro Tag. Es ist daher umso erstaunlicher, dass Hermann Hesse vor allem im fortgeschrittenen Alter und unter Berücksichtigung seiner literarischen Arbeit Zeit und Muße findet, nahezu alle eingehenden Briefe auch selbst zu beantworten. Dabei handelt es sich bei seinen schriftlichen Antworten um keine schematischen Schreiben oder Standardformulare. Sie sind stattdessen stets ganz persönliche Stellungnahmen zu den verschiedensten Themen und Problemen seiner Leserschaft, die wir als Antworten auf Hilferufe aus Lebenskrisen, auf Angst, Verzweiflung und Krankheiten zu verstehen haben. Aber auch politische Themen, Krieg und Verfolgung sind häufig wiederkehrende Inhalte, gefolgt von Konflikten des Glaubens, der Weltanschauung und immer wieder auch Fragen der Erziehung, der Schule, zur Jugend und Berufsfindung. Letztlich sind es Hesses Bücher, und damit verbunden sein weltweiter Erfolg, die diese Fragen der Leser heraufbeschwören, weil sie darin nicht nur ausgetragen, sondern derart realitätsnah und authentisch behandelt werden, dass sich Leser unterschiedlichster Herkunft und Nationalität bis auf den heutigen Tag darin wiedererkennen. Es sind eben diese im höchsten Grad persönlichen Vertrauensbeweise, die Hermann Hesse entgegentreten, und die wiederum der Autor mit einem beispiellosen Stück Sozialarbeit zu den Diensten am Menschen erwidert. Denn nicht sendungsbewusstes Überstimmen anderer Sichtweisen und Konfessionen zugunsten einer Doktrin ist sein Anliegen, sondern stets der Verweis auf die Gemeinsamkeiten des menschlichen Zusammenlebens. Es sind daher gerade viele junge Menschen, die sich auf der Suche zu einem selbstbestimmten Leben in Hesses Werk wiedererkennen und ihm häufig ihren eigenen Fall anvertrauen.

Und weil für Hermann Hesse die Briefform kein reiner Selbstzweck ist, sind seine Antworten ganz am jeweiligen Partner, folglich an dessen Anliegen, orientiert, Entgegnungen, die wir als Therapie oder umfassende Grußbotschaft deuten können, als vorbeugende Klarstellung, um eine Entwicklung zum Schlimmeren zu verhindern. Briefe sind für Hesse aber keine reine

Kunstform, wie wir dies beispielweise oftmals bei Rainer Maria Rilke beobachten. Nicht die Kunst, sondern die Funktion bestimmt bei ihm jeweils die Form. Wahrheit und Schönheit, Ethik und Ästhetik sind bei ihm als ein zusammengehörendes Konglomerat zu verstehen. Denken wir dabei beispielsweise an seine zahlreichen aquarellierten Briefe, die er dank seiner Doppelbegabung als Autor und Maler zu eigenen Kunstwerken gestaltet, um seinen jeweiligen Aussagen Nachdruck zu verleihen.

Es ist daher kaum verwunderlich, dass Hermann Hesse ein sehr umfangreiches Netzwerk unterhält, zu dem neben Schriftstellern, Musikern und politischen Freunden auch eine große Anzahl an Künstlern zählt, wie etwa Cuno Amiet, Louis Moilliet oder Gunter Böhmer. Mit ihnen tauscht er sich in Briefen wie im persönlichen Gespräch über die künstlerischen Entwicklungen seiner Zeit aus, und entdeckt dabei den 1853 geborenen Vincent van Gogh, den er 1922 in seinem Artikel „Exotische Kunst" aus der Neuen Rundschau neben Dostojewski als „den stärksten Menschen[sic!] in der Kunst des späten Europas" bezeichnet. Heute zählen die Werke van Goghs auf internationalen Auktionen zu den hochdotiertesten und bringen bei Christie's oder Sotheby's Millionenwerte ein. Das Vincent van Gogh Museum in Amsterdam zählt zu den meistbesuchten Kunstmuseen Europas. Hesse und van Gogh sind sich sicher nie begegnet, und es lässt sich auch kein direkter Kontakt nachweisen. Von Hesse wissen wir aber, dass ihm das Werk van Goghs bekannt ist und er an dessen Schicksal teilnimmt, so unterschiedlich die beiden in ihrem Verständnis von Kunst und in der Bedeutung des Mitmenschen auch sein mögen. Beide sind aber durch ihre Liebe zur Literatur und Malerei sowie dem Erleben zahlreicher Krisen und dem Hang zu Depressionen bis hin zum Suizid innerlich verbunden. Zu einem gewis- sen Grad zeigt sich dies auch in ihrem jeweiligen Brief- wechsel, sind für sie beide doch oftmals Text und Bild nicht voneinander zu trennen, wie für Hesse die bereits genannten kleinen Aquarelle oder für van Gogh die beiliegenden Skizzen zu seinen Farbkompositionen und belegen. Aber dennoch: Für Hesse sind vor allem die Briefe, seine schriftstellerischen Werke und der persön- liche Kontakt zu seiner Umgebung das „Tor" zur Außenwelt. Hier also ein Schriftsteller, der mit ruhiger, oftmals mahnender Stimme nach außen wirkt (ein Umstand, der von der Forschung lange Zeit zu wenig beachtet wird), dort ein Maler, der vor allem über seine heute bekannten 650 Briefe an seinen Bruder und Unterstützer Theo dem inneren Chaos erliegt und sich selbst zerstört.

Demzufolge haben auch die brieflich übermittelten "Grüße" von Hermann Hesse und Vincent van Gogh unterschiedliche Bedeutungen. Während sie für Hesse ein Ausdruck von Aufmerksamkeit und Bewusstsein gegenüber anderen Menschen sind und die Anerkennung des inneren Wesens seines Gegenübers darstellen, sind für van Gogh Grußformeln in erster Linie Ersatz für fehlende körperliche Anwesenheiten und vor allem als emotionale Ankerpunkte zu sehen.

Es sind demzufolge also zentrale Motive moderner Künstlerexistenz, die Hermann Hesse und Vincent van Gogh miteinander verbinden: Beide verstehen Kunst als existenziellen Ausdruck innerer Krisen und als Mittel der Selbstsuche. In Hesses Romanen – etwa in Der Steppenwolf oder Siddhartha – erscheint das Individuum als zerrissenes, nach Ganzheit strebendes Subjekt. Vergleichbar formuliert van Gogh in seinen Briefen an seinen Bruder Theo eine Kunstauffassung, die das Leiden, die Einsamkeit und die intensive Naturerfahrung in Farbe und Form überführt. Bei beiden wird künstlerisches Schaffen auf diese Weise zur geistigen und ethischen Aufgabe.

Gemeinsam ist ihnen zudem eine ausgeprägte Sensibilität für Spiritualität: Hesse integriert fernöstliche Philosophie und mystische Traditionen literarisch, während van Gogh religiöse Motive und eine zutiefst existenzielle Naturerfahrung in seine Malerei einfließen lässt. In beiden Fällen ist Kunst nicht Dekoration, sondern Ausdruck einer existenziellen Wahrheitsfrage.

Unterschiede zeigen sich jedoch in Medium, Wirkung und im Lebensverlauf. Hesse reflektiert seine ästhetischen und weltanschaulichen Konzepte literarisch und erlebt internationale Anerkennung. Van Gogh hingegen bleibt zu Lebzeiten weitgehend ohne öffentlichen Erfolg; seine Rezeption setzt erst postum ein. Während Hesses Werk stark diskursiv und philosophisch argumentierend angelegt ist, artikuliert sich van Goghs Weltdeutung primär visuell, über Farbe, Pinselduktus und Motivwahl.

Im Hinblick auf ihrer beiden heutigen Weltgeltung nim-
mt dies aber bekanntlich keinen Schaden.

Timo Heiler M.A.
Direktor des Hermann Hesse Zentrums Calw

헤르만 헤세와 빈센트 반 고흐

: 가까이 다가가기 위한 시도

현재까지 70개 이상의 언어로 번역되어 1억 5천만 부 이상이 판매된 헤르만 헤세는, 토마스 만, 베르톨트 브레히트, 라이너 마리아 릴케, 슈테판 츠바이크 같은 위대한 문인들 선두에서, 오늘날 전 세계에서 가장 널리 읽히는 독일어권 작가다. 유럽 각국은 물론이고 특히 한국, 일본, 미국, 인도, 중국에서 온 수천 명의 방문객이 매년 헤세의 출생지인 칼프의 헤르만 헤세 박물관을 찾는다는 사실 또한, 1946년 노벨문학상 수상자의 삶과 작품에 전 세계의 관심과 사랑이 여전히 흔들림 없이 이어지고 있음을 증명한다.

2027년은 헤르만 헤세 탄생 150주년이다. 독일어권 문학계는 수개월에 걸친 다채로운 프로그램과 국제적 손님들을 위한 대규모 기념식으로 이를 경축할 것이다. 이제 우리는 이 작가의 성공 비결을 묻지 않을 수 없다.

이 질문에 대한 답은 우선 우리 자신 안에서 찾을 수 있다. 헤르만 헤세는 자신의 주제들, 언어 감각과 문장의 리듬, 수많

은 인물의 조형을 통해 독자가 자기 자신의 마음속을 들여다
볼 수 있게 해주는 작가다. 헤세의 작품을 읽은 사람은 종종
놀라며 자문한다.

나를 전혀 모르는 이 작가가,
어떻게 이토록 나의 내면을 깊숙이 들여다볼 수 있는가?

작가 헤르만 헤세의 특별함이 여기에 있다. 그는 평생에 걸
쳐 고감도 지진계처럼 자기 시대의 사회·정치·경제·생태 변
화를 다른 어떤 작가보다 민감하고 섬세하게 감지하면서, 동
시에 자신도 수많은 개인적·건강상의 위기를 겪어낸 사람이
었다. 19세기 말 유럽 산업화의 그늘 속에서 인간의 손으로 초
래된 광범위한 자연 파괴를 『페터 카멘친트』에서 드러내든, 과
도한 민족주의의 귀결을 『유리알 유희』에서 서술하든, 헤르만
헤세는 개인적 운명과 결합된 자신의 주제들로 오늘날까지 꺾
이지 않는 현재성을 보여주는 작가로 남아 있다. 아들을 선교
사로, 최소한 목사로 만들려 한 부모와의 갈등—그런데 이미
열세 살의 소년이 "시인이 되거나, 그렇지 않으면 아무것도 되
지 않겠다"고 선언했다—, 『수레바퀴 아래서』에서 행한 19세
기 엄격한 학교 교육 체계에 대한 가차 없는 비판, 1911년 '후
방인도(Hinterindien)'—오늘날의 스리랑카와 싱가포르 —를
여행하며 체험하고 『싯다르타』에서 문학적 완성에 이른 범지

구적 종교 간·문화 간 교류에 대한 강조. 이 모든 것은 모든 세대, 모든 인간 개인이 새로이 겪어내야 할 긴장의 영역이며 위기의 잠재력이다.

따라서 이것은 자기 자신의 체험과 그것의 문학적 형상화가 하나로 이어지는 것, 오늘날 우리가 정체성을 형성하는 문학적 아우라라고 부르는 것이다. 우리는 자신의 작품으로 독자의 내면적 위기에서 벗어나는 길 위에 용기와 지주를 제시하는 작가를 만난다. 그래서 헤세의 작품들은 흔히 '영혼의 스트립티즈'로 해석된다―작가 자신의 위기 극복에 봉사하는 글들이라는 뜻이다. 수많은 독자들이 이를 자기 자신에게 투영하여 헤르만 헤세에게서 정신적 동류를, 어떤 이들에게는 일종의 '신'을 발견했다. 이는 특히 베트남 전쟁이 절정에 달했던 1960년대 중반, 미국의 비트 세대와 히피 운동이 헤세를 '재발견'했을 때 두드러졌다.

우리의 출발 질문에 대한 두 번째 답은, 헤세가 전 세계 모든 계층, 모든 연령의 사람들과 나눈 서간 교환에서 찾을 수 있다. 최신 연구에 따르면 보존된 편지는 44,000통에 달하며, 이 편지들은 헤세를 가까이 다가갈 수 있는 작가이자 인간으로, 많은 이들에게는 친구로까지 느끼게 한다. 헤세가 하루에 처리해야 했던 독서 분량은 100쪽에서 400쪽에 달하기도 했다. 하루에. 그러므로 특히 만년에, 문학 작업까지 감안하면, 들어오는 거의 모든 편지에 직접 답장할 시간과 여유를 찾았다는 것은 더욱 놀라운 일이다. 그 서면 답변들은 도식적인 문구나 표준 양식이 아니었다. 독자들의 가장 다양한 주제와 문제에 대한 극히 개인적인 입장 표명이었으며, 삶의 위기로부터의 도움 요청에 대한, 불안과 절망과 질병에 대한 답변으로 이해해야 한다. 정치적 주제, 전쟁과 박해 또한 빈번하게 반복되었고, 신앙과 세계관의 갈등, 교육·학교·청소년·직업 선택에 관한 물음들이 뒤를 이었다. 궁극적으로 이 물음들을 불러일으킨 것은 헤세의 책들이었다―그리고 그에 결부된 세계적 성공이었다. 책 속의 주제들이 단순히 다루어지는 것이 아니라 너무나 현실에 밀착된 진정성 있는 방식으로 서술되기에, 가장 다양한 출신과 국적의 독자들이 오늘날까지 그 안에서 자기 자신을 발견하는 것이다. 헤르만 헤세에게 전해진 이러한 지극히 개인적인 신뢰의 표현들에 대해, 작가는 인간을 위한 봉사로서 전례 없는 사회적 헌신으로 보답했다. 교조를 위해 다른 시각과 신조를 억누르는 것이 아니라, 언제나 인간 공존의 공통점을 가리키는 것이 그의 관심사였다. 그래서 자기 결정적 삶을 향한 여정에서 헤세의 작품 속에 자신을 발견하고, 자신의 사연을 그에게 맡기는 것은 특히 많은 젊은이들이었다.

헤세에게 편지 형식은 순전한 자기 목적이 아니었기에, 그의 답변들은 전적으로 상대방과 그 사람의 관심사를 향해 있었다―치유적 개입으로도, 포괄적 안부 전달로도, 상황이 악화되는 것을 막기 위한 예방적 해명으로도 읽힐 수 있는 응답들이었다. 그러나 편지는 헤세에게 순수한 예술 형식이 아니었다—라이너 마리아 릴케에게서 우리가 흔히 관찰하는 것과는 달리. 예술이 아니라 기능이 그에게서는 언제나 형식을 결정했다. 진실과 아름다움, 윤리와 미학은 하나로 결합된 불가분의 총체다. 작가이자 화가라는 이중의 재능 덕분에, 자신의 말에 무게를 싣기 위해 고유한 예술 작품으로 빚어낸 수많은 수채화 편지들을 떠올리면 충분하다.

따라서 헤르만 헤세가 작가, 음악가, 정치적 동지들 외에도 군터 뵈머, 쿠노 아미에, 루이 무아예 같은 다수의 예술가를 포함하는 광범위한 인적 네트워크를 유지한 것은 놀라운 일이 아니다. 그는 이들과 편지와 직접 대화를 통해 당대의 예술적 발전을 교류했으며, 이 과정에서 1853년에 태어난 빈센트 반 고흐를 발견하게 된다.

1922년, 헤르만 헤세는 『노이에 룬트샤우』에 실린 「이국적 예술」이라는 글에서 빈센트 반 고흐를 도스토옙스키와 나란히 '후기 유럽 예술에서 가장 강한 인간(in der Kunst des späten Europas)'으로 지칭한다.

헤세와 반 고흐가 만난 적이 없다는 것은 확실하며, 직접적인 접촉 역시 입증할 수 없다. 그러나 헤세가 반 고흐의 작품을 알고 있었고 그의 운명에 깊이 관심을 기울였다는 것은 잘 알려져 있다—두 사람이 예술에 대한 이해와 타인의 의미를 바라보는 방식에서 아무리 달랐다 하더라도. 두 사람은 문학과 회화에 대한 사랑, 수많은 위기의 체험, 우울에서 자기 파괴에 이르는 성향을 통해 내면적으로 연결되어 있다. 이는 각자의 서간에서도 드러난다―두 사람 모두에게 텍스트와 이미지는 분리될 수 없었기 때문이다. 헤세에게는 작은 수채화가, 반고흐에게는 색채 구성에 첨부된 스케치가 이를 증명한다.

그렇지만: 헤세에게는 무엇보다 편지, 문학 작품, 그리고 주변 사람들과의 직접적인 접촉이 바깥세상으로 향하는 '문'이었다. 여기에 조용한, 종종 경고하는 목소리로 바깥세상을 향해 작용하는 한 명의 작가가 있다―오랜 시간 연구에서 충분히 주목받지 못한 측면이다. 그리고 저기에, 오늘날 잘 알려진 동생이자 후원자 테오에게 보낸 650통 이상의 편지로, 내면의 혼돈에 굴복하며 스스로를 파괴해간 한 명의 화가가 있다.

헤르만 헤세와 빈센트 반 고흐가 편지로 전하는 '안부' 또한 서로 다른 의미를 지닌다.

헤세에게 안부란 타인을 향한 관심과 의식의 표현이며, 상대방의 내면적 본질에 대한 인정이다. 반면 반 고흐에게 인사의 형식은 무엇보다도 부재하는 물리적 현존의 대체이며, 감정의 닻으로 보아야 한다.

따라서 헤르만 헤세와 빈센트 반 고흐를 연결하는 것은 근대 예술가 존재의 핵심적 모티프들이다. 두 사람 모두 예술을 내면의 위기에 대한 실존적 표현이자 자아 탐색의 수단으로 이해한다. 헤세의 소설에서―예컨대『황야의 이리』나『싯다르타』에서― 개인은 찢긴 채로 전체를 향해 나아가는 주체로 나타난다. 이와 비교하여 반 고흐는 동생 테오에게 보내는 편지에서, 고통과 고독과 강렬한 자연 체험을 색과 형태로 옮기는 예술관을 표명한다. 두 사람 모두에게서 예술적 창작은 정신적이고 윤리적인 과제가 된다.

두 사람에게 공통된 것은 또한 영성에 대한 뚜렷한 감수성이다. 헤세는 동양 철학과 신비주의 전통을 문학 안에 통합했고, 반 고흐는 종교적 모티프와 깊이 실존적인 자연 체험을 자신의 회화 속으로 흘려보냈다. 두 경우 모두 예술은 장식이 아니라, 실존적 진리에 대한 물음의 표현이다.

그러나 매체, 영향, 삶의 궤적에서 차이가 드러난다. 헤세는 자신의 미학·세계관 개념들을 문학적으로 성찰하며 생전에 국제적 인정을 받았다. 반면 반 고흐의 생은 대체로 공적인 성공 없이 끝났으며, 반 고흐에 대한 수용은 사후에야 시작되었다. 헤세의 작품이 담론적이고 철학적 논증의 성격이라면, 반 고흐의 세계 해석은 무엇보다 시각으로―색채, 붓의 궤적, 모티프의 선택을 통해―표현된다. 그러나 두 사람의 오늘날 세계적 위상을 생각하면, 이 차이가 어느 쪽에도 해가 되지 않있음은 우리 모두 아는 바다.

티모 하일러(M.A.)

헤르만 헤세 박물관 관장, 칼브(독일)

엮은이 홍 선 기

소설가이자 문화 기획자. 연세대학교 국제관계학과 졸업. 장편소설『너는, 어느 계절에 죽고 싶어』(2023) 등 누적 12만 명의 독자를 만났다. 한국 문화 공유플랫폼 애스크컬쳐(AskCulture) 창업자. 박경리 선생의 토지문화재단 문인 창작실에서 세계문화전집을 기획했으며, 반 고흐 뮤지엄 아카이브 928통 편지를 전수 확인하고 헤르만 헤세 후손으로부터 미공개 수채화와 친필 편지 원본을 직접 받아 국내 최초로 공개했다. 이 책의 핵심 발견은 독일 국제 헤르만 헤세 학회『헤세 탄생 150주년 기념 학술지』에 수록 예정이다.

모티브 세계문화전집 시리즈 01

안부를 전하며
헤르만 헤세×빈센트 반 고흐

ⓒ홍선기

초판 1쇄 인쇄 | 2026년 4월 20일

지은이	헤르만 헤세, 빈센트 반 고흐
엮은이	홍선기
기 획	조영훈
디자인	ziwan
마케팅	정호윤, 김민지, 김은주, 송유경, 최서환
펴낸곳	모티브
ISBN	979-11-24370-39-1(03850)
이메일	motive@billionairecorp.com